U0036389

Lady Sherlock

福爾摩斯小姐

04

The Art of Theft

沃德洛堡拍賣會

Sherry Thomas

雪麗・湯瑪斯——著 楊佳蓉——譯

福爾摩斯小姐■書評推薦

「在福爾摩斯小姐系列的開頭中，精巧的歷史背景以及精采的推理情節將贏得讀者的喜愛。歷史懸疑小說書迷必讀。」

——《圖書館雜誌》（*The Library Journal*）星級書評

「將經典偵探做出嶄新、高明的重製……能與全盛期的柯南・道爾爵士比肩。」

——《書單》雜誌（*Booklist*）

「喜愛層次豐富故事的讀者一定會喜愛這個將夏洛克・福爾摩斯轉換成夏洛特・福爾摩斯的系列。而藏在複雜的謎團與慢熱的羅曼史下的，是讓人無法忽視的性別、期望與特權等議題。」

——《華盛頓郵報》（*The Washington Post*）

「快節奏的故事與風趣聰明的對話爲喜愛有趣歷史推理的讀者提供了更強的吸引力。」

——《出版人週刊》（*Publishers Weekly*）

「深思而俐落地批評了父權、異性戀本位與殖民主義，並有組織地將這些融入迷人的懸疑故事。這是讓人耳目一新的推理調味料。」

——《科克斯書評》（*Kirkus Reviews*）星級書評

「……《沃德洛堡拍賣會》是接觸這個歷史系列的絕佳切入點。輕快的節奏、古怪的主角與吸引人的角色們，讓這個系列成爲推理傑作。」

——*Shelf Awareness* 書評

「本書是雪麗．湯瑪斯的超人之舉，她創造出令人雀躍的夏洛克．福爾摩斯嶄新版本。從仔細安排的轉折到優雅的文句，《福爾摩斯小姐》是福爾摩斯世界的閃耀新星。本書滿足了我所有期望，已經等不及看到下一場冒險了！」

——紐約時報暢銷作家狄安娜．雷本（Deanna Raybourn）

「雪麗．湯瑪斯是這一行的翹楚。」

——紐約時報暢銷作家、《僞造眞愛》作者塔莎．亞歷山大（Tasha Alexander）

「讀者將會屛息期待湯瑪斯以何種妙招，將福爾摩斯的經典元素帶入書中的各個細節，一頁接著一頁地探索謎團將如何解開。」

——暢銷作家安娜．李．修柏（Anna Lee Huber）

福爾摩斯小姐 4

沃德洛堡拍賣會

目次

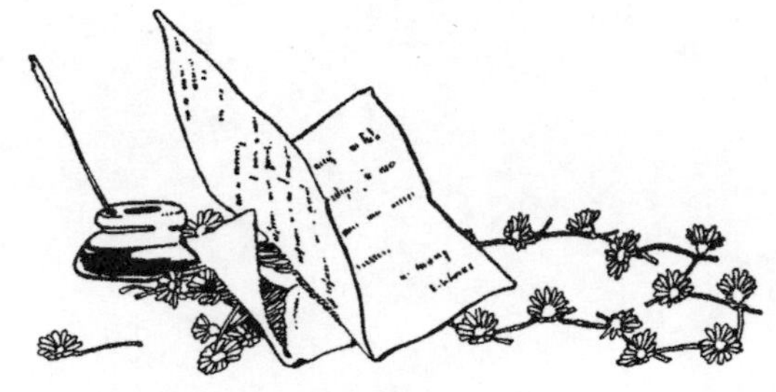

獻給Janine Ballard，
讓我的作品都變得更好

第一章

奧莉薇亞．福爾摩斯小姐經常對其他女性感到畏懼，包括美麗的女性、時髦的女性、八面玲瓏的女性。假如她們三種優勢皆備，那她肯定會覺得自己像隻莫名混入孔雀群當中的卑微松雞。

比起美麗，眼前這名女子的眉宇間帶著英氣。她不可能是交際花，那身穿著打扮肯定會讓夏洛特無聊到打瞌睡。就算比不上自家熱愛花俏裝飾的妹妹，品味比較保守的莉薇亞也覺得這名訪客的穿著可以再增添點什麼，譬如更明亮的配色、觸感更好的材質，就算是在那條單調的銀藍色裙子上加幾個褶也好。

然而莉薇亞卻從她身上感受到前所未有的魄力。

「牛奶？糖？」她細聲詢問，「奧本蕭太太，要來點馬德拉蛋糕嗎？」

奧本蕭太太的另一個稱號是馬伯頓太太，同時也是已故的莫里亞提太太。但她其實還在人世。

她點頭示意。「謝謝妳，福爾摩斯小姐。我很樂意享用馬德拉蛋糕。」

「有眼光。」福爾摩斯夫人在一旁鼓譟，「我的管家最會做馬德拉蛋糕。」

福爾摩斯家曾有個擅長做蛋糕的廚師，當時她握有足夠的預算來添購食材，但那位廚師幾年前離開了，現在掌廚的人烘焙手藝頂多只能說平平。這二十年來，他們沒請過對食材室掌有主導權的管家——至少在莉薇亞的記憶中是如此。

莉薇亞絕不會吹噓福爾摩斯家廚房端出來的任何一塊蛋糕，畢竟只要咬一口，就能感受到它們的品質——如果眞有品質的話。但對她欠缺先見之明的母親來說，吹牛皮當下的喜悅總是超越下一刻自打嘴巴時的尷尬。

這位訪客曾在他們家吃過一次飯，今天來喝茶是第二次，她明智地放下莉薇亞遞給她的蛋糕盤。

福爾摩斯夫人正展開漫長的獨白，闡述他們家在地方上的重要性（全是謊言和誇大其詞）、她的長女嫁進了多好的人家（莉薇亞只想和漢莉葉塔的丈夫庫伯蘭先生拉開十呎以上的距離）。

或許這就是莉薇亞加速踏上老處女之路的原因，她只想和諸多男性拉開十呎距離——其餘的男士則是對她視而不見。

除了一個人。

五天前，他毫無預警地踏入她家，她嚇傻了——同時看得入迷——半晌才注意到他並非獨自前來。

他的雙親也一同上門。

眞的是太——好吧，不能說掃興，只是她的喜悅之情被緊繃和不安瓜分，焦慮了一整晚，無法好好享樂。當夏洛特對莉薇亞提起這小伙子時，毫不隱瞞他的存在伴隨著多少危機——這家人遭到追捕，居無定所，也缺少值得信賴的交際圈，總是四處漂泊，難以過上幾天安穩的日子。

莉薇亞可以打包票，她的人生裡欠缺浪漫或興奮。她一向想得很多，然而無論她想得多遠，卻從未預料到——

「福爾摩斯小姐，妳今年冬天有什麼計畫呢？」

莉薇亞一驚。馬伯頓太太是什麼時候讓福爾摩斯夫人閉嘴，掌握了談話的主控權？她想必使出了驚人的話術，看福爾摩斯夫人死盯著她、眼中蘊含著畏懼與希冀的模樣就知道了。

赤裸裸的期待令莉薇亞膽寒。不過爲了自己著想，福爾摩斯夫人急著想再嫁掉一個女兒的心情反而成了她的機會。

「我非常嚮往在鄉間度過聖誕假期。」莉薇亞回應馬伯頓太太的提問，老實說她也沒體驗過不同的過節方式。「夫人，你們一家可有什麼打算？」

這個問題遲早要問的。

馬伯頓太太打量她好一會兒，謹慎而篤定地答道：「我正在考慮去南法一趟。在這座權杖之島上，冬季稱不上怡人。相較之下，即便是十二月隆冬，蔚藍海岸依舊陽光普照，氣候和煦。」

南法一直以來都是莉薇亞的憧憬，因此不需要假裝，她語氣中的欣羨貨眞價實。「喔，眞是美好的計畫，我腦中已經浮現出地中海的海景。」

「我們可能會在海邊待個一兩天，其餘日子則在內陸度過。」馬伯頓太太想了一會兒。「可能是艾克薩普羅旺斯吧。不然就是在濱海阿爾卑斯省找個小山村。坐在熾熱的火爐旁，啜飲當地釀造的葡萄酒，品味農家燉菜，眺望遠方海景。」

明明從未經歷過那樣的生活，近似鄉愁般的情感卻刺痛了莉薇亞的心。她提醒自己絕對不能忘記馬伯頓一家這二十年來總是在逃亡躲藏。儘管馬伯頓太太說得天花亂墜，但他們的假期不可能只有安穩的奢華享受。就算有美酒、美食、美景包圍，他們的喜悅中肯定參雜著恐懼，在驚濤駭浪中顛簸求生。

「我還眞沒勇氣嘗試法國的鄉下菜，鍋子裡該不會放了青蛙吧？」福爾摩斯夫人自顧自地哈哈大笑。

馬伯頓太太沒理會她。「福爾摩斯小姐，妳對法國鄉間風光有興趣嗎？」

「喔，夫人，我完全沒問題。我不太講究飲食。只要能讓我在太陽下散散步，帶著一本好書，靜靜看上一陣子就可以了。」

這句回應再次換來馬伯頓太太若有所思的眼神。

不是認同，但至少也不是輕蔑。馬伯頓太太對福爾摩斯夫人已有既定印象，但似乎還不確定要如何看待莉薇亞。還沒。

莉薇亞不知該怎麼自處。

這時門被打開了，她父親與馬伯頓家的男士踏進客廳——亨利爵士帶著兩人到他的書房享用剛入手的古巴雪茄，這可是他們家難以負擔的奢侈品。

馬伯頓家的家長腳步微跛。不知道是與生俱來的優雅儀態，還是靠著意志力硬撐，他從容的神態讓人覺得不平穩的是地面，而非他的步伐。亨利爵士總是笑臉迎人，像是在吶喊著：「看看我過得多麼順遂，我這輩子還有什麼缺憾？」但克里斯平・馬伯頓先生不會刻意擠出笑容。從他輕柔的話語、不時展露的笑容——特別是朝妻兒露出的神色——莉薇亞心想自己似乎瞥見了這位男士保留給自家人的溫情。

年輕的馬伯頓先生更加活力充沛。被迫過著漂泊不定的生活對他來說實在是太可惜了，莉薇亞可以輕易想像他在年輕人的社交圈裡成爲寵兒，隨和開朗的個性引來男男女女的追逐。

她凝視自己的茶杯。

她一直期盼著能與他重逢，但她還沒準備好見他的父母。就連他姊姊也來了，他說她假扮成他們的男僕，待在僕人休息區，與福爾摩斯家的僕役打交道。

他們對彼此的了解尚淺，只在幾個月前的社交季期間說過三次話，當時他用的還是假身分。在那之後，他送過一些小禮物傳達情意，然而一直到五天前的晚間，他才再次出現在她面前，以亨利爵士近期的生意夥伴身分，帶著他的家人登場。

謝天謝地，她的雙親還被蒙在鼓裡，他們依舊認定奧本蕭少爺是個青年才俊，是莉薇亞未來的指望。其餘眾人都很清楚這趟來訪的眞正目的——史蒂芬・馬伯頓對莉薇亞動了眞情，他的雙親不得不親自前來見她一面，評估她的底細。

太快了。太快了。她還不知道自己究竟是想留著這分情意，還是在他不在的狀況下放任它自然凋零——後者明智多了，畢竟她不會選擇他那樣的生存之道。

客廳裡交織著由史蒂芬・馬伯頓主導的閒適對話，然而福爾摩斯夫人隨即天外飛來一筆，毫不掩飾地問奧本蕭少爺要不要去院子裡走走，她的女兒可以作陪。史蒂芬．馬伯頓的語氣帶著恰到好處的喜悅，讓莉薇亞開心又不感到尷尬。

兩人穿上大衣、戴上手套來抵擋潮濕寒冷的天氣，一踏出門外，她擔憂得心臟狂跳。

不，那是恐慌。

倘若他要求她拋下目前的身分和景況——全是她痛恨至極的事物——換取完全陌生的新生活，她該如何應對？

她不知道自己是否有足夠的勇氣委身馬伯頓先生。她不知道自己是否適合踏入婚姻。她妹妹夏洛特並不是福爾摩斯家唯一強烈質疑婚姻的女兒。更重要的是，她心中早已懷抱不祥預感，她不確定自己不會因爲難熬的婚姻生活而步上她那位令人不抱期望的母親後塵。

莉薇亞回頭望向屋子。透過被雨水滴得斑駁的窗戶，客廳裡的母親清晰可見，她正以超乎必要的力道比手畫腳著。福爾摩斯夫人有時愛慕虛榮，有時吹毛求疵，有時粗鄙無禮，有時三者兼具。但在極爲罕見的時刻，莉薇亞依稀能瞥見很久很久以前，在成爲福爾摩斯夫人前的那名少女樣貌。那時她還沒愛上亨利．福爾摩斯爵士；還不知道亨利爵士無意回應她的幽微情懷；還不知道他與她來往只是爲了激怒前任未婚妻艾梅莉亞．德魯蒙夫人，她在他們原訂的婚禮當天與別人結爲夫妻。

那名少女的幽魂令莉薇亞捫心自問：她也有滿懷的自傲，以及無底洞般的愛情需索，還有與害怕被拒絕的永恆拉扯。

困在悲慘的婚姻中，遠離家人和朋友，只有四處留情的丈夫和難搞的孩子相伴，激發出福爾摩斯夫人性情中最惡劣的因子，把她消磨成最難相處的女人。

莉薇亞踏上庭院小徑，凹凸不平的礫石刺入她腳下雨靴日漸單薄的靴跟，持續不斷的輕微不適正如她心中那些不可愛的因子，如影隨形地彰顯它們的存在。她大可憤世嫉俗——喔，她眞想大發一場脾氣。她氣這個世界，對旁人欠缺信任。她想要的太多——財富、名聲、世人的認同，還要周遭眾人對她低聲下氣，即便只是表面工夫。

身旁的青年輕快地踏過鋪滿落葉的小徑，他知道她的心思嗎？還是說他懷抱著幻想，以爲她會爲了獲得拯救而感激涕零，下半輩子情願當個快樂順從的伴侶？

「我想我們都在害怕一件事。」他柔聲說，「怕妳選擇了我——然後總有一天會後悔。」

她腳步跨到一半僵住了。兩人視線相交，他清澈的眼眸中染上一絲憂愁。他的恐懼令她心痛——他對她的感情無法激發出無堅不摧的勇氣，不足以罔顧一切阻礙。下一瞬間她鬆了一大口氣，心臟狂跳，指尖刺痛，彷彿他們剛從冰寒刺骨的地方回到溫暖處。

「我不相信自己。」她繼續前進，「我在這裡不開心，但也或許到哪裡都擺脫不了這分憂鬱。我不敢負擔持家的重責大任。」

「某些人就像沙漠植物，只需要少許露水，每隔幾年來場暴風雨就能存活。不像其他人需要肥沃的土壤和宜人的氣候。沒能在沙漠邊緣開花結果不是妳的錯。妳家大姊一逮到機會就找了個蠢貨嫁掉，逃到天邊去。妳妹妹選擇犧牲名聲，而非繼續受妳父親擺布。」

若是還能保住清白，夏洛特當然是樂意至極，但莉薇亞懂他的概念。「她們很堅強。在我的心目中，漢莉葉塔是個潑婦，可是潑婦知道她們想要什麼，才不在乎擋在前面的閒雜人等。雖然夏洛特不是潑婦，但是她既無情又懂得變通。」

「我最羨慕她有彈性的思維，要是不能直走，就拐彎繞過去——似乎只要有杯茶、來片蛋糕，就能穩住腳步。我讓自己陷入某種心境，在微弱的希望和漆黑的絕望之間擺盪。要是人生太過沉重，我怕我不會被扳彎，而是直接斷成兩截。」

他嘆了口氣，語氣中沒有絲毫不耐，只有深深的渴望。「妳還沒確定自己的心意之前就先說這種話，妳一定很了解自己。」

她對自己一點也不了解。

「我很樂意把部分功勞歸給夏洛特，她總是把浪漫愛情視爲轉瞬即逝的事物。」

「我對浪漫愛情的評價比她正面一點。在我眼中，那不是註定腐敗的命運，而是改變的動力。是的，愛情可能漸漸煙消雲散，或是劣化成苦澀與敵意。但它也有機會像美酒般香醇，變得無比深刻成熟。」

他的語氣充滿自信，讓人不由得信服。她戴著手套的手悄悄按住馬甲最上端的釦子。擁有如此美好正向的視野會是什麼感受——是否就像背負著羽翼出生？他沒有讓她改變想法，只是讓她自慚形穢。

庭院小徑一轉——她就是在等待這一刻，樹叢暫時遮蔽兩人身影。她遞出一封信。「可以幫我拿去郵局寄給我妹妹嗎？」

他把信收進大衣裡。「沒問題。」

他的雙頰凍得泛紅，下巴和兩人於夏季初遇時一樣蓄著鬍鬚，只是短了許多，頂多留了兩個禮拜吧。她很好奇摸起來的觸感——這眞是太令人震驚了，不只是因爲她懷抱著這種心思，也因爲她活了快二十七年，卻從未想過這種事。

他凝視著她。她意識到自己也在做同樣的事，不敢眨眼，甚至忘記周遭一切。她匆忙邁開腳步，再過幾秒，她母親——或更糟，他母親——就要質疑他們躲在樹後幹什麼勾當了。

「你們眞的要去南法嗎？」她穩住嗓音，腳步卻踏得太快，彷彿是急著逃離犯罪現場。奧本蕭一家今天是來道別的，天知道她要等多久才能再見到他。

「恐怕不會。我們也不太可能一起過聖誕節。以一家人的身分造訪親友——我們不做這種事。這會讓我姊姊萬分不安，她希望我們離開英國，各自行動，銷聲匿跡一陣子。」

「喔！」

「雖然她不斷刺探，但我想她還沒看穿我們的事。」他笑了笑。「我會盡量待在國內，也會寫長信向妳報告一切。」

他從沒寫過信給她。光是想到一張張信紙沉甸甸地包在信封裡，想到飽滿甜美的文字，想到它們承諾的親密與解脫——她暗自企盼不已。

企盼著代替他陪伴在自己身旁的信。

他能堅持多久呢？

「馬伯頓先生，說到信，我必須和你說明一下剛剛請你協助寄出的那封信。信的內容與你和你的家人有關，還牽涉到一點詐術。」

□

「我和媽媽說我幫她做了一整本的三色堇壓花。」英古蘭爵爺的女兒露西妲宣告說，這個即將綻放才華的小小植物學家，熱愛窩在庭院和溫室裡。

他們正在他位於鄉間的產業，堅決谷莊園的橘園溫室裡，她以超齡的嚴格目光觀察著一叢三色堇。他細細打量她——這陣子他總是格外細心照看兒女，生怕他們有絲毫不開心。不過露西妲個性堅毅，就連更內向敏感的卡利索也沒惹麻煩。

隔著溫室的玻璃外牆，他看到卡利索握著家教亞摩斯小姐的手，站在池邊。亞摩斯小姐帶著一條麵包，不時遞給卡利索，讓他剝下麵包屑拋向池裡的鴨子。

不久之前，他還對這些嘎嘎亂叫、時而咄咄逼人的鴨子避之唯恐不及。英古蘭爵爺欣慰地看著兒子冷靜趕開一隻靠得太近的大白鴨。亞摩斯小姐笑著和他說話，顯然是在稱讚鼓勵。

亞摩斯小姐的性情或許太過夢幻、不切實際，但她溫和又不帶威脅的氣質，成爲母親離開後包裹著兩個孩子的柔軟緩衝。

彷彿是察覺到他的視線，亞摩斯小姐望向溫室。隔著整排柑橘盆栽和種在玻璃牆邊的檸檬樹，她應該是看不到他，不過她仍舊羞赧地將一縷髮絲勾到耳後，稍加猶豫後轉頭面向卡利索。

英古蘭爵爺皺起眉頭。他不怎麼在乎自己的魅力，然而亞摩斯小姐近期的神態，隱約透露出她不只是把他當作雇主看待。

家庭教師的處境已經夠艱難了——嚴格來說，她既不是屋裡的僕役，也不是家族成員，如果再往如此複雜的身分當中添入一點遐思……

至少他能確定自己沒有給過她任何暗示和機會。沒錯，除非必要，不會在她身邊多待一秒。

「這些先不要。」露西妲說：「媽媽好像不喜歡橘色。」

這叢三色堇橘得發黃。

「媽媽喜歡三色堇嗎？」他問。

他認爲她的品味比較偏向玫瑰和蘭花這類優雅高尙的花卉。

「我喜歡三色堇。媽媽說我要做喜歡的事——爲了她。所以我告訴她說我要收集三色堇，做成漂亮的壓花。每當我看到三色堇就會想到她。」

他蹲到她身旁，大拇指撫過她的臉頰。「妳眞是太棒了。」

「是啊。」她完全接受讚美。「只要她看到我做了多少壓花，就會知道我有多麼、多麼想她。」

劇痛深深刺入他的胸膛。第一次抱起襁褓中的女兒時，他肯定沒想過會讓她過著這樣的生活。「我相信媽媽一定會很感動。她會好好珍惜每一朵三色堇壓花。」

「我要做很多、很多壓花，就算她弄丟一些，還是會有很多。」

提起離開多時的母親，她的語氣沒有絲毫感傷，而是堅定又理智。要是未來得知父母離婚的消息，她會有什麼反應？他已經向高等法院的遺囑檢驗、離婚與海事分庭提出申請，但八成要等到一月的春季開庭期才會審理他的案子，也說不定要等到復活節開庭期。他開始祈禱了。

離婚申請通過後，他就得向孩子們說明眞相，可是他越來越擔心他們會先從旁人口中得知此事。他的大嫂——威克里夫公爵夫人邀請孩子們到伊斯特萊公館過聖誕，他答應了。即使在伊斯特萊這麼大的產業裡，可能會聽到不中聽的流言蜚語，但他們與堂哥、堂姊相處融洽，他無法阻止兩人享受同輩親情。

溫室門打開，卡利索牽著亞摩斯小姐的手走了進來。一看到英古蘭爵爺的身影，他便鬆手衝上前。「爸爸，看我找到這根羽毛！」

「眞是了不起。」羽毛將近一呎長，潔白乾淨，羽枝整整齊齊。「最棒的收穫。」

「可以送給媽媽嗎？」

英古蘭爵爺突然無比在意亞摩斯小姐在場。他極度不想在外人面前提起妻子，卻也無法命令家教只要孩子提到他們的母親就得退下。「當然可以。想到要放哪裡了嗎？」

「放我床邊桌子上。」

又一陣心痛襲來。那張小桌子上已經擺滿卡利索打算送給母親的小玩意兒。

露西妲的視線離開花叢。「爸爸，我們可以去倫敦嗎？媽媽說不定在倫敦呢。」

他一愣，差點就要逼問女兒怎麼會有這個念頭。接著他憶起上回帶孩子們去倫敦時，他們見到了母親，又驚又喜。

英古蘭夫人再度展開逃亡之旅，這回不是爲了躲避英國政府，情報單位已承諾不再追究她害死密探的罪行，但她還有莫里亞提這個敵人——她曾公開指控這個幕後黑手犯下一連串滔天大罪。英古蘭爵爺不知道她人在何方，不過應該不會在倫敦等著見孩子。

卡利索兩眼一亮。「可以嗎？爸爸？可以嗎？」

他再次意識到亞摩斯小姐就站在一旁。謝天謝地，她投來的目光中不帶憐憫，但她眼底的愛慕幾乎一樣糟糕。

「我想媽媽不在倫敦喔。她去國外了，很遠的地方。」

「如果她回來，一定會先到倫敦。」露西妲的邏輯很好。

「那我就可以給她羽毛啦！」卡利索揮舞那根羽毛。

「爵爺，如果需要的話，我可以帶孩子們回屋裡。」亞摩斯小姐怯怯地提議。

「謝謝，不過就不麻煩妳了，亞摩斯小姐。我要帶他們去童話小屋。妳去忙別的事吧。」

「是的，爵爺。」她不太情願地回應，但還是乖乖離開。

「要陪我散步走遠一點嗎？」

孩子們樂意極了。兩人腳力都不差，也不怕這點寒風。而且他們愛極了童話小屋。他把原本的破舊木屋改造成童話故事裡的場景，完美的小房子就座落在完美的小花園裡。

三人回屋裡包了些食物，健行前往莊園另一角的童話小屋。半路上，露西姐問道：「我們什麼時候要去倫敦啊？」

他沒有天眞到以爲她會忘記這件事。這孩子就是如此。「明天。」

他們同聲大叫：「明天！」

「對，明天。反正再過幾天就要去你們伯父伯母家，中間會經過倫敦。前往伊斯特萊前，在倫敦待上幾天也不錯。」

兒女蹦蹦跳跳，緊緊抱著他。他把臉埋進卡利索柔軟的髮絲間，沒有提醒他們這趟見不到母親。再過不久，他們將會知道與母親見面的機會極爲少有。

而且，他想去倫敦也是抱著私心。

□

隔天。夏洛特．福爾摩斯小姐雖靠著幫虛構的兄長夏洛克代言、提供精準無比的推理維生，但是她對於只要扯上親生姊姊貝娜蒂就半件事都說不準的情形，深深感到懊悔。

亨利爵士與福爾摩斯夫人有四個女兒。二女兒貝娜蒂一生下來就與現實世界斷了線。她沒發狂，也不具暴力傾向，可是無法自理生活，遑論出席公開場合。因此，她的存在遭到徹底抹消。

夏洛特在夏季離家出走，以顧問偵探夏洛克．福爾摩斯的身分賺到足夠的資金後，使了點計謀把貝娜蒂帶離老家。多虧了搭檔兼金主華生太太鼎力相助，她的小小事業生意興隆。

夏洛特住在華生太太家，貝娜蒂看起來很喜歡為她準備的房間——裡頭擺了滿滿一架子的齒輪，以及掛在竿子上的線軸，她就愛轉動各種東西。但她還是無法自行進食，夏洛特最多只能餵她吃下半碗粥。

她試過拿一片蛋糕引誘貝娜蒂。夏洛特很想把蛋糕送進自己嘴裡，但是她必須苦苦地抵抗赤裸裸的食欲，畢竟一個小時前才吃過午餐。這片充滿奶油香味的濕潤糕點，擁有如同大行星般的引力——至少對夏洛特來說是如此——可惜貝娜蒂莫名地對蛋糕魅力免疫，她忙著旋轉線軸，堅持不看一眼。

夏洛特深深嘆息，同時希望自己也能和貝娜蒂一樣厭惡蛋糕。當然也不是要永遠迴避美味的蛋糕，只要在她的雙下巴呼之欲出前，偶爾抵抗再來一片的誘惑。

她習慣放縱欲望。唉，她對蛋糕和各色甜點的熱愛，有時會與她的審美觀相互牴觸，只要有一點五層的下巴，她的臉型就會走樣。不過她對下巴層數的執著，不只關乎五官輪廓，同時也限制了衣著選擇。一旦再多半層肉，衣服就會緊到讓她無比難受。

而且目前預算吃緊，手頭的資金還由不得她把整個衣櫃翻新。

夏洛特最後一次試著把蛋糕餵給貝娜蒂，依舊遭到拒絕。

「咱們的福爾摩斯小姐很有主見。」華生太太家的女僕蘿絲．班寧說道，她負責陪伴貝娜蒂。「夏洛特小姐，妳不覺得嗎？」

貝娜蒂是最年長的福爾摩斯小姐，打從她搬進這棟屋子的那一天開始，眾人就改稱她的妹妹為夏洛特小姐；身為小輩，這樣比較合乎禮節。

「堅不可摧的成見。」夏洛特答腔。

然而這個世界無權得知貝娜蒂的腦袋是如何運轉的。就連夏洛特也只能毫無根據地瞎猜。她看著姊姊不厭其煩地旋轉著一個個線軸，接著掏出筆記本，抖開報紙。

從今年夏天開始，她總是格外留意報紙上刊登的小小告示。莫里亞提的組織透過個人告示傳遞解碼的關鍵。她和莉薇亞也以此傳遞訊息，而她也曾用這種方式聯繫馬伯頓一家。沒有同父異母兄長馬隆．芬奇先生的消息，兩人最後一次見面是在社交季結束時。她分別在九月初及十月初收到兩則短短的告示訊息。

兩則內容如出一轍。經過解碼後，內容都是：親愛的凱薩，羅馬還好嗎？義大利一切都好。**3NN**。

提到義大利，代表他人在英國境內。數字意味著現下處境有多危險，滿分十分，而以莫里亞提組織的叛徒來說，三分算是很不錯了。第一個N的意思是倫敦的北方，第二個N是「沒有」，他沒有寄出信件提供更進一步情報，不然夏洛特就得去郵政總局，以先前約定的假身分領信。

兩個月毫無音訊，夏洛特開始為他感到不安。他被莫里亞提逮到了，才會這麼久沒消息？還是說他參加五十日旅行團，從倫敦搭船，橫越美國後前往澳洲阿德萊德，因此無法與她聯繫？

她正要放下報紙時，有人敲了門。是華生太太家的僕役長麥斯先生，他送來了從郵政總局的夏洛克．福爾摩斯私人信箱中收回的近期信函。

夏洛特和華生太太前陣子不在倫敦，啓程前，她們在報紙上登了廣告說夏洛克．福爾摩斯要休假一陣子，暫停接案。兩人渡假期間，無意中插手了英古蘭爵爺的堅泱谷莊園命案。華生太太的姪女，在巴黎學醫的里梅涅小姐趕回來協助調查。華生太太只匆匆見了里梅涅小姐一面，很想再和她多相處些時間，之前她幫夏洛特把貝娜蒂移到倫敦之後，隨即動身前往巴黎。

夏洛特目前也不急著復工——貝娜蒂在短時間之內換了好幾次環境，她希望在接下需要投注心神的工作之前，先將姊姊安頓妥當。

因此，他們沒公開夏洛克．福爾摩斯回倫敦的消息，以致寄給這位顧問偵探的信寥寥可數。不過今天倒是來了不少信，她心頭一喜：如此便有藉口晚點再來思考她欠英古蘭爵爺的回信。

寫信給他應該不是什麼難事，兩人從小就有書信往來。在他婚後，信件主題大幅轉變，年輕時包羅萬象、深奧艱難的探究，縮減成眼下的實際事務。他寫到他的考古挖掘成果、孩子、其餘職責。她細數自己參加過的集會、小小的化學實驗，只在偶然間提提貝娜蒂的挑嘴習慣。

兩人的生活在過去六個月內產生了劇變。儘管他們重拾以往書信往來的習慣，但是他的信仍然圍繞著同樣的話題打轉。她大可隨意聊起她經手的案件、葛斯寇太太近期熱中的精緻糕點，然後在偶然間提提貝娜蒂依舊不肯好好進食。

但她不想。這股抗拒的衝動令她吃驚。

她手腕一抖，劃開寫給夏洛克・福爾摩斯的信函封口。

一半是提早送來的聖誕卡，祝這位大偵探與他能幹的妹妹佳節愉快。另兩封顯然是惡作劇，來信者要嘛是心思不夠縝密，就是經驗不足，缺乏可信度。

最後一封信用的是朗廷飯店的信箋。

親愛的福爾摩斯先生：

聽說若想尋回重要物品，您是值得信賴的幫手。我急需您的服務。請問最快什麼時候方便拜訪您？

來自遠方的旅人敬上

她重讀這封信，拎起方才丟下的報紙。要是她沒猜錯，這是一位需要幫助的女性。夏洛特・福爾摩斯可以出手相助，找點別的事來轉換心情。

第二章

那名有求於人的女子，確實是來自遠方的旅人。顯而易見的，她出身於印度次大陸——還擁有一副極為討喜的面容。

好吧，討喜這個詞太籠統了。她眉目疏朗，一雙靈動的大眼。比起美麗，她更具備神祕的吸引力和強大的存在感，不需要美貌這種俗氣的特質，就能迷倒眾生。

她優雅地揚手，稍稍調整遮住髮絲的輕薄頭紗。半透明的綠色頭紗與她深綠色的罩衫和寬褲相襯，金黃色花葉刺繡點綴其上。頭紗之下的髮絲帶了點灰，但她臉上幾乎看不出半點紋路，只有那雙有些皺紋的雙手透露了她的年齡。

「福爾摩斯先生的不幸遭遇真是令人遺憾。」她的嗓音柔和文雅，口音如同一片玫瑰花瓣香氣般若隱若現。

可是夏洛特聽出了她的失望。

當她踏進上貝克街十八號客廳，發覺是由夏洛特接待的那一瞬間，失望之情可說是溢於言表。她很有禮貌地聽夏洛特解釋夏洛克·福爾摩斯的身體狀況。在這個時刻，其他客戶通常會焦躁地納悶這位偵探能以何種方式協助他們，然而夏洛特從眼前女子的臉上讀出對方深信自己白跑了一趟。

「雖然家兄無法下床，但他協助過無數客戶，而他們許多人都很樂意爲他們獲得的幫助背書。需要我提供幾位客戶的名單嗎？」

女子前額蹙起皺紋。「沒有必要。福爾摩斯小姐，感謝妳撥冗與我見面，但我不認爲令兄適合幫我完成這項任務。」

「眞是遺憾。女士，妳確定我們眞的無法說服妳嗎？」

在即將吐出斬釘截鐵的「不行」之前，女子望向緊閉的臥室門。「福爾摩斯小姐，老實說，我甚至不相信那個房間裡眞的有人。」

得知夏洛克・福爾摩斯身負殘疾的客戶，反應五花八門，但這還是頭一遭有人質疑夏洛特這場戲的主要人物。

夏洛特挑眉。從這位客戶的音調聽起來，並非刻意找碴——她的音色宛如羽毛拂動般輕柔，不過語氣中的挑戰意味不容錯辨。

「女士，若是妳這麼想，那我怎麼說也無法令妳滿意。家兄的傷勢導致他無法言語，請恕我無法放任客戶侵害他的隱私。由我居間傳話便可完成委託——由我來傳達夏洛克的卓越心智。」

「既然福爾摩斯先生喪失了行動能力，要如何向妳傳達他的意思？」

即便她已無意向夏洛克・福爾摩斯提出委託，嗓音中仍舊浮現一絲興味。

「我們在兩個房間之間裝設針孔，他可以看見妳投射在臥室牆上的身影，然後以改良式的摩斯密碼敲我的手掌與我溝通。」夏洛特起身。「我馬上回來，到時候會轉達家兄對妳的推測，讓妳判斷他說中多少。」

她在房裡待了三分鐘，在這期間，她的客戶紋風不動，也沒碰茶水或是蛋糕。

「女士，感謝妳耐心等待。」夏洛特回到客廳。「或許我該稱呼您殿下。」

女子沒有絲毫放鬆——來此求助的人總是如此。她反而更加緊繃，夏洛特心中浮現鷹隼起飛的影像。但這頭猛禽是打算逃脫，還是獵食？

「福爾摩斯小姐，身在倫敦的印度女性不一定是王族。」她的嗓音依舊柔和，好似包裹著手掌的絲絨手套，而那隻手剛抽出一把長劍。

「確實不是。我前次遇到的是英國軍人的遺孀，她想籌措足夠的返鄉旅費。但您在朗廷飯店寫信，特地自稱來自遠方的旅人。」

「一看到您捎來的信，家兄便想起他在報紙上看到某位印度王族上週住進朗廷飯店。他提起這則資訊後，我又找到一篇報導：兩天前女王陛下在溫莎堡接見外交代表，提及女王陛下對艾札瑪的太后特別青睞，與後者對談將近四十五分鐘。」

太后臉頰一震，她凝視著夏洛特，彷彿她也拔出了武器。

夏洛特端起她的茶杯。「夫人，若是身旁就找得到幫手，客戶是不會大老遠跑來見夏洛克·福爾摩斯的。身為眾人的最終手段，我們對己身的角色嚴肅以待，若非必要，絕對不會將客戶的困境公諸於世。」

「若非必要？」太后低喃。「也就是說如果你們認為有其必要，就會打破保密協定？」

「是的。我們曾兩度透露客戶的祕密。第一次是爲了防止客戶受到更大的傷害；另一次是發現客戶以假身分上門洽談——人命關天，我們不得不拆穿。依據整體情勢和危險性，我們對這些選擇毫不後悔。」

太后陷入沉默。

「您不一定願意完全信任我們，但如果您遭到勒索，而比起隨著幕後黑手起舞，更希望查出將對方定罪的線索，我們很樂意提供協助。」

太后也端起茶杯，優雅地攪拌茶水，又放回原處。「我無意進一步委託福爾摩斯先生，對於他的推測也不予置評。希望他健康順遂。福爾摩斯小姐，妳也是。」

客戶沒有委託夏洛克·福爾摩斯就離開，這種事從沒發生過，不過夏洛特也沒指望會有不同的結果。「這樣的話，請讓我叫哈德遜太太來送您離開。夫人，既然委託取消，您毋須掛慮諮詢費。」

「妳太多禮了。」太后起身。「我自己出去，也會支付諮詢費。」

夏洛特跟著起身。「夫人，祝您有個美好的一天。」

「妳也是，福爾摩斯小姐。」一絲笑意瞬間扯動她的嘴角。「我得說我沒有任何證據可以證實那是令兄的推論，而非妳自己的想法。」

夏洛特點點頭。「假如我有足夠能力一人分飾二角，那夫人您只看到我的存在也不簡單。」

□

華生太太坐在準時抵達的豪華馬車裡，嘆了口氣，對她的巴黎小假期萬分滿意。

潘妮洛的朋友圍繞在她身旁，向她傾訴她們的人生歷程，尋求從時尚到求職的各種建議，邀請她和潘妮洛明年夏天到比亞里茲渡假，冬天到蔚藍海岸小聚。

還有啊……

華生太太不禁咧嘴，想起潘妮洛某位同學的兄長對她百般讚美，以及另一位同學的小阿姨塞進她掌心裡的道別信。

現在那些都過去了。她喜孜孜地乘車行過被雨水浸濕的倫敦街道，回到她可愛舒適的家園，迎向華生與福爾摩斯的下一場冒險。

是的，她認爲自己這輩子做了許多正確的決定，才會走到現在。即便某些決定曾令她痛苦萬分……

馬車停在她家門外，麥斯先生一眨眼就出現在人行道上，親自幫她開車門。

「夫人，歡迎回來。里梅涅小姐可還安好？」

她笑了笑，心頭湧現純粹的喜悅。「才一陣子沒見，就又長大了些——而且越長越優秀啦。親愛的麥斯先生，這陣子過得如何？」

麥斯先生還來不及回話，一道嘶啞的嗓音便從一旁響起：「唉，華生太太！我還以爲妳去了巴黎！」

是華生太太的鄰居萊列太太，她的亡夫是傑出的商船船長，這名年邁的寡婦因此稱得上是飽受敬重，與聲名有些狼藉的華生太太可說是天差地遠。

「確實，我剛從光之都回來。萊列太太，妳近來如何？」

華生太太努力不讓其他女性誤解她的作風，特別是名聲光譜與她相左的女性。因此萊列太太從未邀請華生太太到家中坐坐。上回她的哥哥——也是鰥夫——來訪時，一見到華生太太就兩眼發光，被萊列太太一把扯開，兄妹倆差點跌成一團。

不過呢，若是沒有其他親友在場，萊列太太反而膽子大了些，樂得與華生太太在人行道上聊天。光天化日之下，她非常安心，就算被旁人看到她和曾在聲色場所打滾過的華生太太說話，也總能歸咎是對方故意找她攀談。

華生太太毫不介意，特別是在失去另一半、獨立撫養孩子的這幾年，生活欠缺刺激，能成爲萊列太太這類人茶餘飯後的話題，反倒令人愉快，也獲得些許冒險的快感。

兩人天南地北地聊起各種小事，麥斯先生和男僕兼馬夫羅森先生忙著卸下她的行李。接著羅森先生驅車離開，華生太太準備擺脫萊列太太，就在這時，一輛路過的馬車放慢速度，在稍遠處停了下來。

不是什麼値得留意的事。她們就在攝政公園附近，而住得太遠、無法徒步前來的人，往往會搭乘馬車來公園散步。但是沒有人下車。

華生太太讓萊列太太說完話，找了個藉口告辭。一回到屋內，她鑽進面對公園的一樓用餐室。那輛馬車停在原地，至少過了十五分鐘才離開。

沒有人下車，也沒有人上車。

這事有些掃興。她家曾經遭受莫里亞提爪牙的監視。

在堅決谷調查接近尾聲時，那個原本沒多少人知道、只在耳語間傳播的名字，突然間被打上聚光燈，承受社會大眾的灼灼目光。事態發展至此，再加上莫里亞提對隱密行事的偏好，華生太太很希望他們能擺脫那些爪牙一陣子。

正門再次敞開，她微微一驚，才發現是夏洛特．福爾摩斯小姐走了進來，一身相對樸素的訂製短外套裙裝。

「親愛的！」從今年夏季初識以來，兩人第一次分開這麼久。「一切還順利嗎？」

兩人上樓，走向面西的客廳，一邊交流這陣子的見聞。華生太太沒有提起那輛停靠太久的馬車，拉鈴要女僕送茶。她不想讓莫里亞提的幽影破壞現下的溫馨氣氛，於是她取出一套迷你甜點，這是她和潘妮洛一起選購的限定版本。

「希望妳還吃得下一兩個小蛋糕。」

夏洛特小姐經過一番思量：至少在這屋子裡，她總得嚴陣以待那呼之欲出的雙下巴。「要是省掉接下來幾頓飯的布丁，或許每天喝茶的時候可以吃一個。」

華生太太呼了口氣，掌心按住胸口。

「或許我們可以重新安排棍術練習。夫人，如果妳把我逼得緊一點，說不定能延緩下巴肉增生。」

華生太太噗哧一笑。夏洛特小姐並不是體能活動的熱情擁護者，大概是被雙下巴逼得她主動要求多動一些。

一聊到巴黎，華生太太便眉飛色舞地描述潘妮洛和朋友在她回國前一天舉辦的歡送會。她覺得有些荒謬，都這個年紀了，竟然還為了獲得眾人注目而樂不可支。但心底的聲音說她已經過了為如此無害的娛樂感到尷尬的年歲；要是喜歡成為目光焦點，那就敞開心胸去享受吧，有什麼好自責的呢？

過了一會兒，她打了個呵欠，向福爾摩斯小姐告罪。「喔，親愛的，眞不知道旅行為何如此耗費體力。從巴黎一路坐回倫敦，妳一定認為我應該要神清氣爽，精力充沛。」

「夫人，我本來打算去倫敦橋碼頭迎接妳，但來了一位貴客。」

「喔，妳已經放出夏洛克．福爾摩斯回到倫敦的風聲了？」

夏洛特小姐堅定地搖頭。「那位客人不知道夏洛克．福爾摩斯放了長假。不過看她似乎很急，我就答應見她一面。」

華生太太鬆了口氣——她不認為夏洛特小姐會沒和自己討論就擅自公布夏洛克．福爾摩斯恢復接案。「相信妳已經解決了她的煩惱。」

「沒有。那位女士選擇不提出委託。」

「她——什麼？」華生太太無法克制拔尖的嗓音。見識過夏洛特．福爾摩斯小姐的能耐，誰能做出這樣的決定？

「比起顧問偵探，看來她更需要小偷。當她得知那位偵探臥病在床，很快就下定決心。」夏洛特小姐不只毫不訝異，心情更沒有受到半點影響。

「我不知道該說什麼。」華生太太低喃，面對如此針對個人的拒絕，她還沒修煉到不受影響的境界，甚至感到遭受侮辱。

「這種事遲早會發生。夫人，這話只和妳說，我很慶幸不用代替那位客戶偷雞摸狗。」

華生太太正要問起那個蠢女人的身分，夏洛特小姐卻伸手拿了個由兩顆泡芙相疊組成的修女泡芙。華生太太知道她年輕的友人已經放下了這件事。

夏洛特小姐尚未開口，華生太太已然隱約猜到她即將切換到哪個主題。縱使壁爐裡燃著溫暖火光，室溫彷彿突然降了好幾度。

夏洛特小姐嘆息，把修女泡芙放回原處，清澈大眼看向華生太太。「對了，夫人，妳方才爲什麼要從用餐室往外看呢？」

□

麥斯先生捎來口信時，夏洛特恰好在貝娜蒂房裡。「夏洛特小姐，有位男士想見妳一面。他說他叫溫金斯。」

夏洛特認得這個名字，也正等著對方消息，只是沒想到他會親自上門。「請帶他到二樓客廳。」

溫金斯外表有些邋遢，頭髮稀疏，臉頰兩側的鬍鬚軟軟垂落——相當優秀的易容術。夏洛特請他入座，兩人無關痛癢地聊起天氣——倫敦下著冰冷細雨，如同他的處境一般惡劣——直到茶水和點心上桌。

等到兩人再次獨處，夏洛特開口道：「馬伯頓先生，你前陣子曾去我家拜訪。」

他在椅子旁的小桌上放了一封信，信封上寫著華生太太家的住址，是莉薇亞的筆跡。

「我家人分別前往了多佛及南安普敦，準備離開英國。」

說到這時，他的神情反常地凝重。

夏洛特點頭。「你的家人應該是想親眼見見在你心中占了極大分量的女性吧。我猜我姊姊見到他們時，心裡可說是百感交集。」

「他們也是同樣百感交集——當然了，不是她的錯。」他嘆息。「我原本還想瞞上一陣子，但之前也和妳說過了，我們家裡不能有任何祕密。」

因爲他們遭到莫里亞提追殺，只要有半點隱瞞，就可能害死全家人。

他看著她。「若是能讓奧莉薇亞小姐稍微開心一點，我願意迴避所有險境。請別誤會，我並沒有幻想來個英雄救美，帶她逃離家門。」

她懂他的意思，就是因爲莉薇亞過著封閉無趣的人生，才有辦法無視他註定危險與動盪的生活。「馬伯頓先生，我得警告你。稍早華生太太看到一輛馬車停在對街，沒有人上下車。或許你選在這個時候來訪有些不巧。」

他皺起眉頭。「是嗎？我在附近繞了一圈才拉了門鈴。在我看來，無論是此處還是上貝克街十八號，都沒有遭到監視。」

「只要讓你看到，相信你一定能識破追兵眞面目。」夏洛特簡單回應。

她依舊很疑惑他爲何要冒險來訪。

下一刻，她暗罵自己太過遲鈍。他上門拜訪就爲了找人聊聊莉薇亞。他的家人不看好這段感情，對他們提起她肯定不會多愉快。夏洛特也認爲兩人就此煙消雲散會比較好，但至少她不會反對聽聽三姊的近況。

因此她沒有多說什麼，扮演起善解人意的傾聽者，任由他分享與情人互動的喜悅。他興致勃勃地描述兩人打了幾次照面：首先是在福爾摩斯家；第二次是「奧本蕭一家」邀請福爾摩斯一家到鄰近城鎮的下榻旅館共進晚餐；第三次是他們到外頭散步，途中奧莉薇亞小姐同意——老天保佑！——讓他成爲她的夏洛克．福爾摩斯小說頭號讀者；最後一次是馬伯頓一家上門道別。

儘管他的處境複雜危險，那分喜悅之情卻毫無掩飾，渾身散發純粹的幸福感，像個剛見到小狗兒、童年將充滿樂趣的小男孩一般。

當英古蘭爵爺被迫向夏洛特承認自己的情意時，正頂著警方懷疑。危機四伏的處境充滿壓迫感，不情願的表白難以帶來讓人飄飄然的喜悅。

或許這就是兩人能夠輕鬆扮演情人的原因。他表明與她出軌只是保命的權宜之計。他們都知道彼此沒有未來，所以才有辦法縱情享受當下。

她事後發現那是令人上癮的喜悅。

她細細打量馬伯頓先生容光煥發的臉龐，初戀的誠摯欣喜使得他的五官更顯俊朗。他沒意識到這分含苞待放的情愫能開花結果的可能性不大嗎？他不知道追求穩定的羈絆，等同於把他自身的需求遠遠凌駕在莉薇亞之上？

接著，他臉上的光彩斂去，陷入沉默。等他再次望向夏洛特，眼中除了柔情，還蘊藏著深深的愁思。「發現我沒向她求婚，她鬆了一口氣。」

「很好。要是你眞的開了口，我對你的評價可是會大幅下降啦。」

「我也會看不起自己。」他嘆息，下一秒又笑得燦爛。「來說點開心事吧。再過幾天又能見到奧莉薇亞小姐，讓我心情好得很。」

「喔，你沒打算離開英國嗎？」

「當然要，只是我說服家人讓我在這裡多待一會兒。就這樣——」他拎起莉薇亞的信，以花俏的手勢遞向她，「有了來訪的理由。我這才知道奧莉薇亞．福爾摩斯小姐心思如此巧妙。大膽得令人屏息。」

否認自我價值的氣氛瀰漫在她們雙親周遭，莉薇亞掙扎多年，不知道是有意還是無意，已經讓那種氣質滲入心底。夏洛特則是從未否認過自己的膽識和機敏——她只要跨越自己設下的質疑就好。「她在打什麼主意？」

「她期盼妳能僞造一封信，假裝出自我母親——我是說奧本蕭太太——之手，邀請她與奧本蕭一家共度聖誕假期。」馬伯頓先生每個字都說得清清楚楚。「她猜想亨利爵士和福爾摩斯夫人，特別是後者，急著想把她嫁掉，只要有機會把她塞給適婚男性，絕對不會放過。」

「反正福爾摩斯和奧本蕭兩家相識不久。換作以前，福爾摩斯夫人肯定會想與奧莉薇亞小姐同行，不過我知道最近村裡來了位美貌寡婦，福爾摩斯夫人絕對不希望亨利爵士和新鄰居萌生任何情誼。所以囉，奧莉薇亞小姐若想爭取片刻自由，沒有比現在更好的時機了。」

夏洛特點頭。一旦周遭出現成熟美麗的女子，福爾摩斯夫人便會提高戒備，因爲她丈夫八成會跟在對方的裙襬後頭跑——有時候甚至鑽進那些裙子裡。換作是其他女性，面對自家丈夫無藥可救的賊眼，通常會放棄挽回，將全數心神放在她拘謹的適婚女兒身上。但福爾摩斯夫人無法克制自己的本能反應，比起莉薇亞的作爲，丈夫的不貞更能引爆她的激情和怒火。

「我已經和家人談過了。」馬伯頓先生繼續道：「既然奧莉薇亞小姐的目標不是和他們相處，而是與妳相聚，那他們沒有異議。妳一寄出邀請信，就可以請華生太太喬裝成奧本蕭太太的女伴，把她從家裡接走，之後到一月中，她都能待在妳身邊。」

夏洛特微微一笑。「這計畫眞不錯，成功率也頗高。」

「我的希望都放在上頭了。」

「你家人知道她是你延後出國的原因嗎？」

「當然。記得嗎？我們家沒有祕密。我還求我媽親自寫那封信，但她拒絕了。」

「不怎麼意外。」

畢竟他們一家只想勸他放棄莉薇亞，而不是促成他與莉薇亞相會。

他咧嘴一笑，毫無畏懼。他還年輕，溫和而堅定地反對交往的家人不在國內，他即將與戀人重逢。等他離開華生太太家，就算被飛馳而過的馬車濺了一身髒水，恐怕還是無法讓他收起滿臉笑意。「總之，奧莉薇亞小姐附上了一張我母親寫給福爾摩斯夫人的短信，她也擬好草稿，希望妳能照著寫。」

夏洛特終於打開那封信。莉薇亞的來信內容證實馬伯頓先生方才那番話毫無虛假。信封裡還有筆跡樣本，以及需要偽造的信件文字。

她把最後一張信紙遞給馬伯頓先生。「你想這個語氣和你母親夠接近嗎？」

馬伯頓先生垂眼一瞥。「啊，我懂妳的意思。少了點咄咄逼人的氣勢。我可以修改一下嗎？」

她帶他到窗邊的寫字桌旁，他重寫了一分，刪掉每一個透出體恤溫情的字句。

「我姊姊是不是被馬伯頓太太的氣勢壓倒了？」夏洛特溫聲詢問。

莉薇亞總是很容易被充滿魄力的女性嚇到——或許是與咄咄逼人的家中大姊長年相處所帶來的陰影。不過，漢莉葉塔在馬伯頓太太面前根本算不上什麼。

「目前是如此。」馬伯頓先生思考了一會兒。「不過我更擔心她和我姊姊是否處得來。」

「她確實說過她不認爲奧莉薇亞小姐撐得過你們那種生活一個禮拜。」

「太誇張了。我們也曾經好幾個禮拜風平浪靜。」

其餘的時間呢？夏洛特沒有把這個問題說出口。

「法蘭西絲沒有惡意，但確實有些霸道。」他搖搖頭。「奧莉薇亞小姐不用特別記掛她，既然她已經出國了，碰面機會微乎其微，更別說——」

他聳聳肩。

更別說是進一步交手？

她改變話題。這是莉薇亞教她的招數。不知道該說什麼，或是不確定會不會說錯話的時候，那就換個話題吧。「你們一家是什麼時候到我家辭行的？」

「昨晚。」他很樂意避談與莉薇亞充滿不確定性的未來。

「這樣的話，讓我爸媽明天晚上收到奧本蕭太太的信，應該不會顯得太過倉促。」

彷彿奧本蕭太太在倫敦過了一晚，於晨間散步時突然想到這個點子，衝動之下提出邀約。

「好極了！」馬伯頓先生歡呼。「妳會親自僞造那封信嗎？」

前門門鈴響起，兩人一起抬頭，馬伯頓先生眼中泛起一絲戒備。夏洛特起身，到客廳門邊聽麥斯先生與樓下的訪客對話。

接著她回到位子上，深呼吸，說道：「不，馬伯頓先生，僞造邀請函的大任得要讓賢了。」

□

麥斯先生還沒引介，英古蘭爵爺的視線早已落在福爾摩斯身上。

她抬起頭，英古蘭爵爺幾乎篤定她向他投來滿眼的笑意。他的心跳漏了一拍，但下一秒她又掛上那張超然的表情；多年前，她就是以這種眼神，盯著他從親戚名下的產業挖出的羅馬遺跡古物——彷彿把它們視爲有趣的小玩意兒，而非探索古老年代的珍貴關鍵。

她起身。「爵爺大人，您近來可好？」

「夏洛特小姐。」

她對面藍色襯墊椅上的男子跟著站起。英古蘭爵爺打量他幾秒。「啊，是馬伯頓先生，對吧？」

兩人沒打過照面，不過英古蘭爵爺曾匆匆見過他一面，也看過他的好幾張照片。現下的喬裝改變了馬伯頓先生的面貌，可是英古蘭爵爺不認爲有多少男人能到華生太太家拜訪福爾摩斯，而不是選擇上貝克街十八號。

兩名男士握了手。英古蘭爵爺感謝馬伯頓先生曾在福爾摩斯忙著洗刷他的罪名時提供幫助。

「請別客氣。不過夏洛特小姐一定會說我的動機不純。」

「我很清楚不能看輕不純的動機。」英古蘭爵爺說：「不純的動機依然値得敬佩，絕無低劣之處。」

馬伯頓先生哈哈一笑。「爵爺大人，謝謝。我是來送信給夏洛特小姐的，既然任務已達成，我就先告退啦。」

「馬伯頓先生，別走得這麼急。」華生太太踏進了客廳。「沒和我好好聊過，誰都不許離開我家。」

馬伯頓先生欣喜嚷嚷：「親愛的華生太太！有妳坐鎮，我可捨不得走啦。」

華生太太渾身上下散發出溫暖善意，讓人感受到自己獲得重視理解，在她身旁很難沒有好心情。換成福爾摩斯小姐，周遭的人只會覺得被徹底看透，毫無隱私。

女僕多送了幾分茶水，配上一盤法國來的小蛋糕。馬伯頓先生開心地在自己的胃裡幫它們開闢新天地。福爾摩斯則放棄享用，朝他投注欣羨的目光。

馬伯頓先生一口口嚥下千層酥和英古蘭爵爺叫不出名字的漂亮糕點，一邊向華生太太說明來意。

英古蘭爵爺上回見到福爾摩斯，她和華生太太、貝娜蒂小姐正要離開德比郡的渡假小屋，那時她向他說起了自家三姊與很可能是莫里亞提之子的男士之間那溫吞的交際狀況。不過當他得知馬伯頓一家正式拜訪了福爾摩斯家——儘管披上假身分——他的訝異之情絲毫未減。

眼前的馬伯頓先生總算說到一個段落。「夏洛特小姐說她不負責這封信，這時爵爺大人您剛好走了進來。」

「英古蘭爵爺僞造筆跡的功力遠在我之上。」福爾摩斯說：「既然有他在，我就不需要獻醜了。」

「難怪妳看到我這麼開心。」英古蘭爵爺希望自己的語氣不會太過失望。換成別人，那樣細微的笑意可能別無他意，但她可是福爾摩斯，一個眼神便足以表達她的滿心喜悅。

就因爲在她需要找人僞造字跡的時候，他碰巧上門拜訪嗎？

「福爾摩斯小姐，請帶英古蘭爵爺到書房，讓他研究那封信。」華生太太說道。「至於你呢，馬伯頓先生，請你仔仔細細地告訴我與奧莉薇亞·福爾摩斯小姐幾次邂逅的來龍去脈。」

馬伯頓先生總算有機會大肆分享自己的浪漫時光，活像是第一次去海邊玩的小孩。福爾摩斯送給他同情和無奈參半的眼神。

她起身，領著英古蘭爵爺來到他從未造訪過的房間，根據書架上的《基礎解剖學》、《英國藥典》、熱帶疾病論文專書、至少十二年分的《柳葉刀》期刊合訂本來看，此處是已故華生醫師的書房。

她點亮壁燈。燈光映得她的金髮更加璀璨。她在假扮成雪林福·福爾摩斯調查堅決谷命案時，將髮絲剪短，現在還沒長回來，才剛蓋過她的後頸，尾端微微捲起。「介意我待在這裡嗎？沒有我掃興，馬伯頓先生應該能更盡興地分享他的羅曼史。」

「當然沒問題。」他說。

一張厚重的書桌靠牆放置，旁邊是背對牆面的椅子。她坐進那個位子，他坐在桌前，兩人各據書桌一角，拉出幾呎距離。

他攤開那張筆跡樣本。

每一個字母的高度和寬度各是多少？是擠成一團還是鬆散地分開？它們的性格像是高傲的軍人，還是宛如乞丐般卑躬屈膝躲避巡警的注意？

這是他眼下的課題，然而注意力卻不斷飄向福爾摩斯。她一隻手臂擱在書桌邊緣，連身裙駝色配紅色的格紋布料在他視野邊緣綻開。他凝目注視樣本，努力不去回想她溫暖柔軟的肌膚。或是被他罕見的低級言論激發的笑聲。

書房的門沒關，馬伯頓先生和華生太太愉快的談話聲沿著走廊飄了進來，但是她的呼吸聲、她轉向窗外時髮絲擦過立領的窸窣聲響，似乎更加清晰。

過了接近永恆的時光，他終於提起筆，又停頓了兩倍時間，才往紙上隨意寫劃，當作暖身。

「不需要模仿到極致。」她說：「我母親就算記得那些信函收在哪裡，也肯定不會想到拿手邊其他馬伯頓太太的字跡來比對。」

他點點頭，抽出他的多功能折疊刀，用上頭三吋長的尺測量字母a、e、o的高度、往上下延伸的線條平均長度、單字間和單字裡字母間的距離。

每一個人的字跡、每一個字母的大小和節奏，都有其獨特性格，即便不需要力求完美，他還是得達到標準。

完成測量後，他在紙上輕輕畫了幾條線，練習寫出近似馬伯頓太太字跡的字母。他和福爾摩斯以前常常如此，在他專心做事時，她會在附近找個位子坐下。但已經好幾年沒這麼做了。至少，在他認識英古蘭夫人之後就再也沒有過。

熟悉的情境令他既安心又坐立不安。

在兩人短暫的「緋聞」結束前——他們曾是情人這件事仍舊令他震驚——她曾問他，雖然說不準是什麼時候，但未來他們與心愛的親友是否能去海外度個長假。他正面的答覆沒有任何讓人誤解的空間。

好啊。我喜歡這個計畫。

他究竟爲什麼要答應？在現下與遙遠美好的明日之間的空檔，他該如何面對她——面對自己？

他毫無頭緒。就這麼一次，他猜她也是一樣不知所措。

福爾摩斯不動聲色，靜靜坐著，直到他寫好三個版本的僞造信，推到她面前。「妳覺得如何？」

她仔細觀察三張信紙，又看看樣本，再次打量他的作品。「她是不是也僞裝了自己的筆跡？」

「沒錯。」在短短時間內，他模仿出馬伯頓太太字裡行間些微的猶豫，若是少了這一步，就無法得出如此優秀的僞造作品。

「我覺得這張最好。」福爾摩斯點了點他第三次的嘗試成果。

「我也這麼想。不過最後還是要給馬伯頓先生選。」

他把筆收回筆座上，吸墨紙丟進廢紙簍裡，整理桌上散亂的紙張。

「艾許，你來倫敦做什麼？」她突然發問。

他一愣，繼續把紙張收成一疊。

你。

「孩子們想來。他們最後一次見到母親就是在倫敦——他們想碰運氣，看能不能再見到她。」

她一言不發。

他曾經想要婚姻、兒女、體面的人生。孩子還是他的，謝天謝地，然而從火場遺跡中搶救出至寶的人，家依然成爲一片灰燼。

走廊彼端，馬伯頓先生和華生太太總算安靜下來。那兩人——或者是華生太太——是否正在納悶他們會不會獨處太久？

福爾摩斯起身。「來把這些拿給馬伯頓先生過目吧。」

他們走進二樓客廳，華生太太正幫馬伯頓先生重倒一杯茶。

「這麼快就回來了？」華生太太的語氣接近失望。「還以爲你要花更多時間呢。」

啊，他在想什麼？華生太太自然希望他和福爾摩斯能夠多獨處一會兒。

馬伯頓先生選出他最中意的假信——正是他和福爾摩斯都屬意的那張。

「爵爺大人，信封也能麻煩您嗎？」福爾摩斯問道。「只要準備就緒，我們便能寄出這封信，讓它在明天晚間送達我父母家。」

「妳預計什麼時候會有回音？」馬伯頓先生問。

「後天。最晚大後天。華生太太，到時候可否請妳去接我姊姊？」

英古蘭爵爺以為華生太太會爽快答應，但是後者沉默了幾秒，接著綻開燦爛笑容，說道：

「親愛的夏洛特小姐，我想我有更好的主意。」

第三章

莉薇亞在心裡盤算過了。假設馬伯頓先生昨天抵達倫敦，馬上寄出她的信，晚間就能送到夏洛特手中。倘若夏洛特手腳夠快，準備好能在今早寄出的僞造信，那麼再晚一點就會送達此地。難以預料她的父母要花多少時間爭辯。福爾摩斯夫人的反應可能是欣喜若狂，或是深爲存疑。亨利爵士則是會反對他妻子的一切提案，這是他長年的習慣，也是他的臭脾氣。當然了，他們不可能找莉薇亞來商討此事，只會自顧自地爭執不休，羅列出三十多年來惡劣婚姻中對方的一切缺失。

這一切代表著，就算莉薇亞期盼他們想把她嫁掉的欲望勝過一切，還是不能著手打包行李。還不行。無論她有多麼渴望。

她望向晨間用餐室的窗外，濃濃的霧氣紛湧而至，吞噬了一切。門鈴響起，她嚇了一跳。現在才九點十五分，少有訪客這麼早上門。

她聽見腳步聲往二樓向她父母通報，過了兩分鐘，一名女僕走進用餐室。「小姐，有位柯林斯太太來找妳。她說她是奧本蕭太太的女伴，帶了口信給妳。」

莉薇亞急忙起身，差點撞倒椅子。「帶到她客廳。」

踏入客廳的女子，頭戴象徵寡婦身分的黑紗，神態高雅，髮絲斑白，皮膚薄得像紙，是個保養得宜的六旬婦人。

「妳一定就是福爾摩斯小姐。」她的口音高雅，像是在公爵家裡工作過好一段時日。

是華生太太。

莉薇亞花了點時間才敢篤定眼前婦人正是夏洛特的合夥人。若是以本人的容貌造訪，這名風韻猶存的中年女性，肯定會吸引亨利爵士的目光。然而亨利爵士進房時只是草草一瞥，隨即認定經過易容的華生太太太老、太拘謹。

福爾摩斯夫人一副匆忙整裝的模樣——她和莉薇亞一樣，天氣越冷，起得就越晚。她的神色透露出硬被人拖出床鋪的不悅，以及烈火般的好奇，急著知道奧本蕭太太怎麼會派人傳口信。而且還是她的女伴。

華生太太開口說話，然而莉薇亞只聽到自己沉重的心跳聲。華生太太並不是首度在她雙親面前亮相。不過幾個禮拜前，英古蘭爵爺派她陪伴莉薇亞搭火車前往堅決谷莊園。沒錯，亨利爵士與福爾摩斯夫人那天沒有多看她兩眼。沒錯，當時她體態豐滿，戴著眼鏡，一口濃濃的約克郡腔。

但莉薇亞還是生怕他們可能會看出她就是前些日子打過照面的婦人。

幸好沒有。他們先是瞠目結舌，完全沒想到有人會給予莉薇亞如此隆重的關注，等到震驚漸漸消退，他們立刻就答應奧本蕭太太的邀請，讓女兒同行環遊法國。華生太太陪莉薇亞回她房間，以打破紀錄的時間打包好行李。等到莉薇亞回過神來，她已經坐在火車包厢裡，笑個不停。

在莉薇亞的接連提問下，旅程一下子就結束了。華生太太以同情和理解將她層層包裹，抵達倫敦時，她心中首度湧現希望，或許與馬伯頓先生真的能有正向的發展。

一見到夏洛特，她的勇氣稍稍動搖。喔，能把夏洛特擁入懷中還是很棒，棒極了。能聽到她沉穩理智的言詞真是太好了。捧著一盤盤三明治和法式甜點大快朵頤真是太好了；她的胃口一向不好，現在卻宛如熔爐般亟欲吞噬一切，每一道點心都美味至極，母乳在新生兒口中想必就是這樣的滋味吧。

但她的良心忍不住有點——很多點——刺痛。

方才她太擔憂自己是否能順利逃脫，又忙著向華生太太傾訴一切，可是一抵達目的地，她清楚想起夏洛特不怎麼期盼她與馬伯頓先生感情升溫。

要是讓她知道他帶著全家人造訪福爾摩斯家，她的心情不太可能好到哪裡去。

兩姊妹總算有了獨處的時間，她們坐在華生太太替莉薇亞準備的客房裡，壁爐散發出溫暖的火光，寫字桌上放了幾本空白筆記本，玻璃花瓶裡插著盛開的水仙花，甜美的芳香令人陶醉。莉薇亞戰戰兢兢地問道：「希望妳不介意我把馬伯頓先生捲入這次的計畫中。真的，我只打算請他幫我寄信，看能不能早點送達。」

得知他大費周章親自上門傳達她的請求，她相當感動，但夏洛特絕不會像她一樣興高采烈。

「馬伯頓先生很樂意捲入妳的計畫，無論我說什麼都難以勸退。」夏洛特應道：「他整個人輕飄飄的，眼睛像是要發光。」

莉薇亞雙頰一熱。她難以理解有任何人會為了她而開心，不過光想就覺得……輕飄飄的，幾乎要像燈塔一樣亮起來。「妳一定還是無法認同吧。」

「我不同意也不反對，莉薇亞——我沒有資格說這種話。我在意的是這個計畫的可行性，以及妳投入的時間和感情是否能獲得合理的回報。」

莉薇亞嘆息。「眞希望我知道該怎麼做。」

夏洛特凝視著火焰，沉默半晌後再次開口：「大家都如此希望，莉薇亞。每個人都想知道該怎麼做。」

□

接連出遊相當有效率，華生太太只需要拎起還沒拆開的行囊前往火車站，過夜需要的物品全都在裡頭。

然而，這樣奔波還是使她疲憊萬分。回到房裡，脫下馬甲後，她拉起窗簾，鑽進柔軟的羽絨被下。啊，沒有任何享受比得上圓滿達成任務後的休息時光。

眼皮幾乎合上時，一陣急促的敲門聲響起。「夫人？夫人？」

麥斯先生？但他從未在她歇息時打擾過她。是她睡了太久，已經到了晚餐時間了嗎？感覺上下眼皮緊緊相黏，她費了一番工夫才把它們剝開。床邊桌上的小座鐘顯示她才躺下二十分鐘。

「怎麼了？」她啞聲詢問。

「艾札瑪的王太后殿下想見妳一面，夫人。」

華生太太猛然坐起。不可能，一定是聽錯了。艾札瑪王太后怎麼可能上門拜訪？她怎麼可能知道自己住哪？都過了這麼多年，她爲什麼會來到此地？

「夫人，妳要見她嗎？」

華生太太跳下床，差點撞上床柱，雙手插進睡袍袖子裡。開門時她還在和腰帶奮鬥。「你確定是她？」

麥斯先生看起來沒比她淡定多少。「是她。」他悄聲回應。

她沒有答腔——她無法回話——他低聲詢問：「該說妳不在家嗎？」

她皺起臉。「不，不用了，請帶她到一樓客廳。」

麥斯先生稍一猶豫。「是的，夫人。」

華生太太又皺了下臉。「在那之前，先找班寧姊妹過來。」

□

自行打理衣裝在平時不是難事。但現在可是非常時刻，年過半百的華生太太剛從沉睡中驚醒，臉上滿是枕頭皺痕，頭髮亂七八糟，而她卻需要打扮成自婚禮那天以來最體面的模樣。

也就是說她花了超乎預期的時間，思量要挑哪一套禮服。

「夫人，每一件都很適合妳！」波莉．班寧說。

是的，她很清楚。可是哪一件能讓她更加接近二十五歲的容姿？

往鏡中一瞥，她打消了這個念頭。眼周的紋路、鬆垮的臉頰、鼻翼兩側往斜下方延伸的深溝——無論多麼體面，沒有一套服裝能從她臉上帶走半生歲月。

她深深吐氣，向女僕道謝，昂首闊步地迎向她的過去。

然而來到一樓客廳門前，她放慢了腳步。要是——要是踏進房裡，發現一切彷彿都沒發生過、時光從未流逝，她該如何是好？她們會不會抱個滿懷、緊緊相擁、口齒不清地哭著道歉？會那麼可怕嗎？

她咬住下唇，推開門。

她喜歡在舒適的二樓客廳喝茶，與朋友小聚。相對地，一樓客廳則是她第一次招待夏洛特小姐的地方。那間客廳裝潢體面，貼在牆上的深藍色絲綢中夾雜著幾道銀絲，壁爐上掛著巨幅風景畫。亡夫家先人的肖像畫——在他決定迎娶前任歌舞劇演員之前早已死得一乾二淨，沒帶來任何困擾——宣示屋主的祖先有錢有閒，能在畫布上留下自己的身影。

換句話說，就是名門世家。

她一向熱愛如此諷刺的光景，但現在不由得忖度太后是否認為那些肖像畫僅是虛張聲勢。說不定她早已認定華生太太是從哪裡的拍賣場買來這些畫作。

華生太太進了房，幾乎感覺不到腳底下的地板。訪客背對房門俯瞰著街道。她穿得一身白，貼身長袖罩衫搭配及地長裙，雪白的半透明頭紗宛如雨霧，幾乎蓋住她全身。

華生太太心臟狂跳。從背後看來，太后毫無改變。一如往昔。

女子轉過身，華生太太一愣。太后是派了個臉皮僵硬的老阿姨當替身嗎？

下一秒，她認出了那雙奪人心神的眼眸。但感覺就像是把同一束鮮花凍入冰層裡，旁人先看到的不是花朵，而是寒冰。

不會有擁抱，也不會有淚水，無論是出自喜悅，還是悲傷。

華生太太豎起心防，屈膝行禮。「殿下。」

太后莊嚴地微微點頭。

麥斯先生送上茶水後告退。兩名女子依舊站著。太后看起來真是氣勢不凡——真像一尊雕像。華生太太記憶中的青春少女柔和而活潑，雙眼猶如深邃的井水，而非緊閉的門扉。

「殿下，您請坐吧？」華生太太說道。

太后就座，動作優雅而冷硬。「沒有來函便冒昧造訪，甚是抱歉。我並不知道妳住在何處，甚至不知道妳人在倫敦。昨天恰好途經此處，發現妳進了這棟屋子。」

華生太太希望自己沒有顯露出太過分的震驚之情。「您當時是否搭乘馬車，在對街停了一會兒？」

「是的。妳注意到了？」

「我——剛好往窗外看了一下。」

「我以爲我已經很低調了。」

太后的嗓音裡是否帶了一絲諷刺？華生太太忙著倒茶，呈上幾樣法式甜點。馬伯頓先生吃光了她從巴黎帶回來的點心，不過她的廚子葛斯寇太太爲了奧莉薇亞小姐的來訪，特地做了馬德蓮與馬卡龍。

「眞是令人食指大動。」太后低喃。「妳近年對法國糕點產生興趣？」

「其實是與我同住的年輕女士，她對各式各樣的糕點興致盎然。」

「妳的……姪女？」

她怎麼會知道潘妮洛？是經過大費周章的調查，還是無意間聽聞此事？

「目前不是。我姪女正在巴黎學醫。」

「時間過得眞快。」太后喃喃道。「在我心中，她還是個小小孩。」

「我也是，但她已經有辦法住在異國，完成艱困的學業。」儘管緊張得要命，想到親愛的潘妮洛，華生太太忍不住勾起嘴角。「您的子女都還好嗎？」

太后的臉龐蒙上一層陰影，但她平靜地應道：「他們都過得不錯，現在我有四個孫兒了。」

「恭喜。」華生太太輕聲祝賀，搖搖頭。「已經過了那麼久了嗎？」

是的，久到夠她成爲前代威克里夫公爵的情婦，生下他的孩子——她親愛的潘妮洛，然後嫁給另一個男人，最後爲他守寡。久到她們曾經用女王即位二十五週年的紀念茶具組共進下午茶，而現在再過幾個月就是五十週年慶祝大典。

太后攪拌茶水。「是的，已經很久很久了。現在我兒子已經獨立執政。」

華生太太聽出淡淡的不悅。因爲她的政權結束，不再呼風喚雨？若是多年前的華生太太，一定會直接提問，但現在她只能迂迴進擊。

「想必您現在清閒不少。您是否正在享受遲來的休閒時刻？」

太后反問道：「華生太太，妳呢？既然妳姪女不在身邊，是否也多了些閒暇時光？」

「是閒了一陣子，後來我找到新的消遣，時間一眨眼就過了。」

太后微微一笑。「妳運氣眞好。」

兩人有禮而生硬的談話持續了一會兒，直到太后告辭，由麥斯先生畢恭畢敬地送她離開。

隔著窗戶，華生太太看她登上馬車。即便馬車遠去，她仍舊望向同一處，目送馬車轉彎，消失在視線之外。

□

等到夏洛特小姐清清喉嚨，華生太太才意識到她來到一樓客廳——也意識到即使那位貴客已經離去半個小時，自己仍沒離開窗邊。

「夫人，我得知艾札瑪的王太后來拜訪妳。」

華生太太坐下來，硬扯出笑容。「是的。她是我的老朋友。還記得之前我以為有人在監視這棟屋子嗎？是她。她剛好乘車經過看到我。我們多年沒見，完全失去聯繫，但她一定是把巧合視為緣分，決定正式來見我一面。」

福爾摩斯小姐點點頭。

沉默隨之而來，華生太太自覺有義務說明清楚。「我們認識很久了，當年我還是現役演員。她接受女王的私人邀請來到倫敦。或許陛下對喪夫的年輕女性格外同情，除了前後兩任大君的妻子，她與她們的關係，比起融洽溫情，更像是師徒。」

福爾摩斯小姐沉默了好半晌才開口：「夫人，讓妳們再次相遇的並不是單純的機緣。太后見到妳時，才剛結束與夏洛克·福爾摩斯的諮詢，離開上貝克街。」

華生太太挺直背脊。那位沒有委託夏洛克·福爾摩斯，比起扶手椅偵探，更想雇用小偷的女士？

「是她？她為什麼需要小偷？」

「看來她沒對妳提起那件事。」福爾摩斯小姐冷靜地說道：「她有沒有透露前來倫敦的目的？」

「她來進行一場外交任務。我想這是因為她太習慣掌權，目前的閒適生活不適合她。」

「原來如此。」福爾摩斯小姐說。

「妳想——她是打算請人找胸針之類的嗎？」

她們以前接過這類案件，不少客戶在自己家裡弄丟了珠寶飾品。現在她也滿心期盼太后只是忘記把國寶放到哪兒去了，急著想把它們找出來。

「有可能。」

華生太太心一沉。「但妳覺得不是？」

「對，我認爲她的煩惱更加棘手。」

華生太太握住椅子扶手。「我們該怎麼做？」

福爾摩斯小姐的視線持平。「知道她來拜訪妳，又是妳的舊識，我就有義務告知她去了夏洛克．福爾摩斯那邊的事。但我們沒有必要出手。事實上，她挑明說不想接受夏洛克．福爾摩斯的幫助。也無意請妳幫忙——否則她一定會在妳面前提起。」

「可是她的困擾——」華生太太聽見自己的呼喊。

「我們無法解決世界上所有的麻煩事。」福爾摩斯小姐說：「除非對方願意委託我們。」

華生太太點點頭，逼自己笑了笑。「妳說得對。當然是這樣了。」

福爾摩斯小姐凝視她好一會兒，跟著點了頭，轉身離開。

□

英古蘭爵爺坐在倫敦宅邸的書房裡，皺起眉頭。有來自華生太太家的幾封信。奧莉薇亞小姐的感謝函眞情流露。相對地，她妹妹附在後頭的紙條幾乎毫無內容。英古蘭爵爺瞪著那張紙。他該如何解讀福爾摩斯顯而易見的冷淡？

長久以來，她總是忠於自己的欲望，想納他爲自己的情人。現在她宿願已償，與他共度兩夜春宵就夠了嗎？被福爾摩斯求愛的日子結束了嗎？

若眞是如此，他該如何反應？

敲門聲把他嚇了一跳。他放下福爾摩斯的信。「請進。」

門一開，孩子的家教亞摩斯小姐走了進來。

他起身。「亞摩斯小姐，有什麼問題嗎？」

現在不到惹人非議的時段，但還是可能被吃過晚餐的僕役撞見。亞摩斯小姐從沒在這麼晚的時刻來找他。

她關上門。這也與她平時的作風不同。她要顧慮自己的名聲，以往在書房談話時，總讓門留下一個小縫，不讓旁人誤會這名家教的嚴謹和專業。

「爵爺大人，可以和您說幾句話嗎？」

他指著離辦公桌最遠的椅子。「請坐。」

她乖乖坐下，雙手在膝上交疊。書房裡只在桌上放了盞檯燈，他無法篤定——但她是不是穿了新衣服？這套衣服是否與她的職業性質有些出入？

他靜靜等待。

她稍微換了個姿勢。「爵爺大人，我不知道該從何說起。」

「與孩子有關嗎？」

「沒有。喔，其實有的，從某個層面上來說。可是我……我不能說是孩子的事。」

「那到底是什麼事呢？」

無論是什麼，他都知道自己絕對不會喜歡。

亞摩斯小姐垂眼盯著地毯。「我、我有個從小一起長大的表親。八年前，她移民到澳洲，也問我要不要一起去，但我不敢離開英國。她在那裡過著令人欣羨的生活，嫁了個好丈夫，有棟大房子。」

他沒有答腔。

她猶豫了一會兒。「庫佛太太——就是我的表親——後來又邀了一次，要我去雪梨找她。她說那一帶有許多適婚男士，像我這樣的女性，在那裡找到歸宿會比英國輕鬆許多。」

她年紀不大——和福爾摩斯差不多——雖然很難說她的美貌能撐到何年何月，但長得也不差。倘若家境富裕，現在應該已經走入婚姻，但她沒有財力構成的保護網，得要工作維生。女家教的生活模式少有與適婚男士打交道的機會。

英古蘭夫人想早點讓孩子受教育，從他們三歲就找來老師。因此，亞摩斯小姐一直都存在於露西妲與卡利索的記憶中，是他們人生裡穩定存在的人物，在他們母親離開後，重要性更是水漲船高。

堅決谷莊園的風風雨雨平息後，他已經調高了她的薪水，但現在他仍毫不猶豫地說道：「亞摩斯小姐，要多少薪水才能讓妳留下來？妳儘管開口。」

她咬住下唇，回應的語氣格外堅決：「爵爺大人，您一向慷慨，但我到了這個年紀，有自己的家庭比優渥的薪水還重要。」

「我能理解。」他機械似地應道。

「我——我也不想走。我很愛露西妲小姐與卡利索少爺——他們是最討人喜歡的孩子。可是我已經不年輕了。」

「我能理解。」他愣愣地回應，思考要如何幫孩子們減輕衝擊。

「除非、那個、爵爺大人，如果您願意——」

她抬起頭，以眼神探尋。他愣愣地迎上她的目光，接著……恍然大悟。

老天，亞摩斯小姐還沒進門，福爾摩斯大概就能預測到事情發展了。

亞摩斯小姐臉頰通紅，萬事起頭難，這讓她勇氣大增。「爵爺，我知道您還是已婚身分，但您提出的離婚請願一定能獲得核可。如果您願意聽我說……」

「我在聽。」

「我聽說您與夏洛特．福爾摩斯小姐的傳言了。他們說您愛慕她，卻無法娶她，因為她已經不是清白之身，您還得顧慮孩子。」

這絕對不是他無法娶福爾摩斯的原因，但他沒打算向亞摩斯小姐說明，反正她也沒給他指正的空檔，逕自說下去：「但我的名聲清清白白，孩子們也跟我關係良好。既然您一定要替他們找個母親，您知道他們一定會接納我。您知道我最重視他們的身心健全。」

「爵爺大人，希望在我為您效勞的幾年間，您對我的性格稍有了解。您知道我忠心耿耿，絕對不會背叛您。我知道這只是權宜之計——您的真心另有所屬。我永遠不會嫉妒或生氣。我會把這個家經營得和諧又快樂。」

他耳中嗡嗡作響，半猜半聽地拼湊她的話語。他感覺像是站在舞台上，身處某齣戲劇當中，演對手戲的同伴突然傾吐即興的台詞，他渾然不知該如何演下去。也不知道自己能如何反應。

「亞摩斯小姐——」

她跳起來。「別說，爵爺大人。您沒必要馬上回覆我。請您別急著回應。請您花點時間仔細想想。晚安，爵爺大人。」

說完，她匆忙離去，留下身後洞開的房門。

□

華生太太那天晚間躲在自己房裡，幾乎沒碰麥斯先生端來的那盤晚餐。她不只一次聽到奧莉薇亞小姐在門外對她妹妹悄聲說話。就算不是夏洛克．福爾摩斯，也猜得出奧莉薇亞小姐生怕她千里迢迢去接人，把自己累壞了——讓奧莉薇亞小姐誤會，她心裡好生愧疚。

但這還成不了讓她踏出房門、掛上笑容、假裝一切如常的動力。

到了十一點，她忍不住了，套上睡袍，前往夏洛特小姐的房間。她正揚手要敲門時，房門開了。

「請進。」夏洛特小姐說。

夏洛特小姐的思緒井井有條，但她的個人空間可就沒那麼整齊了。私人信函疊在爐架上，用兩根和華生太太上臂差不多粗的蠟燭壓住。牆上貼滿一張張法國棍術的招式圖畫。她向華生太太借來的書本堆了滿桌，地上還有一座書塔。

夏洛特小姐移開房裡第二張椅子上的成堆報紙，茶壺拿到火爐上。華生太太關好門，以沉重的步伐橫越房間，坐上夏洛特小姐方才清出的椅子。

「夏洛特小姐，抱歉這麼晚還來打擾妳。」

「別在意。」她年輕的朋友應道，端出一盤馬德蓮。「妳也看得出來我在等人拜訪。」

華生太太笑出聲來，難為情之餘又鬆了口氣。「確實是如此。」

夏洛特小姐等她繼續說下去。

「親愛的，妳說得對，夏洛克．福爾摩斯無法幫每一個人解決問題。但得知太后有困擾時，我還是有種一定要幫助她的義務感。當然了，我會需要妳參與我瘋狂的期望，因為我想像不出少了妳要如何成事。」

夏洛特小姐遞出那盤馬德蓮，華生太太婉拒後，她起身將盤子撤回梳妝桌上，然後回頭問道：「所以妳要去見王太后殿下，告訴她妳知道她有求於人，因爲妳就是顧問偵探夏洛克·福爾摩斯的幕後推手之一？」

華生太太點頭。

「她已經對夏洛克·福爾摩斯的存在起了疑心，若是再知道妳在我們的事業中操盤，她應該就能推測出夏洛克·福爾摩斯眞的不存在了。」

「知道眞相的人不會只有她。艾許波頓四兄弟裡有三個人知情。崔德斯督察知道。馬伯頓一家也是。」

「可是他們並非一頭鑽進眞相，也沒有刻意打聽。我們從未直接對誰透露事實。夫人，妳爲何願意爲她開先例？」

華生太太深吸了一口氣。「如果知道我們曾經愛著彼此，妳會不會嚇到？」

夏洛特小姐的表情平靜無波。「不會。」

當然不會。華生太太咬咬嘴裡的軟肉。下一句表白難度更高。「希望妳不會驚訝，當年我只想著拿錢辦事。」

「如果說拿錢辦事的意思是妳獲得相應的報酬，那我完全可以理解。」

「我是認眞的，在風華正盛時，我可以賺到好一筆錢。我熱愛劇場，能歌善舞，演技一流，可是我從未想過要在舞台上登峰造極，帶給觀眾永生難忘的回憶。」

「因此從一開始我就已經看清了自己的機會和眞正的目標：我要飾演能讓我脫穎而出的角

色，讓我被包廂裡的有錢人，就是那些四處尋找下一個情婦的男人注意到。」

「青春有限，我決定不要浪費任何一天。也就是說，即便我偶爾和哪個女人眉來眼去，也不能在她們身上投注心力，畢竟把時間奉獻給男人的效益更高。」

「但就在那時，我遇上了太后，那是……一見鍾情。」她嘆息。「假如我不是那麼地功利，要是我當年和哪個人認眞過，就不會被愛情迷得頭昏眼花了。可惜事與願違。我長得夠好看，有眾多追求者，能夠自由挑選保護者，不須多看不喜歡的人一眼。他們全都是我的商機。直到我從她身上體驗到法國人口中的一見傾心。」

她回過神來，發現自己一手捧頰，彷彿又回到情緒一上來就臉紅的年紀。她匆匆收手。

「妳無法想像——現在連我自己也難以想像——當時我有多投入。我想整天看著她、聽她說話、擁抱著她。說得俗氣一點，我幾乎是在一夜之間被愛沖昏了頭。」

「眞是不可思議，她回應了我的情感。她貴為一國之后，而我不只是個平民，更是名聲可議的歡場女子。一有機會，我們就膩在一起，門還沒關就投入對方的懷抱。」

「然而她終究要回印度。我當然是心痛難耐，但我也知道和她在一起的每分每秒都是偷來的時光。我們都有自己的人生要過。那時，她提出了令人難以置信的邀約，問我要不要陪她一起離開。」

「她什麼都想好了。在外人眼中，我是雇員，是她請去教導孩子西方禮儀的老師。但在私底下，我是她的家人，是她最親近的女伴、密友……」

她依舊感覺得到太后雙手抓著自己的手臂，看到對方眼中煥發的光彩。隨我來。我們還有一輩子要過。一起度過漫長的時光吧。讓我們一起老去。

水滾了，尖銳的笛音把她帶回現實。「從實際面來看，她對我奉上的是婚姻。」她緩緩說道，字字句句沉重如石。

夏洛特小姐提著茶壺回到書桌旁，泡了茶，淡然道：「絕對不能讓外人看透妳們的關係。」

華生太太搖搖頭。「她背負著攝政的重責大任。我一點都不想害她捲入惡意的流言蜚語。」

「也就是說，一旦情勢不對，妳將得不到任何保障。我個人對婚姻沒有多大興趣，不過只要嫁給某個男人，女性可以獲得某些權益。身爲公開情婦也能享受不少益處，除了受到承認的地位。」

「喔，我清楚得很。」

當時她已經接連做過幾名男士的公開情婦了。

「那麼，不用我明說，妳也知道這樣的包養關係中，雙方都必須遵守某些規定。若是一切順利，情婦的經濟獲益是可以期待的。我猜妳的太后完全沒有提供妳這方面的好處？」

「她給了我愛與奉獻。我不認爲她願意以金錢玷污這分關係。我一點都不怪她。我們女性一向被人教導愛情是我們最寶貴的資產。」

「那是因爲有時候女人除了身體和情感以外，什麼都給不出來。然而有財力幫孩子請禮儀教師的王后，能給的應該更多。」

「誰會告訴她這種事呢？」

夏洛特小姐直視她。「妳，夫人。」

華生太太哈哈大笑，不顧淚水刺痛眼珠。「我知道。我知道。很荒謬吧？我曾經和那些上流紳士，還有他們的律師討價還價，敲定我的價碼。可是在她面前，我從未提起過金錢。我無法承受讓她幻滅的可能性。我一點都不想向她討英鎊與盧比，讓我們的愛情變得廉價。」

「我可以一頭栽進除了愛情以外沒有任何保證的未來，或是維持原樣，拿我的時間和情感換取金錢——但就是沒有愛情。」

她指尖插進髮絲間。「最後我拒絕了她。我沒有說出眞相——只說我無法一走了之。事後我好恨自己。我竟然在無意間譴責她不是男人，無法娶我，或是給予我公開情婦的身分。」

夏洛特小姐搖搖頭。「夫人，妳如此努力，就是爲了獨立維生。若是當年妳隨她而去，就得要一輩子依附她過活。更別說妳得要放棄生孩子的念頭。那時妳想要生小孩嗎？」

「想。我常希望能有更多子女。」

她從未承認潘妮洛是她的孩子，不過，從夏洛特小姐波瀾不興的臉色來看，她打從一開始就知道這件事了。

「那麼妳就得要犧牲更多事物。顧慮旁人的幸福時，惦記自己的未來不是錯事。」

華生太太以掌心揉揉額頭。「我心底是明白的，我知道自己沒錯。我知道假如潘妮洛拿同樣的兩難處境向我求助，我也會建議她再三思考自己的需求和欲望。但還是一樣，我傷了太后的心。我是個無法滿足於愛情的貪婪女人。」

「在我們所處的世界，只要愛情就心滿意足的女人，往往會因此受苦。」

夏洛特小姐不爲所動的模樣，令華生太太心裡一沉。說眞的，聽到夏洛特小姐堅定而超然地爲她多年前的決定辯護，她可說是寬慰許多。可是這些話她早對自己說過了，而她卻還是陷入痛苦的泥淖，懇求夏洛特小姐改變心意。

或許是看出她的絕望，夏洛特小姐盯著她好半晌，即便那張如奶油般光滑的面容依舊缺乏情緒，但似乎有幾塊肌肉開始鬆動。

「我應當要繼續堅信在和太后的來往中，妳該秉持著理智與尊嚴。不過我能接受妳個人認爲必須好好補償她——我接受妳的決定，加入妳的行列。」

「親愛的！」華生太太跳起來，握住夏洛特小姐的雙手，按在自己的心口。「謝謝妳。眞的是感激不盡！」

「夫人，妳不用謝我——請別忘了，妳對任何人的虧欠，遠遠比不上我欠妳的一切。」

華生太太鬆開夏洛特小姐的手，挺直背脊，打算好好教導她的搭檔，要她知道自己從兩人的合作中得到多少利益。

但夏洛特小姐還沒說完。「我只希望妳未來不會爲了這分義氣後悔。畢竟妳的本業不是闖空門，而我唯一試圖搶劫的那次結果是逃之夭夭，差點連鞋子都留在現場。」

夏洛特小姐爲自己的往事微微一笑，但笑意稍縱即逝。「我怕這件事將超出我們的控制範圍。我怕我們知道太后的煩惱後，只會讓事態更麻煩。我怕她的煩惱到最後會演變成深淵，吞噬每一個膽敢接近的人。」

華生太太打了個寒顫，忘記自己方才要說什麼。

「啊，妳的茶涼了。」明明才剛警告過華生太太可能有性命之憂，夏洛特小姐卻一副若無其事的模樣。「要再泡一壺嗎？」

太后的旅館套房可說是小型宅邸的規格，還有通往大街的獨立出入口。房裡的裝潢風格——挑不出毛病的配色、穩重的家具、一幅幅描繪神話歷史的古典畫作——似乎能取悅世界各地的旅館經營者。

華生太太站在前廳，身旁是一盆怒放的水仙花，細緻的香氣衝上腦門。她想起往昔愛人對焚香的抗拒。**對我們來說，薰香就像薰衣草花水在英國人心目中一樣平凡無奇。可是來到這裡，少了我們國內的日常風景，它就成了異國的象徵。我一點也不希望妳把我當成異國人士看待。**

太后外表看似冷靜，但華生太太意識到她的訝異和困惑。

或許還有一絲興奮？

華生太太的心跳漏了一拍。

「請坐，華生太太。」太后說道。「要請人送茶過來嗎？」

「我已經點好茶了，要請您吩咐服務生打開通往旅館的門。」

這棟宅邸還有一扇連接旅館內部的門。

太后皺眉，不過她還是照著華生太太的意思下令。不久，她的女僕帶來端著大托盤的旅館門房，還有身穿淺灰藍色訪問裝的夏洛特小姐，裙襬的蕾絲長度足以環繞池塘。

太后直直盯著她。

等到僕役全數退下並關好門，夏洛特小姐說：「殿下，關於夏洛克．福爾摩斯的可疑之處，您的想法沒錯。沒有夏洛克．福爾摩斯這個人。只有我，利用我的技術幫助來見我『哥哥』的客戶。華生太太是我這椿生意的合夥人。」

「夏洛特．福爾摩斯小姐得知您來拜訪我時，她覺得有義務向我透露您也造訪過夏洛克．福爾摩斯。」華生太太說：「或許是我僭越了，但我一定要幫您。既然您大費周章地向夏洛克．福爾摩斯求助，殿下，必定是有極度迫切的需求。」

太后一言不發。

華生太太試著解讀她的表情。華生太太伸出援手、不希望太后獨自面對這種時刻，她對此可有半點欣喜？然而以往表情豐富的臉龐，現在冷硬如同城牆。

華生太太深呼吸，繼續道：「夏洛特小姐說您的煩惱與此行的隱密程度有關。相信您並不樂見現在多了個知情人士，但請您一定要知道，我們也很注重保密。我們從未向與偵探事業無關的人透露夏洛克．福爾摩斯的眞相。希望您能將此視爲我們的誠意。」

太后攪拌茶水。「我不想浪費任何人的時間，謊稱不需要協助，但我拒絕委託夏洛克．福爾摩斯是有原因的。我不需要找人破解謀殺案，也不需要查明閣樓裡怪聲的來源。」

「殿下，那您爲何要找上夏洛克．福爾摩斯呢？」夏洛特小姐問道。

「我想知道他是否還有其他能力。當我得知他臥病在床，他對我就沒有任何用處了。」

「他並不存在。」夏洛特小姐說。

「至於妳呢，夏洛特小姐，即便妳的能力出眾，對我來說，還是派不上用場。」

「我知道您想尋回某樣物品，而那樣物品應該正受到嚴密的看管。」

「我無法想像妳在這個領域有多少經驗。」

夏洛特小姐冷靜極了。「有的。我曾多次私下洗劫家父書房。」

太后乾笑一聲。「喔，是嗎？」

「原則大同小異。要先弄清楚屋裡相對沒人的時段，善加利用。然後迅速判斷有意思的東西放在哪裡。接著破解各種鎖頭，以及對方認爲足以守護祕密的阻礙。」

「重點是？」太后的語氣多了一絲不耐。

「殿下不該低估一個女人從自己家裡學到的事物。」

夏洛特小姐從手提袋裡抽出一個鑲嵌象牙的匣子，放在茶几上。

太后表情驟變。「妳這是——從哪裡拿到的？」

「當然是這裡。」

「怎麼可能？」

「殿下，有些事情說破了就沒意思了。」

王太后殿下橫了夏洛特小姐一眼。

夏洛特小姐喝了一小口茶。「好吧。我們先訂了隔壁的套房。兩間房有個相通的門，沒有鎖，只在兩側各安了一個插銷。或許您沒注意到，今天早上的清掃結束後，旅館女僕要求進房來拿她忘在用餐室的東西。」

「那扇門就在用餐室裡。」

「沒錯。」

太后環視客廳。「但房裡還是有人在。」

「並不是整天都有人守著。在您出門後，有人和您房內的僕役說似乎出現瓦斯漏氣的狀況——自然不是這間高級套房，而是隔壁房間。不過呢，保險起見，希望屋內人員全數撤離，進行徹底檢查。既然有輛馬車準備送他們去免費參觀大英博物館，還附上回程車資，誰會多想呢？」

太后抿緊嘴唇。

「請別責怪您的僕役。」夏洛特小姐繼續說下去：「畢竟他們有什麼理由質疑呢？更何況他們離開前也確認過門都鎖好了。但那扇相通的門兩側都沒鎖，我們就這樣長驅直入了。這兩間套房格局相同，我們早已知道保險箱位置。」

「保險箱那麼好開嗎？」太后的視線飄向畫作，那後面是嵌在牆內的保險箱。

夏洛特小姐的視線卻是定在維多利亞三明治上頭。「好開？倒也不是。但也稱不上特別棘手。它用的是鑰匙，而非密碼鎖，讓我省了不少工夫。」

太后挑眉。「省了妳的工夫？」

「今年夏天我們恰好需要找人開鎖，時間緊湊，因此請了認識的人幫忙。事後我決定把這些伎倆學起來——天知道我們不會有第二次開鎖的需求呢？」

「殿下，您說得對，我確實沒什麼取回嚴密看管物品的經驗。」夏洛特小姐的語氣毫無嘲諷之意。「不過防護鬆散的物品倒是沒什麼問題。好啦，請問需要華生太太和我幫您找回什麼東西呢？」

□

太后再次陷入沉默。

夏洛特小姐通常話不多，但她的沉默宛如樹林山丘，是自然的無語狀態。太后的沉默則令華生太太聯想到印度齋浦爾的風之宮，有人隱身其中屏息監視。

她不習慣這樣。華生太太深深愛過的那個女子總是樂於分享思緒，她讀過、研究過的事物範圍之廣，知識的深度與精確程度，總讓華生太太驚嘆不已。

不過呢，當年她是剛掌握攝政大權的年輕寡婦，全世界對她進貢，獻出仰慕、阿諛諂媚。而今日她是個不得不放下權勢，並向陌生的英國人求助的中年婦人。

要她接受幫助，她得要跨越多大的心理障礙呢？她有多麼不想讓華生太太看到自己淪落到什麼境地？

「很好。」她終於開口。「既然如此，請夏洛克．福爾摩斯協助此事也不是不行。」

「感謝您的信任。」華生太太馬上答腔。或許答得有些太快了。

「我有些信函，不希望暴露在不友善的目光之下。以往我確定它們都收在安全的處所，然而近日我得知因為某些不測，它們以沃德洛堡收藏品的名義被運送來歐洲。」

一旦決定要如何行動，她的語氣瞬間變得明快清晰。但華生太太忍不住緊緊握住椅子扶手的軟墊。曾經有機會與她廝守終身的女人遭到敲詐。

「妳們聽過這個地方嗎？」太后問道。

華生太太使勁吐氣。「我依稀記得那裡每年會舉辦奢華盛會。」

「還有在耶魯節舉辦的化妝舞會，吸引法國社交名媛，香檳像河水般流淌，魚子醬如同麵包屑般四散，還有巴黎的頂尖美女佩戴價值五千萬法郎的珠寶。」夏洛特小姐說：「我幾年前在雜誌上看過。」

「這位小姐，妳記性真好。」儘管嘴上這麼說，太后閃向夏洛特小姐的視線中警覺多於敬佩。「沃德洛堡結構牢固，戒備森嚴，不過為了舞會，所有大門都會打開，據說那副情景夢幻得如同傳說故事。」

「然而，如此鋪張是有用意的。舞會當晚同時也是私人藝術品拍賣會，因此不只巴黎社交界人士蜂擁而至，也引來世界各地的藝術鑑賞專家，包括英國工業大亨、美國百萬富豪、波斯王侯的代理人——他們都想充實自己的收藏庫，來替自己的聲譽加分。」

「一切都是商品——至少多年以來皆是如此。我猜我的祕密在舞會當晚前安全無虞，但是在那之後……據說我的信被藏在一幅范戴克的畫布後方。新任買主很有可能會換新框，畫布一離開畫框，我的祕密就會公諸於世。」

華生太太眞想知道那些信函的內容——以及與太后書信往來的人士身分。她和華生太太很少寫信給彼此，因爲兩人來往期間幾乎沒有離開過對方，同時也因爲太后希望這段感情的眞相能避開廷臣和僕役的耳目，纏綿繾綣的情書留在身邊風險太大了。

在兩人分離的日子裡，她失去了那分謹愼嗎？

夏洛特小姐朝方糖盅的夾子伸手，又立刻縮回，她肯定是想起自己最近已放棄往茶裡加糖加奶了。「購入那幅畫的人說不定對陳年信函毫無興致。」她提出不同的可能性。

「外頭盛傳對這幅畫最有興趣的人是威廉・佩辛爵士。他曾任印度總督，很清楚我的身分。」

夏洛特小姐乖乖喝下沒加料的紅茶。「殿下，您可曾考慮過親自買下那幅畫？」

太后不屑似地哼了聲。「那幅范戴克估計超過兩萬英鎊。夏洛特小姐，我們可不是齋浦爾大君或是哈德拉巴王公。我的國家不大，影響力相對較小，資源貧乏。就算我還是攝政王太后，也未必拿得出這筆錢。現在國庫不歸我管，我完全無力直接買下那幅畫。」

「原來如此。」夏洛特小姐說：「今年的舞會預計在何時舉辦？」

「不到兩個禮拜內。」

華生太太倒抽了一口氣。太快了。她以爲耶魯節是冬至後的第十二天，但舞會的日子比那還要早上幾天。

「您心裡一定有其他備案吧？」夏洛特小姐問。

「有的。手頭的資金買不起那幅畫，但至少還夠我雇個雅賊——至少我是這麼想的。抵達倫敦前，我在法國稍停了一陣，然而我洽詢的人士紛紛給了我同樣說詞：願意接下這個委託的小偷，全都不足以信賴。」

「後來在橫越海峽途中，我聽到旁人聊起夏洛克．福爾摩斯的事蹟。老實說，他們更在意的是他的客戶，某位爲了妻子遇害而差點揹黑鍋的紳士。到了這個地步，找那位偵探談一談也無妨。於是我寫了信，導致現在的處境。」

夏洛特小姐點點頭，似乎是對太后的說詞感到滿意。「殿下，無論是沃德洛堡還是拍賣會本身，您還能透露什麼情報呢？」

「去見夏洛克．福爾摩斯之前，我把自己所知的一切寫了下來，以防我決定雇用他。那分文件還在我手邊。」太后起身，隨即坐回原處。「兩位眞的願意幫忙嗎？這可是比從我的旅館保險箱裡摸出珠寶盒還要困難危險好幾倍。」

她迎上華生太太的視線。除了疑慮之外，太后眼中是否還有其他情緒？是否透出了些許擔憂，甚至是焦慮？

甘苦交雜的情感在華生太太心中翻騰。

回話的是夏洛特小姐。「我們不能保證成事。但我們會盡力而為。」

太后垂眼，接著離開房間，一分鐘後帶回一個信封，交給華生太太。「是否該來討論兩位的酬勞了？」

「等我們取得您要的物品再說吧。」華生太太下定決心，到時候也不會向太后要半毛錢。

「殿下，如果您沒有其他情報，我們該開始準備了，時間非常緊湊。」

「我所知的一切都在信封裡頭。兩位女士，祝妳們好運。」

夏洛特小姐起身。「殿下，感謝您的心意。不過如果能告知您遭到勒索的原因，以及該名敲詐者的身分，對我們來說是極大的幫助。」

「福爾摩斯小姐，我很希望有辦法提高妳們的成功機會，可是我真的不知道扣留我那些信的是何方神聖——信件內容也與妳們的任務無關。」太后的回應不帶一絲猶豫。

夏洛特小姐低頭行禮。「殿下，悉聽尊便。」

□

回到人行道，等馬車繞過來時，華生太太驚呼道：「老天爺啊，我做了什麼好事？現在我們該怎麼辦？」

從某座她從未造訪過的城堡，在人聲鼎沸的宴會中，偷走價值兩萬英鎊的大師畫作——還要跑去陌生的地方。她乾脆報名參加清洗月球表面的冒險隊算了。

「我們要找人幫忙。」夏洛特小姐果斷回應。「妳可以和英古蘭爵爺談一談。我去看看是否能招募到馬伯頓先生。現在的時間應該還夠我去報社，請他們在明天早報刊登一小則廣告。」

「招募……妳的意思是雇用他？」

「不該利用他對家姊的愛慕之情榨取他的時間和專業技術——我也打算付錢給英古蘭爵爺，但他肯定不會收的。之後我們得要說服家姊，讓她留在倫敦，或者是告訴她一切，帶她去法國。」夏洛特小姐繼續道。

天啊！華生太太把奧莉薇亞小姐忘得一乾二淨了。那個可憐的女孩昨天才抵達此地，懷抱著與姊妹度過冬日佳節的美好想望。「妳打算——我們該怎麼做呢？」

「夫人，決定權在妳手上。我會遵從妳的指示，相信她也一樣。」

華生太太的腦袋陣陣脹痛。「可是把她丟在這裡，她一定會很難過。」

「世事總是無法盡如人意。」夏洛特小姐毫不在意。「莉薇亞比誰都清楚這點。」

□

莉薇亞在倫敦的第二天不太順利。下樓吃早餐時，麥斯先生告知夏洛特和華生太太出門了。夏洛特留了張紙條給她，為了她們的缺席向她致歉，還說不用等她們吃午餐。但她和麥斯先生一樣，沒有說明她們外出的理由，只提到與某位客戶有關。

莉薇亞深感失落。她好想參與她們的生意——就算要她去上貝克街十八號端茶也甘願。不過看來這事不太可能，於是她這天忙著寫她的夏洛克．福爾摩斯小說。

更離奇的狀況來了。她以為還要寫上幾個禮拜的進度，卻在下午兩點左右達成，發現故事即將收尾，大概再用掉十到十五頁的筆記本，就能為第一分完整草稿寫下「全書完」。

意識到這一點時，她再也寫不出半個字。

令她心癢難耐的能量竄過全身，她緊張得坐立難安，就連在房裡踱步也讓她覺得自己是頭困獸。她一會兒坐下，一會兒站起，聽到馬車經過的聲響就衝到窗邊。

終於，接近傍晚時，華生太太獨自返家。

莉薇亞在樓梯口迎接她。「夫人，舍妹沒和妳一起回來嗎？妳昨晚不太舒服，現在還好嗎？」

華生太太看似如常，但難掩疲態和緊繃，眼角的細紋比往常還要深刻。她朝莉薇亞笑了笑。「嗯，我很好，奧莉薇亞小姐。夏洛特小姐和我見過客戶後分頭辦事。啊，看來她回來了。」

從正門進屋的確實是夏洛特。她把帽子及手套交給麥斯先生，兩人一同來到二樓客廳。「我發了訊息給馬伯頓先生。」才剛坐下，她立刻開口。「接下來就等著看他的反應了。」

「馬伯頓先生？」莉薇亞低呼，臉頰瞬間漲紅。夏洛特是為了她才和他聯絡嗎？

「是的，馬伯頓先生。我們需要他。」

「為什麼？英古蘭爵爺該不會又出事了吧？」

「不，是我的一個朋友惹上了麻煩。」華生太太語氣和緩，眼神卻流露出憂心。「我們可能要去法國助她一臂之力。」

我們包括莉薇亞在內嗎？她的視線在夏洛特與華生太太之間游移，但兩人的神情都沒有透出半點兒端倪。

「這個……這趟法國之旅即將成行？」莉薇亞擠不出足夠勇氣直接問她是否能同行——或是得要留下來看家。

法國。她對法國神往不已。去哪裡都好，只要能自由自在地遊歷就好。但她也能一起去嗎？到上貝克街十八號端茶是一回事，實際參加任務又是另一回事了。

「很快。」華生太太答道：「最晚後天出發。」

她依舊沒提及莉薇亞在這趟旅程中扮演的角色，前提是她真的與本次任務有關。

夏洛特小口小口地啃著燉牛肉三明治。華生太太凝視茶杯，前額皺起。莉薇亞的推理能力或許不如夏洛特犀利，不過眼下的情勢連她也能看穿。

無論她們去法國是為了什麼案件，那肯定是趟困難又危險的旅程。她們不知道該拿莉薇亞怎麼辦。想必夏洛特把決定權交給華生太太，畢竟她們寄宿在華生太太家，這次的任務又關乎華生太太的朋友。而華生太太不想叫莉薇亞乖乖退下，也不希望把她捲入危機之中。

「這趟會去多久？」她問。

倘若她們只離開一、兩天，她還能等。

「整整十四天。」夏洛特應道。莉薇亞心一沉。她不斷告訴自己和願意聽她說話的人，說她打算盡可能地遠離老家，越久越好。但她不該跟著遠行。她不該離家超過兩週，最多三週——否則她未來就難以獲得更多出門的機會。

要是留下，她在這段假期內幾乎見不到夏洛特和華生太太。不過她對於危機四伏的處境毫無興致，更沒有派得上用場的技術。她甚至沒有華生太太的豐富閱歷，也沒有夏洛特的鋼鐵意志。

「我很想和妳們一起去。」她說：「不知道我能幫上什麼忙，但我願意盡力。要是和妳們去法國，我知道我會更開心。」

「會很危險。」夏洛特說。

華生太太緩緩點頭，彷彿是極不情願承認這個事實。

莉薇亞掌心突然猛冒汗，連忙往裙子上擦了擦。「既然妳們能承受風險，那我也可以。」

夏洛特又咬了一口三明治。「確實還不到攸關生死，只是我們對於目標所知甚少，也不確定究竟會撞見什麼事物。我們不是熟練的小偷，恐怕無法排除體驗法國監獄風光的行程。」

莉薇亞倒抽了一口氣。小偷？

華生太太也低聲驚呼。「我只顧著任務失敗的話，我朋友會有什麼下場，卻沒想到我們自己的下場。奧莉薇亞小姐，既然如此，或許妳——」

「不要！」莉薇亞大叫。「既然如此，我待在英國可不是更難受嗎？我會擔心到渾身不舒服，更何況——更何況——」

更何況馬伯頓先生可能會和她們同行。

華生太太對夏洛特懇求似地看了一眼，後者只說：「夫人，我們全聽妳的吩咐。」

莉薇亞走到華生太太跟前，雙膝著地，握起華生太太的雙手。「拜託，夫人，要是把我留下來，我一定會很不快樂——心裡淨想著最可怕的情境。拜託，華生太太，請帶我一起去。」

華生太太緊緊閉上雙眼半晌，才拉著莉薇亞起身。「那好，我們一起去吧。不過妳一定要答應我，奧莉薇亞小姐，妳必須把自己的安全放在首位。」

「我答應妳。謝謝妳，夫人！」莉薇亞歡呼，笑得合不攏嘴。「謝謝！謝謝！」

發現其他人臉上毫無笑意，她的狂喜也漸漸消散。

第五章

英古蘭爵爺的三哥班克羅夫特．艾許波頓爵爺，花了幾年工夫裝潢波特曼廣場旁的那棟宅邸，期盼夏洛特能接受他的求婚，成為他的妻子。然而夏洛特直到今年夏天名聲掃地後才得知此事。莉薇亞自然比她晚獲得這個情報，對它的眞實性存疑至今。

被夏洛特評為「略嫌浮誇」的屋子？只要見到花俏配色就想添購新衣的夏洛特？

儘管莉薇亞做足了心理準備，接待室還是令她瞠目結舌——鍍金的鏡框、巨大的珊瑚粉壁龕裡數十個紅白配色的中國風瓷盤。

「太多了！太過頭了！」她嘶聲驚叫。方才幫她們開門的女僕回頭通報福爾摩斯姊妹和華生太太來訪的消息。「夏洛特，妳怎麼可能會喜歡這棟屋子？妳眞的沒有色盲吧？」

「沒和妳說嗎？」夏洛特溫聲回應：「妳以前好幾次說我是色盲，所以我去做了一些測驗，證實我的視力正常得很。」

「可是這裡已經用了那麼多紅色與珊瑚粉，那裡又全部漆成綠色！」莉薇亞控訴似地指著大片鍍金鏡子背後的牆面。

「這個綠色很好看啊。」

「這個綠色不對勁。」莉薇亞差點打起寒顫。

離開接待室後，情勢每況愈下。等她們抵達掛著足以供應全倫敦聲色場所的流蘇與荷葉邊的客廳時，莉薇亞已經鬱悶到整張臉都垮了下來。「夏洛特，這是妓院加上馬戲團才有的裝潢。」

「而我不但失去了清白，還擅長各種把戲。我的品味與處境沒有太大出入。」

「就算在落入現下的境地前，妳的品味還是一樣。」英古蘭爵爺進房答腔。

「哈！」莉薇亞大笑。

華生太太咯咯輕笑，連夏洛特也勾起嘴角。雙方打了招呼，女僕端上大托盤。

「好啦，大家都到了。」夏洛特說。

莉薇亞疑惑地直視她。「我以爲馬伯頓先生要來會合。」還是說他沒接到他們的訊息？可是夏洛特的告示已經刊登在今天的早報上了，他肯定不會錯過報紙的廣告欄。

「他已經到了。」夏洛特說。

莉薇亞環視整個客廳。哪件家具大到能讓他躲藏？

英古蘭爵爺一臉興致盎然的模樣。夏洛特忙著打量女僕放上桌的一盤盤糕點。華生太太的視線率先投向女僕。

難不成——

女僕笑出聲來。是史蒂芬．馬伯頓的笑聲。但他本人的長相和這名女子毫無相似之處。

「夏洛特小姐，妳怎麼知道的？」他問。

「首先呢，來訪這麼多次，我第一次在這棟宅邸遇到女性僕役，不由得多看了幾眼。再來，我看過你男扮女裝的模樣，即使這次你在臉上下了更多工夫，還是有幾絲熟悉感。」

「第三，你並沒有刻意掩飾你的身分。或者該說是你並不吝於向我們當中的某人暗示你的眞實身分。」

莉薇亞忍不住掩嘴。她這才注意到假女僕戴著月光石墜子。兩人初識那次，他們曾經聊過《月光石》這本書。後來他還送了顆渾圓的月光石給她。

馬伯頓先生微微一笑，怎麼看都是惹人憐愛的女子。「要我幫各位倒茶嗎？」

「請。」英古蘭爵爺說。

等眾人手邊都有熱茶之後，華生太太清了清喉嚨。「感謝各位前來——助我一臂之力。這是我自己擔下的麻煩事，同時也心知肚明我絕對無法以一己之力解決。我知道我需要許多人的協助。馬伯頓先生，要和你說明來龍去脈嗎？」

「英古蘭爵爺已經很熱心地告訴我整件事的梗概，各位只要補上細節……」

他望向莉薇亞。她輕輕點頭，胸中湧起一股暖意。

「既然如此，以下是本次任務的概要——」華生太太說：「取回藏在某幅范戴克肖像畫背後的信件，這幅畫目前收藏在巴黎近郊的沃德洛堡，是年度拍賣舞會的商品之一，將在十四天內落入新主人手中。」

「夏洛特・福爾摩斯小姐今天去了兩間雜誌社的辦公室，運氣不錯，在沒有預約的情況下獲准進入資料室。夏洛特小姐，可以麻煩妳分享今天的發現嗎？」

「沒有查到什麼，只知道沃德洛堡大約十五年前易主。目前的所有人是一位艾柏瑞特先生，據說他是瑞士的營造商。他的情婦德羅希爾夫人住在該處，一手規畫出那場舞會。她的哥哥負責安排私人藝術品拍賣。」

「福爾摩斯小姐，謝謝妳。」華生太太轉向英古蘭爵爺。「爵爺大人，昨晚碰面後，您也探查了一番。請問有什麼斬獲嗎？」

「有的。時間緊迫，要做的事不少，得馬上派人去法國接應。若是平時，我可能已經橫越海峽了，但現在我無法說走就走，得要先送孩子到我長兄的莊園。在那之前，我必須派人代表我行動。」

「所幸剛好有個盟友正在橫越法國途中，我的電報在巴黎趕上他。他得知舞會前有一場招待會，讓有意參加私人拍賣會的人士預先欣賞那些藝術品。他也查到艾柏瑞特先生買下城堡後，巴爾扎克與吉洛特建築公司重新設計了部分裝潢。那位盟友拜訪了建築公司，試圖取得城堡的平面圖。」

「看來您的盟友能力卓越、長袖善舞。」華生太太說：「該不會是雷明頓爵爺吧？」

雷明頓爵爺是英古蘭爵爺的二哥，前陣子才啓程前往印度。

「不是家兄，但對方是我信任的人。」

「如果他能找到城堡平面圖，那是再好不過了。」夏洛特說。

「只要東西存在，他就絕對找得到。」英古蘭爵爺應道。「除了我的盟友，我還發了電報給我教父家族在法國的分家。」

那個分家在法國可是掌握了極度龐大的金錢與權勢。

「我請他們協助取得化妝舞會的邀請函。對方保證沒問題，也會在巴黎準備一棟宅邸供我們使用。」

「眞是太好了！」華生太太驚呼。「特別是邀請函。」

「看來諸位已經掌握一切資源。你們眞的需要我幫忙嗎？」馬伯頓先生咧嘴而笑。

「我們什麼都沒有。」夏洛特說：「無法擬定計畫，得先取得更多的情報。因此，雖然我目前無法確定要你做什麼，馬伯頓先生，但我希望你能同行。若是沒請你出力，就當成是免費的巴黎之旅吧。」

「還眞沒有理由拒絕呢。」馬伯頓先生對莉薇亞小姐說：「如果到時候有空檔，介意讓我護送妳參觀巴黎嗎？天氣夠好的話，要不要在杜樂麗花園走走？」

莉薇亞心臟狂跳，原本以爲自己會結巴，但她的嗓音還算平穩，彷彿由紳士護送她在異國首都遊覽是再平常不過的事。「感覺還不錯。」

「還有羅浮宮？」

「如果你到時候不會太忙碌。」

「兩位很有可能忙到擠不出半點空閒。」夏洛特說：「即便如此，馬伯頓先生，你還是願意一起來吧？」

他對莉薇亞笑了笑。「這是我的榮幸，樂意之至。」

□

你還擁有浪漫情懷，在堅決谷亂成一團之前不久，夏洛特曾對英古蘭爵爺這麼說。

當時他抗議說他早就捨棄浪漫情懷。

而她是如此糾正他：對愛情感到失望，並不會改變一個人的天性。你變得更謹慎，不知道是否還能做出正確選擇，但不會質疑浪漫愛情的正當性。

她說得對。以一個戀情如災難般結束的人來說，他算不上憤世嫉俗。他完全不會瞧不起馬伯頓先生不加掩飾的熱戀情懷，只是記掛著他和奧莉薇亞小姐面臨的阻礙。他想保護他們，不讓他們的愛情遭受傷害或是污染。

不讓他們遭受命運摧折。

從華生太太寵溺而略顯焦慮的表情，可以看出她的想法一致。然而福爾摩斯淡然中立的態度卻格外刺眼。

他心頭一抽。對於「浪漫愛情的正當性」深信不疑的男人，要拿與他信念相反的女人如何是好？

眾人分頭行事。他要把孩子送到哥哥家，其他人則是搭上今晚從維多利亞站出發的快船。英古蘭爵爺送女士們搭上等在門外的馬車，不過出乎他的意料，福爾摩斯沒有跟著上車，又問他是否方便叫出租馬車送她回家。

「當然可以。」嘴裡說著，他的心臟卻跳得好沉。

她裹著一條夜色藍的披風，上頭點綴著惹眼的淺綠條紋。兩側人行道上的路人紛紛伸長脖子，想看個仔細。幾年前，看到這件衣服的他，忍不住問她幹嘛要往身上披掛如此刺眼的色彩。只要扯上她的穿衣品味，他總是沒來由地焦躁不已。明明能靠著美妙身段和優異眼光迷倒宴會廳裡的任何男士，擁有如此卓越的優點——再加上令人懼怕的洞察力——她為何會想穿戴如此裝飾過度、配色花俏的服裝？

她凝視他好半晌才開口：**我從小就對連綿不絕的單一色彩或材質——特別是用在衣物和裝潢上的——難以恭維。我得要閉上眼睛才能阻隔頭痛。即使現在受到的影響沒那麼大，我仍舊本能地偏好多元的配色與質料。**

在那之前，他總認為她的服飾只會引來不必要的關注——那是他個人極度厭惡的事物。他從未想過那些斑斕的色彩、繁複的剪裁除了吸引旁人多看兩眼之外，還存在著什麼功能。

然而他當年傲慢又自負，非但沒對自己的誤解感到羞愧，更為了她的怪異之處心煩意亂。與這個女孩來往多年，若是要她往正常人的界線靠近一些，她恐怕要帶著六分儀出海探險了。

「妳還留著這件披風。」他柔聲道。

「莉薇亞從家裡幫我帶來的。她討厭這件，所以知道這一定是我的最愛。」

「很搶眼啊。」

「你以前也不喜歡這件。」

現在沒那麼討厭了。

一輛出租馬車駛近，他扶她上車，報出華生太太家的住址。

「你對太后的處境有什麼看法？」馬車上路後，她開口提問。

這個話題在他的預料之中，卻還是狠狠地失望了一把。眞想知道那些無比親密的時光是否已經結束；她只在乎效率的冷淡姿態熄滅了一切希望。他暗自嘆息，覺得自己像個小小孩，被逼著離開展示全世界最巨大糖果山的櫥窗。

「眞想知道對方是爲了什麼事情要脅她，也想知道犯人的身分。這樣我們的處境會明朗許多。」

「我也向太后提出同樣的疑問，卻沒有得到任何答案。」隔了幾秒，她再次開口：「華生太太提過委託人的身分？」

「一開始她沒透露。但我說我得知道她這位朋友的眞實身分。」得知妻子竟然是莫里亞提的密探後，他變得比以往多疑。

「得知她的身分是否減輕了你的疑慮？」

「算是吧。背景不夠乾淨的人是接觸不到太后的。昨晚我查了她的背景。她在攝政期間講求公平、眼界遠大，讓她的國家有了長足的發展。財務狀況健全，與鄰國和印度政府關係穩定。」

印度政府就是英國。

她慢條斯理地點頭。「像她這樣的人遭到敲詐威脅，你不覺得不太尋常嗎？」她的帽緣接了一片紗，並沒有完全遮住她的五官，反而更加突顯她唯一露在外頭的飽滿唇瓣。他多凝視了她的嘴唇幾秒，才抬眼迎上她透過網紗投來的視線。「不會比妳捲入十年來最轟轟烈烈的醜聞這回事還要離奇。」

縫在帽紗上的黑色小珠子，映射出灰暗的午後陽光。「你想她可能是在什麼地方給人留了把柄？」

「我原本猜測那些信件是寄給不倫之戀的對象——內容令人尷尬臉紅。但是身爲美女，這樣的敲詐把柄也太好猜了。妳呢？」

「我相信她遭到勒索，只是無法理解那些信是如何流落到沃德洛堡。也不知道她爲什麼會得知它們的下落。」

因此他想知道敲詐者的身分與目的。「我猜目標其實是那幅范戴克的畫作。倘若沃德洛堡的拍賣會行之有年，主事者想必很清楚要如何保護收藏品。法國的雅賊不願混入堡內，代表偷竊的後患遠大於贓物的價值。但如果發現有位女士拚了命地想要守住祕密，那麼這幅范戴克可就是個划算的買賣了。」

她沉默了好一會兒。

爲了分散注意力，不把視線往她臉上飄，他轉頭望向窗外。然而他同時清楚意識到兩人是多麼地接近，同時又是多麼遙遠。

「你是不是記掛著竊案本身——我是指道德層面？」她突然開口。

「妳比我還要多疑。從另一個角度來看，要是太后沒有隱瞞動機——她要的只是那些信件——那麼單純取回信函很難稱得上偷竊。信件到手後，我可能會拆開來確認它們確實是她要找的東西。」

車內再次陷入寂靜。他不知該如何是好。換作是以前那個相信自己的婚姻堅不可摧的他，情勢或許會單純不少——他絕不可能對她出手。但現在，他明年夏天前就能恢復自由之身，可說是手足無措。

「怎麼了？」她問。

他回頭看她。

「你心裡有事。」

他能說什麼？我孩子的家教刻意提到妳，作爲登上新任英古蘭夫人寶座的籌碼。天底下還有誰不知道我愛妳呢？天啊，我竟然開始懷疑空有形式的婚姻其實不如我想像的那麼美好。

他和福爾摩斯有辦法達成協議，談好他們希望從對方身上得到什麼嗎？要是做不到，他該不該爲了孩子做出最佳選擇，迎娶亞摩斯小姐、把她留在家裡？

他沒有答腔。

沉默是兩人間習以爲常的狀態，他準備好讓這次沉默持續到馬車抵達華生太太家。沒想到福爾摩斯又開口了。

「或許我猜得到太后想取回的信件內容爲何。不過這些內情可能會害你陷入尷尬的處境。」

□

莉薇亞是個優秀的水手。她到現在才知道——畢竟她從未搭過蒸汽船，以爲自己不會適應得太好。然而在惡名昭彰的英吉利海峽起伏衝刺的船隻，竟對她毫無影響，能逃過一劫眞的是天大福音。

「我知道暈船有多痛苦，不過我還沒見過誰能在船上如此輕鬆愉快。」兩人在甲板上轉了個彎，馬伯頓先生逗弄道。

「我總是關注宇宙的訊息，推測未來的發展。要是我現在狂吐不止，我會當成是不祥的兆頭：不只是我，所有人都不該搭上這艘船，絕對不會有好下場。」她笑得燦爛，浪頭打向船頭，引擎平穩地低鳴。「沒想到我可以一邊跳舞一邊橫越英吉利海峽，肯定是天大的好預兆。」

「當然了，我的好心情不會持續太久。我認爲宇宙總是要和我作對，等一下我就會煩惱要爲了此刻的欣喜付出多少代價。來自上天的惡意將會如何阻撓我，讓我陷入一如既往的消沉與憂鬱。」

馬伯頓先生歪歪腦袋。「妳眞心認定幸福如此脆弱嗎？」

「我的是。」她臉上依舊掛著笑。「我不知道自己是否享受過徹底的幸福時光，總是在歡喜和憂鬱之間擺盪。唯有焦慮如影隨形：當抱持希望時，我會擔心自己盼不到任何結果；當滿心恐懼時，我會擔心這分恐懼將化爲眞實。」

他什麼都沒說。

趁勢而發的膽量消散了些許，她稍稍收起笑意。「抱歉。」

或許她太誠實了。沒有幾個人喜歡她的本性。而他的存在似乎讓她想當自己，毫無保留，不用愧疚，不用時時顧慮自己是否迎合了俗世間不公平的標準，像個討喜的正常人。

「爲什麼？」他誠摯地詢問：「妳的恐懼曾經傷害過任何人，或是造成不便嗎？」

她舒了一大口氣——看來她沒有惹他不開心。「大概只有我自己吧。我討厭總是神經兮兮的。像你這樣天不怕地不怕的，是什麼樣的感覺啊？」

另一波焦慮襲來。「你該不會是在虛張聲勢吧？」

他搖搖頭。「我雙親總是告誡我們姊弟說我們過的是借來的人生。他們的用意不是教我們活得戰戰兢兢，而是要好好享受每一個躲過莫里亞提魔掌的日子。逃離老家、不用面對妳的雙親，妳不覺得喜出望外嗎？」

「這是當然了。」

「那是我每天早晚都會湧現的心情——有時候正中午也會——慶幸我還活得好好的，我深愛的每一個人都很安全，我的命還握在自己手中。」

雲層蓋滿整片天幕，她卻看見他眼中的星光。她沒見過如此無垢的靈魂，如此純粹的心意。

「眞羨慕你。」

「因爲我很快樂嗎？」他咧嘴而笑。「我姊姊說我年紀還小，不知好歹。」

啊，來到她在意不已的話題了。夏洛特曾說他至少小她五歲，但她衷心企盼是夏洛特難得記錯。「如果你不介意的話，想請問你幾歲了？」

「快二十一啦。」

老天爺，他比她想像的還要年少。她即將迎來二十八歲生日，兩人整整差了七歲。「在你身旁，我簡直就像個——化石似的。」

「我很愛化石啊。經過每一座大城市時，我都會造訪自然史博物館，欣賞考古學館藏。甚至爲了親自挖出恐龍，還拖著全家人去萊姆里傑斯這個除了化石以外什麼都沒有的地方。」

她噗哧一笑。在他身旁，歡笑似乎沒那麼困難。

他握起她的手。她的心怦怦亂跳。這時船頭突然浮起，兩人在甲板上一陣踉蹌，最後靠上一道扶手，她跌進他的懷裡。

「妳介意我的年紀嗎？」他問。

「多多少少。但我更擔心你會介意我的年紀——或者其他人會認爲我們的年齡差距太不像話。」

「這個嘛，我們的年齡差距永遠不會變，但至少我不會比現在還要年輕。」

他們依舊握著對方的雙手，胸口相貼。

「或許……我一點都不在乎你的年紀。說不定我就是喜歡你這麼年輕又善良，講話不帶刺。」

她揚起戴著手套的手，撫上他的臉頰。自然是無法直接感受他的肌膚，但此舉已經用上了她一生一度的勇氣——相較之下，逼近三十大關的危機，即將成為無人聞問、毫無魅力的老處女，反而沒有那麼重要了。

她縮手，被自己的主動大膽嚇了一跳。「我該——該去看看夏洛特了。」

□

汽船在破曉前抵達迪耶普，等一行人搭乘的火車駛進巴黎北站時，才剛過早上八點。迎接他們的是一陣冰冷細雨，以及英古蘭爵爺親人派來的宅邸僕役。

巴黎的城市計畫完善美觀，不像倫敦那樣隨意蔓生擴張。幹道筆直寬闊，兩旁的大宅立面以淺色石板堆砌而成，搭配灰藍色屋瓦，如同制服般整齊劃一。跟倫敦相比，這座城市更加乾淨明亮。

莉薇亞以為他們將住進類似英古蘭爵爺在倫敦的宅邸那樣的屋子。然而佇立在他們眼前的，是幢綠色屋頂的四層樓獨棟別墅（hôtel particulier），離街道有段距離，四周圍繞著高聳的圍牆。

莉薇亞小時候總是搞不清楚法國的權貴爲何老是住旅館（hotel）。家教被她的疑問逗笑，解釋說在法文裡，「hôtel」只是城市裡的大宅，不一定是旅店，同樣的，「堡」不過是鄉間的大型別墅，通常和城堡沒有關係。

這棟宅邸有個別緻的名號——蝴蝶居。原本的屋主目前不在家，僅留下最基本的僕役打理屋內大小事。名叫佛赫的男僕，說得一口帶著濃濃法國腔的英語，他招呼莉薇亞一行人進屋，來到餐桌旁。桌上擺滿咖啡、熱巧克力、牛角麵包、巧克力可頌。

「據說，英果人早餐偏好吃蛋。希望這些焗烤蛋盅合各位的口味。」

他掀起保溫的鐘型罩子，裡頭是一個個陶瓷小碗，盛放著烤蛋加起司和火腿。他們這群英果人舉雙手同意他這個說法，並且大快朵頤——除了夏洛特，她吃得很慢，愣愣看著滿桌餐點，彷彿才剛宣誓出家的修士突然繼承了一整座後宮。

飯後，佛赫領著眾人踏進豪華的書齋，房內有一塊舒適的閱讀區，他送上厚厚的卷宗。「女士，先生，這是爵爺的朋友送來的。」

他們向他道謝，等他離開之後才打開卷宗夾。

「老天爺。」一看到內容物，華生太太忍不住驚叫。「英古蘭爵爺的盟友手腳眞快。這一定是沃德洛堡的建築平面圖。」

趁華生太太、夏洛特、馬伯頓先生埋頭研究平面圖時，莉薇亞從卷宗夾中抽出一本雜誌，那是翻印其他出版品文章的文集。她看到《皇家地理學會期刊》的中國突厥斯坦專刊、阿爾卑斯山在義大利境內的火車隧道現況與未來發展，最後停在沃德洛堡化妝舞會的特稿。

那篇報導原本刊登在一本美國雜誌上，預設讀者對這場舞會一無所知。這倒是符合莉薇亞的需求，但也同時略過了細節或說明。

文中提到沃德洛堡位於遼闊的平原上，有自己的蘋果園和一群乳牛。門前是壯觀的林蔭大道，會為了特殊場合點起數千盞紙燈籠。遊客接著要通過正式的庭院，花壇、雕像、豪華噴水池林立其中；再越過精緻的石橋——寫到這裡，筆者興奮到幾乎昏厥——抵達主宅。

主宅位於湖中小島上，橋長大約是湖的直徑的三分之一，是唯一的出入口，湖水成為天然的護城河。石橋兩端各裝設一道能上鎖的柵門。不只如此，第三道柵門橫在島上道路中央，雕花鐵欄杆以柵門為中心往左右延伸，包圍著一小片體面的庭院。

若你還在痴心妄想擅自闖入，還是趁早放棄吧。沃德洛堡是以古老的要塞為基礎，底盤深入湖水，保留了原本倒插在要塞邊緣，一排排尖銳如鯊魚牙齒的尖矛。

筆者繼續炫耀他曾受邀參加晚宴，那是在舞會參加者抵達前的私人餐會——莉薇亞覺得他的語氣得意極了。她仔細閱讀文章中對於大門口、富麗堂皇的客廳、用餐室的描述，跳過食物、葡萄酒、有幸受邀的賓客部分。

「少了點東西。」夏洛特說。

莉薇亞和其他人同時抬頭。

「我沒看出少了什麼，不過對這個地方倒是挺在意的。」華生太太指著平面圖上，莉薇亞看不見的角落。「標著C.E.。」

「我猜是電力裝置，中央電力設備（le centrale électrique）。」馬伯頓先生答道。「夏洛特小姐，妳覺得少了什麼呢？」

「我知道沃德洛堡建築在中世紀要塞的遺跡之上。」夏洛特說。

「我剛好讀到這部分。」莉薇亞打岔。「基座邊緣插著朝下的尖矛什麼的。」

「啊，我懂了。」馬伯頓先生說：「存在於危險時期的要塞。它肯定是爲了抵抗包圍而建，應該要有祕密通道，讓城主一家能偷偷離開。」

「或許在幾百年的歲月間，密道的情報就這樣被遺忘。」華生太太應道。

「或許吧。」夏洛特說。

她繼續研究平面圖，莉薇亞接著看文章，過了一分鐘，她興奮地抬起頭。「沃德洛堡裡面有一間私人藝術博物館——至少這篇報導選擇用這個詞來稱呼。」

眾人的目光集中在她身上。

「是嗎？」華生太太似乎有些喘不過氣。

「我唸給各位聽。」莉薇亞清清喉嚨。「『晚餐後，優雅又充滿活力的女主人德羅希爾夫人邀我們參觀私人博物館。賓客聊起即將上場的豪華煙火表演，一起爬上驚人的雙合平行階梯，穿過一條寬敞的走道，燈光的設計讓人能注意到天花板的彩繪，驚嘆聲此起彼落。除了梵蒂岡的西斯汀禮拜堂，我幾乎沒見過畫得如此貴氣精緻的天花板。壁畫主題多是神話故事，而非聖經典故，包括雅典娜和阿芙蘿黛蒂的誕生、柏修斯以梅杜莎的頭顱殺死波呂提克斯、達芙妮為了躲避阿波羅的死纏爛打而化為月桂樹，還有其他古典題材中的經典場面。』」

「『為了好好襯托這些藝術瑰寶，私人博物館內不會有如此戲劇化的壁畫，牆面毫無裝飾。我們湊在一起，讚嘆眼前的瑰寶——文藝復興時期大師的畫作與荷蘭巨匠的傑作並排，此外還有本世紀的當代作品。』」

莉薇亞翻過一頁。「『我沒料到會撞見一批英國畫家的肖像畫和風景畫。這批優秀的作品值得任何人好好收藏，但我完全沒想到此處的主人會購入這樣的作品。有位紳士——事後才知道他是女主人的兄長——告知這些意料之外的英國畫作可能是其中價值最高的藝術品，因為英國政府不吝於花幾萬英鎊購回本國人傑作，裝飾在國家美術館內。』」

「這些資訊真不錯。」華生太太說。

「沒錯，非常有用。」夏洛特補充道。

莉薇亞開心得臉頰發燙。無論她有沒有提起，在場眾人終究還是會讀到這篇文章，然而她依舊感覺自己有了實際貢獻，即便是多麼地微不足道。

佛赫回到書齋。「女士、先生。爵爺大人說各位今天想去逛逛穆雷的聖誕市集。要叫馬車嗎？前往穆雷的火車將在一個小時內出發。車站不遠，但近日路況可能相當惡劣。若再晚點出門，抵達市集時恐怕已經收攤了。」

他們爲什麼會想趕去從未聽過的地方逛聖誕市集呢？

「佛赫先生，請你現在就叫馬車。」夏洛特說：「我們會在十五分鐘內準備好。」

男僕離開後，夏洛特攤開一張巴黎近郊地圖。

穆雷是最接近沃德洛堡的村子。

莉薇亞心跳加速。他們的冒險即將開始。

第六章

在穆雷村舉辦的並非真正的聖誕市集，只是平日的村中市集加上一些節日商品罷了。不過村子廣場依然人山人海，牲口和一群火雞在廣場一端覓食，其餘空間都被攤位填滿，從桌巾、耶穌降生場景模型，到與整隻小山豬差不多大的火腿都找得到。

華生太太買了一瓶香料酒，馬伯頓先生則是抱回整塊的本地製布理起司。夏洛特在一條條香料麵包前沉吟半晌，最後選了幾捲自家紡製的毛線。莉薇亞則趁著沒人注意自己的空檔，買下幾條蕾絲滾邊手帕——她可以自己繡上花體字母，當成聖誕禮物送出去。

他們刻意以德語交談。莉薇亞和夏洛特的家教來自法國東部的阿爾薩斯地區，她們的德語及法語都還過得去。馬伯頓先生表示他的德語功力至少騙得了法國人。華生太太的德語最不熟練，不得不和當地人說話時，她會說出一口帶著濃濃德國腔的法語。

夏洛特判斷他們買得夠多，已經盡了觀光客的本分，接著把方才入手的戰利品交給佛赫，走向看起來像是酒吧又像咖啡廳的小餐館。

眾人朝著整鍋蔬菜燉肉進攻時，夏洛特只在一小片鄉村麵包上塗了以她的標準來說微不足道的奶油。馬伯頓先生以流利的法語向當地農夫詢問沃德洛堡要怎麼走，順便問起這座豪宅是否和他們之前造訪過的英國大宅一樣接受訪客參觀。

農夫搖搖頭，用法文回答：「這裡不行。」

他們吃完餐點之後，便朝著沃德洛堡漫步。天幕澄淨，陽光燦爛，即便吹著刺骨寒風，看到淺藍色的晴空，莉薇亞還是不由得感到振奮。

村裡建築物聚集在廣場四周，外圍只有疏落的幾棟房子。石磚街道接上休耕田間的黃土路，草地上山羊和驢子隨意吃草。

路面和緩起伏，沒想到才爬上第二段坡道，就看見他們的目的地。

那篇文章提到了遼闊的平原，莉薇亞聯想到的是堅決谷莊園那般的規模。但實際上一眼便能望盡這塊產業。

沒錯，連接柵門與石橋的大道令人印象深刻，即便隔了好一段距離，設計成幾何圖案的庭院確實壯觀。主屋鋪著灰藍色屋瓦，窗玻璃擦得雪亮，被午後斜陽照得宛如黃金屋，建築之美不容質疑。但周圍幾乎沒有多餘的綠地、休憩用的草皮或農地。整幢大宅給莉薇亞的印象是：巨大的結婚蛋糕放在太小的桌子上，差點連蛋糕刀都放不下。

十呎高的鑄鐵雕花柵欄將建築物圍得嚴嚴實實。一行人圍著柵欄走，不時停下來欣賞裡頭的風景。馬伯頓先生扛了個背包，莉薇亞以爲裡頭裝了水壺和食物之類的。不過在他們第一次停步時，他從背包裡掏出一本頗厚的書，對著大宅高舉。

「那是間諜相機嗎？」夏洛特問：「訂做的？」

「法蘭西絲和我拿其他相機零件組裝的。」他愉快地答道：「我們還動了點手腳，這樣用感光紙就能顯像，不用扛著底片板。」

莉薇亞想起他們姊弟在今年夏天曾以攝影師和助理的身分四處遊走。

在繞行途中，馬伯頓先生拍了好幾張照片。柵欄裡確實有片果園——如果二十幾棵蘋果樹稱得上是果園的話。宅邸後方確實養了乳牛，但總共也只有三頭。偶爾傳來幾聲狗吠，夏洛特豎起耳朵細聽，似乎是想推測犬隻數量。

「光是在外圍打轉，我想應該是查不出更多情報了。」繞完一整圈後，夏洛特說道：「天色有點暗，我們該回去了。」

即將抵達村子時，馬伯頓先生說：「妳們先回巴黎，我在這裡過夜。」

他的計畫很合理——他們必須搞清楚這個地方晚間的樣貌。莉薇亞心跳一滯。「安全嗎？」

「只是探探路，我不覺得有多危險。」

「如果有看門狗的話，你要怎麼辦？」否則夏洛特就不會特別關注那些吠叫聲了。

「就算真的有狗，我坐在餐館裡聽八卦，應該不會受到影響吧。」

她眼中滿是狐疑。「你真的只打算待在村子裡？」

他臉一皺，咕噥幾聲。「唉，奧莉薇亞小姐，我很想對妳撒謊，但我從小接受的教養不允許我隱瞞事實。如果妳真想知道的話，不，我不會只坐在餐館裡頭，還打算回沃德洛堡，爬過柵欄，盡量接近宅邸。」

莉薇亞咬咬下唇。「那我也要在這裡過夜。你出去探路的時候，我不會跟著——我肯定會卡在柵欄上，毀了你的計畫。反正都要爲你擔心，與其回巴黎，我寧可待在這裡。」

「那我該以隨行監護者的身分留下來。」華生太太說。

夏洛特盯著心意已決的三人。「我要回巴黎。卷宗夾裡爲我們準備的資料還沒看完。」

啊，英古蘭爵爺預計今晚抵達，夏洛特一點都不想錯過他。

□

夏洛特把卷宗夾裡的資料反覆看了兩次，介紹化妝舞會的文章除外。那篇她讀了三次。等她放下雜誌時，已經能把描寫舞會後煙火大會的段落一字不漏地背出來。隨後她洗好澡，換上晚餐的服裝，在晚餐鈴聲響起前，繼續研究平面圖。

在用餐室裡，入座的人只有她。佛赫幫她舀好一碗濃湯之後，站到牆邊，幾乎與壁紙融爲一體。即便這名男僕的容貌頗爲出色，但存在感極低，輕輕鬆鬆就能避開旁人耳目——這才能眞有意思。

「這裡只有我們兩個。」她以英語說道：「先生，你要不要也坐下來呢？」

「小姐，您說什麼？」

她直視著他。「家父沒有什麼名聲可言，但他的表親奈維爾太太人面極廣。算是姻親吧，她與德比郡的艾許波頓一族有點關係，其中包括目前的威克里夫公爵。」

提到艾許波頓家時，佛赫深綠色的眼眸深處閃過一絲光彩。

「幾年前，奈維爾太太還在社交界活動。」夏洛特繼續道：「她曾帶家姊和我到威克里夫公爵的鄉間產業伊斯特萊公館拜訪。在那裡，我注意到一張照片，裡頭的人們戴著用熱帶花朵編織的花環，拍攝地點是景色壯麗的島嶼。」

「我問起影中人的身分，他們說照片裡的女士是前代公爵的表親，其餘人物是她的丈夫及前一段婚姻留下的兩個兒子。或許我記不住每一張看過的照片裡的每一個人臉，先生，但你這張讓人印象深刻的臉，恰好留在一張讓人印象深刻的照片中。」

「啊。」佛赫以完美的英語應道：「艾許警告過，我的偽裝在妳銳利的目光下不堪一擊。」

「那位女士的前夫姓艾特伍，封地在薩塞克斯郡。所以說你是艾特伍先生。」

「艾特伍中尉。」

「幸會，中尉。」她朝著餐桌另一頭的椅子比劃。「你願意與我共進晚餐嗎？」

艾特伍中尉不再客套。他擺好餐具，幫自己盛了碗湯，坐了下來。

「英古蘭爵爺提到你正好要橫越法國。最終目的地是印度嗎？」

「沒錯。」

「先前你跟著雷明頓爵爺一起到英國？」

這回艾特伍中尉的回應慢了半拍。「是的。」

英古蘭爵爺的三哥雷明頓爵爺在加爾各答的總督府效命，頂了個無關緊要的職銜。夏洛特給他安上了頭號間諜的稱號，不過她懷疑他的職務範圍不只如此。

「我幫英古蘭爵爺調查堅決谷的命案期間，他提到他把兒女託付給雷明頓爵爺，不過顯然兩個孩子並不是由雷明頓爵爺親自照顧。他們當時和你在一起嗎？」

艾特伍中尉點點頭——看來他對這番提問一點都不覺得困擾。「當時孩子們與他們的家教暫住於我在薩塞克斯郡的居所。我很樂意招待他們，正好也得要待在家中裁決一些事情、確認家務運作無礙。」

有繼承權的長子從軍實在罕見，通常是排行較低的兒子才會選擇踏上軍旅。

「看來你好一陣子沒回家了？」

「好幾年了。」

「我可否大著膽子猜一猜，你遲遲沒有回家，是因爲去了更遠的地方，比如說中國突厥斯坦？」

她的晚餐同伴正伸手要拿一片法式麵包，手在麵包籃上懸了幾秒，視線往下一瞥才迎上夏洛特的雙眼。「中國突厥斯坦是敏感區域。」他語氣平穩。「要是英國勢力在那一帶晃蕩，中國可是會火冒三丈。俄羅斯更不可能善罷甘休。」

「我猜這就是英國要在那裡晃蕩的原因。」

「我放進卷宗裡的雜誌中提到中國突厥斯坦，並不代表我去過，或是打算前往那裡。」

即便那幾頁被翻閱了許多次，而雜誌的其他頁面幾乎沒被動過？

「你的安排當然是毫無問題。」夏洛特決定不在這個話題上做文章。「我很高興你跟著雷明頓爵爺回英國。艾許最在乎的就是孩子們的安危。相信他非常慶幸能及時找到如此安穩的避風港。」

艾特伍中尉再次點頭。「對我來說一點都不麻煩。」

夏洛特判斷寒暄已經夠了，咬了一小口沒塗奶油的麵包。「不過呢，我們眼下的任務肯定麻煩多了。你看過那幢豪宅了嗎？」

「是。」

「你一定也看過平面圖了。你怎麼想？」

「要看我們打算強行突破，還是偷偷摸摸地帶走那幅畫。」

她挑眉。「中尉，你考慮過來硬的嗎？」

他聳聳肩。「反正都要背上罪名。武裝搶劫不過是另一個選項。」

「那麼，你認爲要如何強行帶走那幅范戴克呢？」

「基本上，我不建議這麼做。私人畫廊位於主屋後方，懸在湖面上。就算直接從畫框裡割下畫布，帶著它穿過整棟屋子好了，那天晚上舞會的人潮將形成極大的阻礙。還要考慮到石橋兩端的柵門是否會因應如此明目張膽的犯行而預先上鎖。」

「唯一的替代方案是把它丟出窗外，祈禱划船守在下方的同黨能接住。我去的時候沒看到湖上有任何船隻，也不知道我們到時候要如何弄到船。同時我也不確定船上的人是否有足夠時間靠岸，在看門狗衝來之前爬過柵欄。」

今天下午，夏洛特也意識到犬舍的存在。她刻意沒向莉薇亞或是華生太太提及此事，只在離開前和馬伯頓先生說了聲。他表示有看到那些狗兒，再度前去探查時會避免與牠們周旋。

「如果要偷偷帶走目標呢？」

「下手行竊需要更周全的準備，最好是從豪宅內部著手。目前我們沒有內應，可說是難上加難。同時我們還得在舞會期間搬動體積不小的畫作，不只是從牆上拆下來，更要帶著它離開沃德洛堡。」他喝了一小口湯。「我完全不會考慮暗著來，它唯一的好處是：就算失敗了，我們也不一定會被懷疑。前者肯定會在眾目睽睽之下引發重大的災難。」

「你對這次的任務不太樂觀？」

「妳呢？」

「一樣。」

「那麼，夏洛特小姐——」他微微一笑，「祝妳用餐愉快。」

□

說來真怪，與長相俊秀、機靈安靜的艾特伍中尉相處過後，夏洛特漸漸釐清了她和英古蘭爵爺之間的僵局。

近年來，兩人的互動受到深層緊繃的張力左右，在肉慾和其他一切束縛抑止間拉扯。那些禮教規矩——良家女子應有的舉止、男人該或不該對良家女子做出什麼舉動，再加上他給自己設下的規範：對他那場失敗的婚姻雖然無法欣然接受，卻又懷抱著徹底尊重。

不過呢，從今年夏天開始，這些束縛存在的理由一個接著一個消失。她再也不是什麼良家女子，他的婚姻走到了盡頭，只待高等法院正式宣告它的滅亡。

到了這個地步，踏在混沌未明的境地裡，她終於領悟到那些束縛的重要性。

束縛其實是防護網，有了它，她才能篤定兩人能走到哪一步，到哪裡就該停止。他把一切束縛視爲她反覆示愛的理由，深知他將拒絕她的進逼。

即使把他拐上床，她知道這只是一時歡愉，除了破解堅決谷命案，他不會允許兩人的情愛延續下去。

然而，隨著社會束縛消散，他們也變了。那場風流韻事改變了他們，過往的禁欲主義被追求禁果的飢渴取代。

想必那將是無比甜美。

能夠入口的禁果不過是蘋果。

夏洛特．福爾摩斯和英古蘭爵爺擺脫一切阻力後，只要肉體的吸引力還在，兩人或許會火花四射。但隨著時間消逝，他們還是得認清自己的本質：兩個極度不相配的個體。

她和艾特伍中尉之間的氣氛輕鬆融洽，因爲他們的互動沒有沾染上任何糾結的往事。就算與這樣的男人談情說愛——或是永不相見——她也不用擔心失去多年情誼。

換作是英古蘭爵爺，痛失摯友的可能性總是擺在她心中的天平上。

她嘆了口氣，注意力回到餐桌對面的同伴身上。「中尉，有件事要和你商量。與太后那些信函的實際內容有關。」

在旅店見到馬伯頓先生，英古蘭爵爺其實不怎麼意外，只是他沒料到華生太太和奧莉薇亞．福爾摩斯也在場。兩名女士一看到他，臉色頓時沉了下來。

「可是夏洛特回巴黎去了——您卻跑來這裡。」奧莉薇亞小姐以帶點地方口音的德語驚呼。

他微微一笑。「我可以確定夏洛特小姐離開時，已經預知我今晚會來這裡。」

「她是說想看完您的盟友提供的資料。」奧莉薇亞小姐依舊一臉喪氣。「我以爲這是她要與您在火車上或是其他地方見面的藉口。」

他想像不出福爾摩斯會做這種事。若有需要，她可能會去車站接他，但她不可能被情緒帶著跑，趕回城裡只爲了提早半天見到他。

他是這種人。而她呢，一點邊都沾不上。

「佛赫也在這裡嗎？還是說陪她回巴黎去了？」

「他也回巴黎了。」馬伯頓先生應道。

或許這就是她回巴黎的原因——避開其他人耳目，與萊頓．艾特伍私下談話。那位優秀的中尉目前身負公務，正在返回駐地的途中。現在他要執行的機密任務或許不是什麼至關緊要的大事，但也不希望身分曝光。英古蘭爵爺認同他的判斷。

「很好。」他說：「有佛赫跟著，她要喝茶用餐都沒問題。」他叫了晚餐，飯後一行人移師到華生太太的房裡，不讓飯廳裡的其他人聽見他們的討論。

「我剛才和旅店老闆談過了。」馬伯頓先生說：「沃德洛堡的成員很少在村裡露面，他們也鮮少雇用本地人，就算舞會臨時需要人手也不例外。相對地，德羅希爾夫人會從巴黎多招一批僕役過來。我們要查出他們在巴黎何處找人。訓練有素的男僕可不是隨便就能請到。」

「有幾間人力仲介公司專門提供臨時雇員。」英古蘭爵爺回應：「我教父在法國的親戚應該有辦法提供評價不錯的公司清單。」

討論完這件事，他的同伴接著描述他們從柵欄外環繞沃德洛堡的見聞。

「感覺頗有鄉村風情。」奧莉薇亞小姐說：「不過以那幢大宅的規模來說，腹地太小了，活像是蓋在一小塊手帕上似的。」

過去一百五十年來，法國社會經歷了重大的變動。這處堡壘或許是在動盪不安的時期失去了大部分領地，能確保自給自足的領主自留地。今日，那不過是幢燒錢的鄉間別墅，賺不了多少錢，還需要大筆鈔票來維持運作。

而這正是它落入瑞士營造商之手的原因。

「也是因爲面積不大，我們才能輕鬆繞一圈啊。」馬伯頓先生指出重點。

話題轉向今晚計畫。兩名男士將在凌晨一點離開旅店，天亮前回來。馬伯頓先生先回房小睡片刻。

下一個離席的是福爾摩斯小姐。「爵爺大人，請務必小心，也麻煩您盯著馬伯頓先生。」

「我會的。」他保證道。

現在只剩下他和華生太太，她今晚話很少，完全不像平常熱情的模樣。

「夫人，妳還好嗎？」

「不知道，艾許。我眞的不知道。」她把琥珀色液體倒進玻璃杯——從香味判斷是蘋果酒——一口呑下兩指高的量。「在今天下午前，我心裡只記掛著太后。但一聽到馬伯頓先生說他打算趁夜去沃德洛堡探查，翻過柵欄，接近宅邸，我——我突然開始爲我們擔心了。眞的一定要在半夜裡行動嗎？」

「恐怕是如此。」

她的焦慮化爲箝住他心臟的力道。除了自己的一對兒女，他總能從華生太太身上感受到最純粹的溫情，這名婦人看著他長大，付出毫不動搖的感情。

她握住空杯。「但你說我們可以拿到邀請函，能夠從大門走進去。」

「然後在我們從未造訪過的地方行竊？」他搖頭。「假如有辦法事先上門幾次，狀況或許就不同了。但目前我們只有舞會當晚的機會——順利的話，在加上舞會前的招待會——得盡可能摸透宅邸和周邊環境。白天接近的可能性太低，晚間才有辦法施展身手。」

「我忍不住想到沃德洛堡裡的人——不知道他們和勒索殿下的人有什麼關係，但肯定不會是毫無瓜葛。」

這正是他的隱憂。福爾摩斯必定也想到這一層了。

「夫人，我很清楚這個任務中隱藏的危機，其他人也是。」

或許奧莉薇亞小姐沒有那麼焦急，她還不習慣以這種角度來看待世界，不過福爾摩斯和馬伯頓先生已經是箇中老手。

「我突然清楚意識到你們會來到這裡，都是爲了我。」

他靠近一些，從她手中接過空杯，握住她的雙手。「夫人，我是以自己的意志來到此地。過去我需要幫助時，妳盡了一切努力。請讓我回報妳的恩情。」

華生太太眼中浮現淚光。「艾許，我們幫你是因爲你本人有難。但現在大家只是爲了我的內疚而來此。」

「妳親自前來，在必要的時刻代表太后行動。妳也會爲了我們之中的任何一個人這麼做。我們來此不是爲了妳心中的罪惡感，而是因爲妳是我們之中最講義氣的人，能夠認識妳，是我們的榮幸。」

她嘴唇輕顫。

他對她微笑，親吻她的額頭。「請讓我們爲妳仗義相助。就這麼一次。」

□

要是仗義相助能輕鬆點就好了。

深夜十二點左右下起雨來。英古蘭爵爺的防水連帽大衣幫他擋住大半雨水，但是在濕答答的十二月夜晚外出，依舊是苦差事。

動身前，他和馬伯頓先生研究了這處產業的地圖——馬伯頓先生從巴黎帶來了一部分平面圖。正面柵門位於整塊地的南側，相較之下，盤踞在湖面上的宅邸更接近北側。**那裡還有座禮拜堂，要是從它後方翻進去，應該能用它當掩護。**馬伯頓先生說著，點了點地圖上離北側柵欄不遠的禮拜堂。

兩人抵達馬伯頓先生挑選的定點。一片片樹叢擋在沃德洛堡和村子之間，不過蔓延到柵欄前就止住，留下一大塊空地。他們在樹後等了幾分鐘，雨勢越來越大。遠處傳來狗吠聲。

馬伯頓先生瞥了他一眼。他點頭。馬伯頓先生以貓科動物般的敏捷動作竄過柵欄。英古蘭爵爺搖搖頭——就算在這個年紀，他有辦法如此靈活嗎？不過呢，就算他身手不如同伴，這道柵欄還是算不上什麼阻礙。

一陣強風吹來。他抹去滿臉雨水。空氣中隱約帶著牛糞味，讓他想到堅決谷莊園裡放牧在屋後的二十頭牛。

他突然毫無來由地想知道福爾摩斯對他家莊園生產的鮮奶油和牛油有何看法。

他們壓低身子衝向兩百五十呎外的禮拜堂。面向東邊的禮拜堂，佇立在兩人和宅邸之間。他們沿著長邊潛行，從屋角探頭偷看宅邸。島上的小庭院一片漆黑，只點著幾盞提燈。

這反而讓周遭一切更顯得陰森詭譎。

從這裡到北側湖岸還有一百碼出頭的距離，之間沒有任何遮蔽，只有湖面與宅邸四周光禿禿的空地。庭院的花壇離湖岸南側兩百多碼，果園遠到看不見。

「我們得上橋好好看清宅邸全貌，找找看有沒有其他遮蔽物。」馬伯頓先生說出英古蘭爵爺的心聲。

他們回到稱不上掩護的柵欄邊，這裡至少離燈光遠一些——若是狗兒來了，要溜走也比較快。他思考是否要翻出柵欄，但如此一來，他們會在濕答答的地面留下腳印，而且不一定會被雨水沖掉。相反地，待在柵欄內的草坪上還比較有利。到了夏天，此處想必會是一片蓊鬱舒適的絨毯——他沒踩到任何泥灘，只在地面稍微不平處積了點水。

兩人搶在狗兒沿著數百呎外的東側柵欄逼近前抵達主庭院。即便被雨水打散，低沉凶狠的吠叫聲依然迴盪在空氣裡。他希望牠們只是在鬧脾氣，就連教得最好的狗兒也不樂意在這樣的天氣出門——雨幕應該足以模糊他們的氣味。

看門狗繼續巡邏。他長嘆一聲。馬伯頓先生再次朝主宅快步前進，英古蘭爵爺跟上去，心想以自己的年紀，是不是不太適合做這種事。他蹲在雕像底座後方，竄向一座小噴泉，接著是圓錐狀的紫杉。

閃電在遠處亮起。對他們來說太近了。他低聲咒罵。他不怕閃電，但電光可能會害他們在開闊處被逮個正著。

天際再次大放光明。馬伯頓先生至少領先他二十步，在另一片修剪得光禿禿的紫杉陰影中等他追上。他們即將來到庭院北側，在兩人與湖岸間只有寬闊的道路與草坪。

「閃電隨時會照亮整片天，風險太大了，沒辦法繼續下去。」馬伯頓先生說。

英古蘭爵爺再次嘆息。「用爬的。」

原本他對草地是滿心感激——這還不是他遇過最惡劣的地勢。但不到一分鐘，他的下半身已經濕透——要是趴在地上匍匐前進，防水大衣可就起不了多少作用了。

黑夜大放光明。宅邸頂上翻騰的雨雲瞬間散開。瞬間，他似乎看見某扇窗邊浮現一道女性的剪影，但黑暗再次降臨，主屋化為龐大的陰影，排水管的陰影使得整幢建築物更顯凶惡。

他渾身是汗。那名女子看到他們了嗎？他們應該只是草地上的兩團斑點，會被誤會成水窪或是坑洞。但如果她看清他們的眞面目呢？

眼前閃著白點，他再次往前爬。得要在最短的時間內上橋。

離目標大概還有五十呎，這時，他感覺有一百條狗同時狂吠。震天吼聲從兩人後方及左側包夾，迅速逼近。

「快跑！」他大叫。

馬伯頓先生沒有猶豫，一躍而起。他們衝向石橋，盡量放輕手腳，踏進刺骨冰水；才踏出三步，水面已經淹到胸口——顯然岸壁相當陡峭——並游到橋下。

氣溫不過華氏三十五度左右，與冰寒的湖水相比，熱得像是要燒起來似地，彷彿他正處於地獄底層。但恐懼更加冰冷，宛如刺穿肺臟的冰錐。

吼叫咆哮持續不斷，離橋面越來越近。腳步聲跟在狗兒後頭。他自己的呼吸聲在耳中呼嘯。附近沒有半點蘆葦。他能在水裡憋多久氣？

下一刻，狗群跑過橋邊。牠們沒有上橋，沿著湖岸往東跑去。他呼出一口氣，心臟狂跳。剛才是怎麼一回事？那些狗跑哪兒去了？

他舉起滴著水的沉重手臂，按上馬伯頓先生的肩頭。這名青年抖個不停，但還是以毫無溫度的手按住他的手，表示自己沒事。兩人一起游向寬敞石橋的東岸，幾乎離開遮蔽。

又是一道閃光劃破天際。狗兒隨人們奔向禮拜堂。不對，他們的目標是柵欄。天色再次暗下，刺耳的雷鳴蓋過一切聲響，持續了好幾秒。

而後，只聽得到雨水滴滴答答敲打著湖水，和他們頭頂上的橋面。

等到另一道閃電綻放刺眼白光，狗與人已消失得無影無蹤，彷彿化為陰影遁入草地。彷彿這場瘋狂的追逐戰從未發生。

第八章

英古蘭爵爺緊緊咬牙，不讓上下排牙齒格格作響。寒氣灼燒著他的神經末梢，帶來無法言喻的痛楚。冰冷湖水的啃噬反倒成了慰藉——若是他不再覺得冷，麻煩就大了。

雷聲隆隆。不過現在閃電只剩雨雲間微弱的亮光。他只看得清周遭一小圈，敲打石橋和水面的雨水也模糊了他的聽覺。身旁的馬伯頓先生呼吸急促，似乎是想藉此取暖，而他冷得連呼吸聲帶著顫抖。

他們必須盡快上岸，可是守衛跟狗群不可能真的憑空消失。他們現在跑哪兒去了？

他又努力聽了一會兒，茫然凝視黑暗，除了雨聲，什麼都聽不到。正當他要抓住馬伯頓先生的肩膀，示意他往岸邊移動時，狗吠聲在十五呎外響起。

「閉嘴！」一名男子大吼，命令狗兒安靜。

英古蘭爵爺推著馬伯頓先生矮身，自己也潛入水中，即使在接近冰點的湖水裡泡了這麼久，頭皮依舊遭到寒氣衝擊。

他盡可能地待在水面下，只在肺臟痛得幾乎要扭曲、眼皮下炸開星光時抬頭換氣。馬伯頓先生幾乎與他同時突破水面，喘個不停。

英古蘭爵爺推他往岸邊走時，發現對方轉過身來。他看不見青年的臉，卻也感應到對方沒有說出口的疑問。要不是泡在幾乎沒頂的漆黑冰水中，他肯定會多等一陣子。但他得評估被追兵逮到或是失溫的風險，而隨著時間流逝，後者越來越危急。

他祈禱兩人運氣夠好，只需要顧及方才經過的一小組守衛及狗群，其他追兵已經分散到庭院其他方位去了。

稍早生龍活虎的馬伯頓先生，動作變得緩慢笨拙。英古蘭爵爺得把他推上岸，自己再跟著爬上去。雨勢依舊驚人，足以沖掉他們從湖底沾起的泥巴。他把自備的威士忌金屬瓶湊到馬伯頓先生嘴邊，要他灌下幾口，再拉他起身。「往庭院走，遇到柵欄就翻出去。」

他們拔腿狂奔──或者該說是希望這麼做。身體不聽使喚的不只是馬伯頓先生。英古蘭爵爺感覺自己陷在泥沼裡，吸了太多水分的泥地幾乎要化為水窪。旁邊的馬伯頓先生則是牙齒不停打顫。

「老天。」他含糊低喃。「怎麼會這麼睏？」

英古蘭爵爺暗罵一聲，拉起馬伯頓先生的手臂，環上自己的肩膀。「快走。不要停。」

在庭院中央，馬伯頓先生腳一滑，帶著英古蘭爵爺一起倒地。他不想再爬起來了。趴在地上，臉頰貼著庭院小徑，雨水戳刺裸露的皮膚，感覺還挺……舒服的。

英古蘭爵爺逼自己起身，拖著馬伯頓先生要他站好，跌跌撞撞地朝著柵欄小跑步前進，醉漢般的步伐很快就緩下來。馬伯頓先生又一個踉蹌，英古蘭爵爺差點沒撐住他。

兩人跪在一灘泥水中。起來，英古蘭爵爺以嘴型無聲叱喝。但他不想起身。他只想垂下腦袋，蜷成一顆球。就是不要起來。

狗兒狂吠。突如其來的恐慌往他身上填入瘋狂的能量。他手腳並用爬到花壇邊緣的一叢灌木後，馬伯頓先生自行跟上。

狗又叫了一陣，這回接近許多。他的心跳得好沉，摸索藏在身上的手槍。當他想起火藥肯定全都濕透時，心跳得更沉了。

他是聽見了狗兒嗅聞的聲音，還是幻想？

過了無比煎熬的幾秒鐘。又過了好幾秒。過了整整一分鐘，沒等到猛獸咆哮著衝向他。只有一個解釋：他們在黑暗中摸到柵欄附近，那些狗兒只是照著平時路線巡邏。幸好有這場大雨，他們又恰巧處於下風處，沒被狗鼻子逮到。

他心中燃起希望的火光，宛如冬夜裡的篝火。只要能離開這個如同地獄的庭院，就能回到安全地帶。他拖著馬伯頓先生向前，儘管步履早已蹣跚，他覺得自己是在全力衝刺。

他差點一肩撞上雕花鐵桿，發現兩人已經來到柵欄前。方才爆發的能量尚未消退。他幫馬伯頓先生翻過柵欄，自己則是試了三次才爬了過去。

這時，馬伯頓先生已經坐在地上打起瞌睡。他心一沉。「小伙子，快走啊！要是在這裡睡著了，你就再也見不到奧莉薇亞．福爾摩斯啦！」

馬伯頓先生含糊咕噥了幾聲。

他再次拉起馬伯頓先生。「我們該回去了。在心裡想個溫暖的地方。想像自己又回到那裡。」

回穆雷村有整整三哩路，大約是一個小時路程，但現在他們沒有乾衣服能換，得穿著濕透的衣褲跋涉，遠遠比不上平時。他不知道能不能在一個半小時，或甚至在兩個小時內走完。

才走了二十分鐘，他已經筋疲力盡。雨下個沒完，風勢漸漸增強，寒氣如同手術刀般切入他的皮膚。他的思緒越來越遲鈍，每走一步，半身重量放在他身上的馬伯頓先生就變重一分。

「別睡。」他機械性地重複道。「說幾句話。想像夏天的太陽。」

沒有回應。馬伯頓先生至少沉默了五分鐘。他懷疑這個年輕人站著睡著了。他應該要停下腳步，把同伴搖醒，但他怕自己一停，哪怕只停個一秒，兩人會摔成一團。

馬伯頓先生擠出嘶啞的聲音。

他往馬伯頓先生嘴裡多灌了點威士忌。

「安達——安達盧西亞。」馬伯頓先生啞聲說：「很暖。熱。」

即使已經處於耗弱狀態，英古蘭爵爺看得出馬伯頓先生仍然擠出了極大的力量。他走得快了些，要跳不跳的心臟稍稍加速一點。「和我說說安達盧西亞的事情。」

「我喜歡那裡。」馬伯頓先生的腦袋倒向英古蘭爵爺的肩頭。「超愛。」

「你在那裡待過？」

「幾年前。」他隔了好幾秒才回話。「您想——您想奧莉薇亞小姐會不會喜歡那裡？」

英古蘭爵爺隱約意識到在和奧莉薇亞小姐的妹妹長年書信往來間，他對這名女子的理解也不算太少。「嗯，我覺得她會喜歡。奧莉薇亞小姐偏好溫暖晴朗的地方。安達盧西亞肯定合她的喜好。」

又是一陣漫長的停頓。「太好了。爵爺大人，到時候可以請您再幫我們僞造我母親的信嗎？」

啊，他開始規畫未來了。儘管臉頰凍得僵硬，英古蘭爵爺依然勾起嘴角。「這是我的榮幸。」

馬伯頓先生介紹起安達盧西亞，兩人腳步踉蹌，對答越來越慢。過了一會兒，連英古蘭爵爺也說不出話了。光是把一隻腳放到另一隻腳前面，就耗盡了他全身力氣。

他想像福爾摩斯躺在巴黎蝴蝶居的四柱大床上。他想像自己爬上那張舒適的床鋪，緊緊擁抱她，她的體溫擴散到他全身，深入他的骨髓。

這副景象驅策他拖著馬伯頓先生前進。

旅店映入眼簾時，他累得感受不到應有的喜悅。相對地，他想起不幸的消息：旅店老闆夜裡會把前門閂起，他和馬伯頓先生先前還得要拿床單打結從窗戶爬出來。

想到那條床單綁成的繩子，他滿心絕望。以目前狀況，他根本爬不上去，馬伯頓先生就更別說了。

不過走近一些，他發現前門開了一條縫，華生太太和奧莉薇亞小姐站在門內，她們焦急的臉龐是他見過最美麗的景象。

兩名女子衝出來幫他扶住馬伯頓先生，一人頂起他一隻手臂，支著他爬上樓梯。在半走半爬上樓之前，英古蘭爵爺竟然還記得閂上前門。

擠進華生太太的房間後，門一關，華生太太馬上說：「奧莉薇亞小姐，請妳幫忙脫下馬伯頓先生的衣服。全部。」

她瞥向英古蘭爵爺。

「我自己能脫。」他應道，但其實他只想癱在地上，睡到世界末日。

她送上睡袍，幫了大忙。他虛軟地摸到一塊屏風後方，把自己剝個精光。濕衣服彷彿黏在皮膚上，他的雙手堪比得了風濕病的八十歲老頭。但他還是把所有衣物從身上扯下，套上睡袍。他從未在有兩名女士在場的密室裡赤身裸體過，而且那兩人唯一的目的是脫光另一名男子的衣服——從屏風後鑽出來時，他差點笑出聲。

華生太太和福爾摩斯小姐已經讓同樣身穿睡袍的馬伯頓先生坐到鑄鐵大肚爐前，拿著幾個熱水瓶——包括她們的水壺，甚至還有幾個用枕頭套包裹的葡萄酒瓶——貼在他身上。華生太太要福爾摩斯小姐幫他搓揉腳掌，然後轉身拉英古蘭爵爺坐進另一張椅子，往他手中塞了個熱水瓶，彎腰幫他揉腳。

「要是我的腳還有知覺，奧莉薇亞小姐，我根本就是在天堂。」馬伯頓先生低喃。

英古蘭爵爺總算鬆開不知不覺間懸著的一口氣。這小伙子安全了。

他們都安全了。

□

隔天早上，夏洛特和艾特伍中尉造訪了巴黎知名報社《時代報》（*Le Temps*）的辦公室，艾特伍中尉已經事先預約好借用他們的檔案室。兩人動作很快，確認索引，找出對應期數，一人抄下相關資訊，另一人朝下一篇報導進攻。

在咖啡廳用過午餐後，他們前往下一個預定行程，找幾乎退休的藝術品交易商薩伏列先生諮詢，他宛如百科全書般的知識廣受世人敬重。他們想探聽業界專家對於沃德洛堡藝術品拍賣會的看法，不過可不能開門見山地提問。

兩人喬裝打扮，艾特伍中尉自稱是孟買帕西族富豪之家的公子納里曼先生，夏洛特則是他的英國朋友赫斯特先生，身材中廣，掛著眼鏡。

薩伏列先生通常不會接受兩名陌生人求見，但艾特伍中尉的拜帖還附上了兩瓶蝴蝶居地窖裡的陳年紅酒。因此，兩人獲得了殷勤款待。

經過一番寒暄，扮成赫斯特先生的夏洛特馬上進入正題。

「先生，看吧，我這位朋友害我陷入進退兩難的境地。我們一起旅行，想盡量見識世界的每一個角落。我可不像他，有老本可吃，再過不久就要結束這段旅程啦。最近我繼承了幾幅畫，麻煩事就從這裡開始。」

「我個人沒什麼眼光，對這個領域懂得也不多。我委託估價的人說整批畫作價值一千英鎊——總共十二幅——其中這一幅就值得上四百英鎊。」

她揚起大信封，抽出一幅十八吋乘二十四吋的水彩畫。薩伏列先生把眼鏡掛到鼻尖，湊近細看。

「啊，透納先生的作品。很有英國風味。」

「我過世的阿姨熱愛本國作品。」夏洛特說：「納里曼先生嫌我動作慢，催我爲這幅畫開個價，打算拿一千六百英鎊買下。」

「一千六百英鎊？」薩伏列先生挑眉。「那可是四萬法郎啊。」

「沒錯，可觀的一筆錢——因此我拒絕了他的好意。」

「可是啊，就我所知，幾年前在巴黎這裡有另一幅類似的畫作以五萬法郎賣出。」以納里曼先生的身分上門拜訪的艾特伍中尉說道。

這則情報來源並非《世界報》檔案室，而是來自艾特伍中尉的母親。據他所說，她很久以前買下兩幅透納的作品，去年喜孜孜地和他分享，說她透過私人管道，聽聞在巴黎有另一幅類似的透納水彩畫，拍賣價飆到她之前入手價的兩倍，此舉想必是爲了吹噓她手邊收藏的價值。

「我也聽說過這件事。」薩伏列先生承認道。「雖然我個人不會參考沃德洛堡拍賣會上的價錢。」

啊哈，那幅畫還眞的是在沃德洛堡易主。

「沃德洛堡？」夏洛特複述。「是巴黎的哪間畫廊嗎？」

「不，那是一幢豪宅，離市中心不遠。近幾年固定在十二月舉辦的舞會名氣挺大的。那場舞會同時也是藝術品拍賣會——有幾次出現可觀的成交金額。」

「嗯……」夏洛特問道：「先生，你認爲那個拍賣會上的藝品成交價都是哄抬出來的嗎？」

「當然不是！」薩伏列先生驚呼。「有些藝術品以合理價格售出，有些讓人撿了天大的便宜——聽說是如此。」

他顯然是想給人公正不阿的印象，可以推斷他不希望落人把柄，說他暗指沃德洛堡拍賣會太坑人。

「也就是說，與其他藝術品通路沒有兩樣。」艾特伍中尉對夏洛特說：「朋友，藝術品不是玉米，沒有定價可言。倘若我付的錢比不上你那幅透納的最高價，那和攔路搶劫沒有兩樣。」

「啊，先生，既然你問我的意見。」薩伏列先生現在從容多了。「先撇開沃德洛堡不管，我的職業尊嚴不允許我讓任何人花四萬法郎買下四十五公分乘六十公分的水彩畫。」

「但同時呢，社會大眾對透納先生作品的喜愛是顯而易見的。他過世至今三十多年，名聲節節高升，作品相當寶貴，看不出價格滑落的跡象，而英國是個富裕的國家，肯定有不少人願意捧著大把鈔票換取該國頂尖的藝術家作品。

「考慮到各種變數，我判斷兩萬一千五百法郎是朋友間的公道價。」

「那就是……八百六十英鎊？就這麼決定了。」夏洛特說：「既然有薩伏列先生提的公道價，我不會多收半毛錢。」

艾特伍中尉冷笑一聲。「我還是覺得自己像個江洋大盜，可是主張請專家判斷的人是我，那我只好勉強接受薩伏列先生的估價。」

「成交！」夏洛特說。

「成交。」艾特伍中尉說。

兩人握手，向薩伏列先生致謝。這名藝術品交易商也再次感謝他們先前送來的酒。「我的酒商五年前就把手邊最後一瓶這款老酒賣掉了。下回我可要在他面前揚眉吐氣啦！」

兩人起身告辭，這時夏洛特裝作突然想到似地開口詢問：「先生，雖然說我們的小問題解決了，我還是忍不住想知道沃德洛堡拍賣會的成交價。基本上是偏高，還是偏低呢？」

「很難說。」薩伏列先生小心翼翼地回應。「我個人從沒去過沃德洛堡，只聽到一些二手甚至是三手的消息。我沒辦法給出客觀的評論。」

「沒有人能絕對客觀。」夏洛特悄悄施加壓力。「只能在自己的能力範圍內取得情報，藉此做出判斷。據你所知，你認爲比較偏向那一方？」

薩伏列先生乾笑幾聲。「我認爲無限量供應的香檳加上美女，足以混淆平時腦袋清楚的男士。針對這件事我只能說到這裡了。」

所以他確實相信沃德洛堡拍賣會讓一些人做了冤大頭，卻又不願意明說。

夏洛特對艾特伍中尉說：「老兄，我們該弄到舞會邀請函，親眼見識見識是什麼樣的美酒美人，能讓聰明人多花兩倍的錢。」

「喔，有什麼問題呢？」艾特伍中尉說：「反正我們要在巴黎待到聖誕節後。舞會是哪天舉辦？」

兩人一同看向薩伏列先生，他似乎不很確定地應道：「喔，十天，或十二天以後吧，我猜是這樣。」

「我可以查到日期。」夏洛特拍拍艾特伍中尉的背。「至於你，納里曼，你可以把我們弄進任何舞會。」

納里曼先生點點頭。「當然了，朋友。」

薩伏列先生笑著送客，那是門一關就會轉爲愁容的笑臉。

□

華生太太的溫情背後是鋼鐵般的嚴苛，她不讓英古蘭爵爺和馬伯頓先生在抵達巴黎蝴蝶居之前合眼。

英古蘭爵爺被安置在安排好的豪華臥室裡。華生太太反覆訊問，確認他神智足夠清醒。最後一次探過他手腳的溫度後，她塞給他一杯熱巧克力，裡頭至少混了半杯威士忌，再送上三個熱水袋——眞正的橡膠熱水袋——總算准他睡覺。

一醒來，他第一眼看到的是坐在床邊椅子上腦袋低垂的福爾摩斯。他沒有多少機會細細端詳她，即便兩人近在咫尺，她那雙看得太清楚的眼眸往往令人不安難耐。

他驚覺經歷了昨晚九死一生的場面，他只希望她抬起頭，以那雙看得太過透徹的眼眸直視他。

他張嘴想說話，卻又閉上。他差點問起她在看什麼書，然而她不是在閱讀，而是在編織。他連忙起身，確認自己不是在作夢。

「妳在織什麼？」

其實他想問的是，**妳怎麼在織東西？**但此舉八成只會換來冷漠的眼神。想到這，他在心裡偷笑。

她抬起頭，還是那張平靜無波的招牌表情。「熱水瓶的套子。」

什麼？

他笑出聲來。一瞬間，他幾乎看到她成爲圓圓胖胖的白髮老太太，膝上擱著織到一半的圍巾，以那副慈祥祖母般的神情愚弄不了解她的人。或許他昨晚遭受太大的折騰，腦袋有些不正常了，但心中的影像還是帶來超乎尋常的歡愉。

「看來你恢復得差不多了。」她說：「在沃德洛堡泡了那麼久的水，沒有帶來太大的負面影響。」

「只是腦袋有點昏。總之，沒事。」

她點點頭，看起來一點都不擔心。但她人在這裡，等著他醒來，這就足以證明她的擔憂了。

「華生太太指示我要緊盯著你。你會餓嗎？」

他餓了，也從實招來。她離開臥室，端來裝著支架的大托盤，直接架在床上。她的臀部靠著床邊，幫他倒了杯咖啡。

「華生太太認爲白吐司配焗烤蛋盅是差強人意的病人餐。」她說：「我記得你喝黑咖啡。」

兩人還沒一起喝過咖啡，他確定只在多年前提過一次自己對咖啡的喜好，當時她正哀嘆他去了趟法國，卻沒空出時間造訪任何一間甜點店。在那次談話中，她問起他去法國渡假期間早餐都吃了些什麼，而他說他只喝黑咖啡，如果有心情的話，或許再來一片吐司，把她嚇傻了。

仔細想想，他樂見英古蘭夫人和他一樣對早餐興趣缺缺。當年他以爲這代表他們是眞正的靈魂伴侶，事後才領悟到尋找靈魂伴侶的任務不該由剛脫離青春期的小鬼執行。

當然了，福爾摩斯肯定會深深質疑何謂靈魂伴侶。

「嗯，黑咖啡。」

她離開床邊，從旁邊拉來一張椅子，繼續編織。方才那股歡愉令他忍不住咧嘴而笑，每當她抬頭，他便掛上正經的表情。但她看穿了他的喜悅，一瞬間，他似乎再次看見了她眼中的笑意。

他有些飄飄然。

「在沃德洛堡出了什麼事？」她問。「華生太太說她只從你口中聽出『狗』和『湖』。」

他清清喉嚨，焦點回到眼下的任務上。

「『狗』和『湖』加起來差不多就是一切的來龍去脈。」華生太太提問時，他睏得要命，腦袋幾乎轉不動，得要動用超人的意志力才擠得出這兩個字。「馬伯頓先生還好嗎？」

「還在睡。不過兩個小時前有醒來一次，看起來好得很。」

「另外兩位女士呢？」

「華生太太去睡了。莉薇亞繼續陪馬伯頓先生。」

「她也該休息了。」

「我也是這麼說，但我想在她相信他脫險前是不會乖乖離開的。來說說狗和湖的細節吧。」

他描述昨夜的遭遇。她聽得入神，不過手中棒針一直沒停。

他好喜歡這輕柔又規律的聲響。

雖然……或許只是因為承認他愛這聲音，比起承認他愛這名女子還要容易。

「所以牠們一起衝向柵欄的某個區段，在禮拜堂附近。然後牠們就這樣消失了一分鐘左右。」

「沒錯。」

「原來如此。」

「妳的意思是聽懂我的說明，還是說妳知道是怎麼一回事？」如果是後者，他一點都不驚訝——她可是福爾摩斯呢。

她沒有正面回答，只是從信封裡抽出幾張照片。「你有沒有在白天看過沃德洛堡？」

他搖搖頭。

「這些是馬伯頓先生用他的間諜相機拍的照片。我把底片帶回巴黎，由艾特伍中尉沖洗。」她遞出其中一張。「這是禮拜堂，從柵欄外側看不到石橋。我猜在橋下也看不見禮拜堂的另一側吧？」

「是的。」

「可是看得見禮拜堂的門？」

「應該是沒辦法。我們看得見禮拜堂的後牆和南側。門在反方向。」

她點點頭。

「妳認爲狗及守衛是進了禮拜堂，然後又跑出來？」

「不然就是他們待在你們看不到的死角。」

「他們在追別的東西。無論是狗還是人，要是沒有目標，是不會以那種氣勢衝刺的。但我就是沒看到他們在追什麼。」

「你怎麼如此篤定他們不是被追趕的那一方？」

這個問題震得他思路打結，手中的吐司懸在半空中，過了幾秒才略帶猶豫地回應：「他們沒有遭到追趕——沒有回頭。」

「是你的經驗談嗎？」

「就算光靠邏輯推理也說得通吧。追兵看得到獵物，獵物得要回頭探看追兵還有多遠，是否還有其他人加入追捕的行列，對方是不是有槍、有沒有開槍的打算。在我看來，那些守衛與狗是追兵。」

她點頭。「我信任你的判斷。」

他呼出一大口氣，吃完吐司。她離席靠向床鋪。他再次忘記眼前食物的存在，但她只捻起一小片麵包，塗上一點點奶油，咬下一口。

這輩子他不只一次希望她以注視精緻法國糕點碎屑的眼神看著他。或是一塊維多利亞三明治。甚至一小片塗上奶油的麵包也好。

在她品味食物時，整個人的氣氛都變了。以前還是個適婚少女的她，一到下午茶會，往往把身旁男士忘得一乾二淨，眼中只有那盤小冰糕。而房裡每一名男士都會盯著她看，有些人比較唐突，有些人低調掩飾；還有人隔著面前年輕女士的肩頭，欣賞她臉上毫不掩飾的欲望——以及她滿足食欲時散發出的濃烈喜悅。

「沒看過妳塗奶油這麼小氣。」他說。

「其實不該塗半點奶油的。而我得在法國與下巴層數奮鬥，眞是太難受了。一點點奶油能減輕我的折磨。」

「我覺得妳看起來很好啊。」

她身上的一切都稍微圓潤了些——最顯眼的就是馬甲。不讓視線飄向她的胸口是對他自制力的重大考驗，那幾顆鈕子彷彿隨時都會爆開。

「唉。」她的嘆息輕巧卻又篤定。「在這件事上頭呢，只有我能判斷要如何打贏這場仗，趁我忙著調兵遣將、評估戰略時，你想怎麼誇我都隨你。」

她其實沒有自己嘴上說的那麼愛慕虛榮。不過有這顆聰穎絕頂的腦袋，她對自身外表的關注只是小事。他無奈地嘆息。「遵命，將軍。」

她橫了他一眼。她的雙眸是整張臉中最動人的部分，不會擠得太近，睫毛濃密，澄澈的眼珠子足以騙盡世人，無邪的甜美眼波與她的本性形成對比。

沉默。唯有煤氣燈微微的劈啪聲傳入他耳中——以及她柔柔的呼吸聲。

他回過神來才發現自己緊盯著她的唇瓣。她的唇引人墮落。她全身上下都是引人墮落的要素。她靠得更近一些，瞳色轉暗。他渾身上下只剩飢渴，只剩需索。

「很好。」她低喃。「我相信你恢復良好。我還有些事要辦，要找佛赫過來嗎？」

□

華生太太坐在蓋著床帳的豪華大床上，即使是在夏洛特小姐面前，仍止不住身軀的顫抖。一想到可憐的馬伯頓先生，想到他先前是多麼地冰冷昏沉，新一波顫震便席捲而來。

夏洛特小姐前來報告在那場意料之外的深夜游泳之後，英古蘭爵爺看起來沒有什麼後遺症。馬伯頓先生也醒過來、用過餐，正舒舒服服地泡在澡盆裡，享受奧莉薇亞小姐幫他朗讀從蝴蝶居書齋選的法文小說。

然而……

「天吶。」華生太太悄聲自言自語。「要是我們運氣再差一點呢？要是眞的出了什麼大事，該怎麼辦啊？」

她反覆自問，徒勞地呼喚上天，不知道持續了多久。夏洛特小姐問過她是否想親自探望兩名男士。但是害他們陷入險境的她，要如何再次面對他們呢？

她渾身發冷，彷彿也落入了那片冰湖。她拉起被子，把自己裹得更緊一些，不過她知道這樣沒用，恐懼與罪惡感化爲冰河，在她心中轟然崩塌。

過了一會兒，等到夏洛特小姐離開，華生太太先是鬆了一口氣，這樣就不會有人聽見她的胡言亂語，然而失落感隨即襲來，悽慘的心境增強了兩倍、三倍。

兩分鐘後，她年輕的友人拎著編織籃回來，坐回床腳邊。她一言不發，手中忙著編織。節奏平穩得不可思議。幾乎可以靠著她不急不徐的棒針互撞聲來計算時間。

柔和的旋律漸漸催眠了華生太太。她已超過三十六個小時沒睡了。此時她漸漸閉上雙眼，意識陷入舒適的遺忘之境。

□

莉薇亞對自己的表現嘖嘖稱奇，她竟然沒有化爲一灘只會哭鬧的爛泥，還要煩勞別人把她從地板上刮起來。馬伯頓先生泡完澡後，兩人花了點時間輪流朗讀她選來給他打發時間的法文小說。最後他把她趕出去，要她休息一下。她已經心滿意足了。

她還不睏，只是有些遲緩昏沉。她緩緩前進，偶爾扶住牆面。

有人握住她的手臂。「妳吃了嗎？」

是夏洛特。

莉薇亞點點頭，儘管她想不起自己吃了什麼。

「馬伯頓先生狀況如何？」

「我離開的時候，他打算再看一點書。」莉薇亞自顧自地笑了笑。「英古蘭爵爺呢？」

「他很好。佛赫先生正在照顧他。」

在模糊的記憶中，有人把整盤食物塞給莉薇亞，叫她好好維持體力。一定是佛赫先生。夏洛特字句間的暗示過了幾秒才落入她心底。「妳沒有一直陪著英古蘭爵爺？」

「我去陪華生太太了。」

莉薇亞心頭一揪。「她還好嗎？」

「她被罪惡感壓垮了，認爲他們是爲了她涉險——搞不好會落入更糟的境地。」

莉薇亞以爲自己也會受到良心譴責，畢竟要不是有她在，馬伯頓先生也不會跟著來巴黎。然而她只爲了他的平安感到開心，全身上下的細胞喜悅高歌，沒空自責。

或許她只是累到無法感受其他情緒。

「華生太太應當要多肯定自己一點。」她說：「妳該看看她在當下的表現，要是少了她，他們現在肯定沒辦法這麼好過。」

「在危急時刻，華生太太總是無比可靠。」夏洛特說：「不過現在她沒有自滿的餘裕。」

莉薇亞搖搖頭，任由夏洛特牽著走，腦袋迷糊到想不起自己被分配到哪間房。當兩人停在一扇門前，一道思緒落入她腦中，把她狠狠震醒。

「夏洛特，妳覺得——妳覺得華生太太明天會不會取消這次任務？」

如果是的話……莉薇亞不知道該作何感想。

夏洛特幫她開門。「以現下的狀況來看，我相信華生太太有這個打算。」

第九章

華生太太撐開沉重的眼皮。她脖子僵得轉不動，整晚壓在身下的右手已經麻掉了。不知怎地，揮之不去的隱憂在她心底陣陣抽痛。

她眨眨眼，陽光隔著窗簾滲入陌生房間。她旅行用的座鐘擱在床邊桌上，顯示現在是八點十五分。

這麼晚了。

回憶湧回腦海。她一躍而起，甩開被子——得要去看看那兩位男士今天早上狀況如何。下一秒，她卻忍不住雙手掩面、全身虛脫。不行，害他們陷入危機、飽受折磨之後，她實在無法面對他們。

有人輕輕敲響房門。

「怎麼了？」

「華生太太，有一封給您的信。」佛赫輕柔的嗓音傳來。「我從門下送進去。」

給她的信？就連潘妮洛都不知道她人在巴黎。

她爬下床鋪，披上睡袍，來到門邊。她撿起那封信，瞬間認出信封上的字跡。是麥斯先生。

親愛的華生太太：

希望這封信送到時，您與奧莉薇亞小姐、夏洛特小姐一切安好。

艾札瑪的王太后殿下方才來訪，我照著您的指示，說您已經出國了。她詢問您是否去了法國，而我說我無法透露您的行蹤。

經過一番猶豫，她宣布她要去巴黎，請您盡快去凡登廣場的和平飯店拜訪她。

衷心祝您健康順遂。

誠摯的

麥斯

附註：福爾摩斯小姐過得很好，請她的妹妹不用擔心。

華生太太緊握信紙，閉上雙眼。

太完美了。她要馬上更衣出門。等見到太后，她要為自己的自大妄為道歉，表明任務到此為止。

□

已經換好外出服的夏洛特小姐，從玄關的椅子上起身。「早安，夫人。我可以陪妳一起去見太后嗎？」

華生太太煞住腳步。她怎麼——

「我知道從家裡寄來一封信。」夏洛特小姐說：「若眞有緊急變故，麥斯先生會發電報通知。而他選擇寄信，我猜這代表太后去我們家拜訪，和他說她要來巴黎？」

眞是——太好了。若是單打獨鬥的話，華生太太的決心可能會動搖。但有了夏洛特小姐助陣，她從一開始就反對涉入太后的風波，華生太太肯定能堅持到底。

「妳說得對。請跟我一起來。妳今天早上見過兩位男士了嗎？他們狀況如何？」

「我沒見到英古蘭爵爺，他去散步了。不過剛才看到馬伯頓先生在書齋裡和佛赫先生說悄悄話，忙著安排要送給家姊的花束。」

那個浪漫主義者。要是馬伯頓先生眞的出了什麼大事，她還有臉見奧莉薇亞小姐嗎？「知道他們這麼有精神，眞是太好了。」

「他們恢復得很好，非常感激妳如此清楚要如何應付早期失溫症狀。」

華生太太遭受到新一波的良心譴責。「可是他們原本沒必要陷入那麼危險的境地。」

「據我所知，夫人，妳從未提議要他們夜闖沃德洛堡，翻進柵欄裡。兩位男士做了他們自認妥當的行爲。他們都是大人了——馬伯頓先生的話，可以說他到了懂事的年紀。他們完全有辦法選擇該怎麼做。」

華生太太一言不發，夏洛特小姐也沒有逼迫她回應。走向飯店途中，她們幾乎都沒有開口。

□

太后親自前來開門。

看到華生太太訝異的表情，她說：「我把僕役留在倫敦了。」她看起來變了個人。也不是說放軟姿態還是變得坦率，但沒有先前那麼僵硬或封閉了。她落在華生太太身上的視線幾乎稱得上……友好。

然而，一看到門外訪客不只一人，她的下頷線條頓時繃緊，細微但又不容錯過的變化。華生太太瞥了夏洛特小姐一眼。後者把一切看在眼裡，對主人的敵意似乎毫不在乎。

華生太太苦苦思索該說什麼。等到三人入座，她選擇以這種方式開場：「殿下，我得知您在我離開倫敦之後再次造訪寒舍。請問您是否打算再給予什麼指示？」

若她劈頭就拒絕繼續執行搶劫沃德洛堡的大計，那她永遠不會知道太后打算說什麼。華生太太不得不暗自承認她好奇得不得了。

太后的視線掃向夏洛特小姐，以不太低調的方式暗示她希望這個小妞識相告辭。夏洛特小姐毫無反應。華生太太肚子裡一陣翻攪，脈搏也上升了些。

「我只是想來道謝。」太后隔了一會兒才開口。「發現妳與夏洛克・福爾摩斯的偵探生意有關，再加上妳們偷天換日、摸走我珠寶的行徑，我太過震驚，所有的反應都亂了。一直到妳們離開，我才意識到妳接下了多麼艱鉅的任務。」

「假如這件事不須費力，我總有辦法自己動手。但完全不是這麼一回事。」太后直視華生太太，她的雙眼是兩口閃著星光的幽暗水井。「妳的勇氣令我深深動容。」

華生太太心臟狂跳，即便她的心情已經沉到谷底。老天爺，她要如何對這位橫越英吉利海峽只為了致謝的女子啟齒，說自己的勇氣已經到了極限？

她的表情——還有尷尬的沉默——肯定傳達出她天人交戰的心思。太后移開視線，好半晌才開口：「我懂了。妳是來和我說妳改變心意了。」

華生太太暗罵自己怎麼又惹太后傷心失望。心口和喉頭火燒似地灼熱，但她別無選擇。「殿下，請您諒解。若此事只與我一人有關，我儘管放手去做就是了。但整個任務超出我的能力範圍，得要依靠朋友幫忙。其中有人膝下有子女，有人心有所屬。而現在我看清了面臨的危機——」

她搖搖頭。「我願意赴湯蹈火，但要我拿朋友的安危來賭，真的不可能。」

太后沒有回應，眼中的星光再次暗下。

華生太太真想為自己挖個墓穴躺進去。「但我也相信您遭受的威脅猶如懸在頭頂上的達摩克利斯之劍。或許——或許您可以透露那些信函的內容……」

「不，我無意透露。」

「那麼，我可以——我可以做個假設嗎？」

「我不能阻止妳。」

華生太太被冷淡的回覆刺得皺起臉。「當然了，我只是瞎猜。這世間一點都不公平，女性得為了某些出軌行為付出沉重代價，而男性卻不痛不癢。」

太后沒有反應。

華生太太定了定心神，繼續道：「假如是這方面的事，我求您重新考慮，無論有多麼丟臉，或許我們已經過了會遭受最大傷害的年紀。只要令郎的王權屹立不搖……」

「只要他能坐在王座上，要我隱居一輩子也沒關係？」

「您這麼說或許有些太過了。但……」華生太太深深吸氣。「殿下，比起一條條生命，再也無法公開露面真的有那麼重要嗎？我必須好好盤算。」

「那麼請妳做出對妳最有利的判斷。」

「我誠摯期望您能告知您面對的威脅為何。」

「不，我不會讓妳知道。」她身為太后的氣勢一展無遺。「華生太太，做出判斷吧。」

「恕我無禮。關於王太后殿下的困境，我也有自己的一套想法。」夏洛特小姐低喃。

華生太太幾乎忘記她也同在房間裡。看太后驚訝又憤怒的表情，想必她也是如此。

「我猜，這件事的核心與風流韻事或是婚外情毫無關聯。」

不是嗎？

「華生太太會往那個方向想也很自然。無論是好是壞，她的人生定位即是受到這類出軌行爲左右。她的人生道路——甚至可以說是她的成就——是由出軌鋪設而成的。」

「至於您，殿下，本質完全不同。身爲攝政王太后，您心中只有權勢和盟友。因此我猜想您犯下的錯誤、爲此遭受的敲詐，也與國務有關。」

「在我看來，您的失足不太可能源自貴國與周遭各國的友好或敵對關係。首先，有如此威力的信函，不可能混在來自歐洲各地的藝術品當中，流入某間法國豪宅。第二個理由更加重要——假如您目前的兩難處境關乎外交陰謀，您不會如此堅持對我們保密。」

「因此我猜想您是否正在籌劃讓印度脫離英國統治。」

聽到如此無的放矢的指控，華生太太忍不住跳起來，急著爲太后辯白。

「這只是我個人的看法。」夏洛特小姐平靜地說下去：「像您這樣老練的政治家，想必與此等失誤無緣。至於令郎……」

怎麼可能——*怎麼可能*——

然而幾秒鐘過去了。幾分鐘過去了。就是等不到太后出言反駁。

「夏洛特·福爾摩斯小姐，妳眞是個危險的女人。」她總算開口了。「即使上回見識到妳從我眼皮底下偷走保險箱裡的東西，我還是太小看妳了。」

夏洛特小姐輕輕點頭。華生太太想答腔，卻擠不出半句話來。所以說夏洛特小姐猜對了？現任大君心懷不軌？

「華生太太，請坐下。」太后低聲道：「我想我該搖鈴請人送咖啡上來。」

華生太太乖乖照做，她還沒脫離方才的衝擊。咖啡來得很快，由房內的升降梯送達，來到定位時發出輕快的叮咚聲。夏洛特小姐起身，從精巧的裝置上端來托盤。

太后負責倒咖啡，先遞了一杯給夏洛特小姐。「要來個奶油泡芙嗎？」

「唉，我早餐吃過了。不過還是非常感謝，殿下。」

「華生太太，妳呢？」

華生太太只想來一杯烈酒。她搖了頭。

太后啜飲了一小口咖啡。「吾兒在三年前親政。政權轉移後，我離開王宮，完成朝聖之旅。親眼看看我們的聖地是我長年的夢想，不過更重要的是我怕若是繼續留在宮中會過度介入。」

「大君對於親政迫不及待，他急切的心情讓朝臣和我心生猶豫。他腦中充滿新意，但我們認爲他的性情不夠穩重，無法妥善使用權力。」

「這點自然引發不少意見衝突。我不會說我們陷入僵局，但也不像以往那樣親近。我若是留下，恐怕只會對他的政策猛挑毛病，而他總算擺脫我的束縛，肯定會拒絕聽我說話。」

太后的語氣不帶絲毫情緒，但華生太太忍不住心痛不已。深知自己必須放棄母親的身分，否則就等於是辜負了國家人民的期待，她有多麼地挫折、多麼地心力交瘁啊。

「因此我遠離祖國，給他成長的時間。」太后以同樣平淡的口吻繼續道：「我也希望他的妻子，那位明理的女性，能帶來穩定正向的影響。經過一年，我回到家，發現他變了。他變得更加喜怒無常，同時也更加怯懦。」

「他的妻子私下透露了來龍去脈，碰上如此至關緊要的大事，她急需年長者的忠告。那時我才得知在我離開後沒多久，他開始與不明人士書信往來，對方宣稱是一位B侯爵的代表人。那個B後方剛好掛著十個連接號，每回都不多不少，因此他猜測對方的姓氏有十一個字母。」

「他在宮中學過歐洲歷史，立刻聯想到布蘭登堡（Brandenburg）。在神聖羅馬帝國滅亡後，這個家名也遭到廢除，但因爲它長年爲霍亨索倫家族統治，那個皇家之首至今仍舊冠上『布蘭登堡侯爵』的頭銜。」

霍亨索倫家族之首便是普魯士國王。在統一之後，他成爲德意志皇帝。

華生太太的嘴唇顫動數次。「令郎認爲他與威廉大帝的代理人取得聯繫？」

「正是如此。該名居間斡旋的人士表示他的主人有意幫助印度擺脫英國統治的枷鎖。對方不僅給予精神上的支持，也提供武器和軍事專家，好讓一八五七年功敗垂成的起義，能有機會捲土重來。」

太后嘆息道：「就算我相信來信者是代表大帝的意志，但一定會懷疑他爲何找上這個剛繼位的小國大君。至少我會詢問其他與我們立場相當的友邦是否獲得同樣的邀約。吾兒自然完全沒想到這一層。他幻想自己能與阿克巴皇帝，或是阿育王比肩。英國的強勁對手怎麼可能不聯繫他，提出如此敏感又危險的提案？」

華生太太越來越難以置信。「他把這些想法全都寫下來了？」

「是的。那些信一寄出，大帝立刻斷了音訊。吾兒這才發覺他遭到愚弄。他似乎認定對方引誘他表態，是爲了敲詐金錢，於是他最後一次寫信給那名敲詐者，說明他沒辦法擠出半毛錢。他爲了公共事務付出不少，國庫裡的每一塊盧比都已經納入國務預算。」

「然後呢？」

「沒有回音。整整兩年無聲無息，這時突然來了一封信，提供了沃德洛堡的那幅范戴克畫作的情報。」

房裡陷入寂靜。華生太太低頭盯著膝蓋。她好想緊緊擁抱太后，和她說事情一定會過去的。但她只能握住自己的雙手。

「殿下，希望這個問題不會太過唐突。」隔了半晌，福爾摩斯小姐再次開口。「大君爲何不親自前來歐洲解決這件事呢？」

「他狀況不佳。」太后用力嚥下口水，總算透露出一絲情緒。「每分每秒恐懼英屬印度政府對他和他的王國出手或許與他的病痛無關，但我永遠無法原諒那個使計抓住他把柄的小人，毀了他的健康，偷走他成年之後的一切喜悅。」

三人沉默了好一會兒。

太后又喝了一口咖啡。「我自然能理解妳們不願意協助會損害到英國利益的人士。」

華生太太現在最不在乎的就是英國的利益了。年輕的大君實在是不太可能嚴重威脅到英國在印度的統治權，面對龐大的勢力，他被輾爲塵灰的機會還比較高。

但華生太太還要顧慮到其他人。福爾摩斯姊妹和馬伯頓先生大概不會介意，可是英古蘭爵爺呢？他畢竟是王室密探，爲了自己的職責賭上性命。

夏洛特小姐轉向她。「我和妳目前想到的那位男士談過了，他判斷此舉對王室的傷害極小，幫大君隱瞞此事也無妨。」

華生太太早該習慣這名女子的驚人之舉，然而她還是被嚇得一時語塞。「呃，什麼時候說的？」

「我們離開倫敦之前。我也與他的盟友討論過了。那位男士也不反對此事。」

華生太太咬住嘴唇內側的軟肉。多年前，她曾見過年幼的大君。當時他還是個可愛討喜的小娃兒，愛極了看她穿著正式戲服演戲。想到他病得厲害，他母親擔憂至此，實在是於心不忍，更不希望他在餘生中背負著過往錯誤的壓力。

她挺起雙肩。「既然如此，如果您沒有意見，殿下，我們會繼續執行這項任務。」

太后輪流看了看華生太太和夏洛特小姐。眼神沉靜，接近傷感。「我沒有異議。謝謝。謝謝妳們。」

暖意與恐懼同時湧入華生太太心頭。她們總算站到同一陣線了。

然而，夏洛特小姐似乎對華生太太的百感交集毫無所覺。她隨意攪拌了咖啡，放到一旁。

「殿下，若您能說出其他瞞著我們的事情，那就是最大的謝禮了。」

沒有下雨，路面卻蒙上一層瑩亮的水光。空氣又濕又冷，即便拉上貂毛滾邊的斗篷兜帽，華生太太還是不住地顫抖。

「夏洛特小姐，妳是否注意到，雖然太后極度不認同她兒子的天眞和急躁，但無論是直接或間接，她都沒有譴責他想把英國勢力趕出印度的欲望？」

「確實是如此。」

華生太太把斗篷拉得更緊，但冷空氣仍舊從各個孔隙間透入。「那妳覺得她心底是否也抱持著同樣的期盼？」

「是的。」夏洛特小姐答得毫不猶豫。

「可是她從沒和我說過！」

話語從華生太太口中衝出，宛如被黑色火藥推動的子彈。夏洛特小姐則是不急不徐地應答：「夫人，妳是否反對英屬印度政府的存在？」

「我、我從沒想過這件事。」

「對妳來說，英國統治印度是理所當然的事。對她來說，那是應當要顚覆的壓迫。或許不是透過她的雙手，或許在她有生之年無法實現，但她希望能夠改變。說不定她也在暗中動了手腳，只是不會查到她身上，誰知道呢。」

「可是我們曾經深愛彼此、無話不說。」

「妳們深愛彼此的那陣子，一八五七年的印度大叛亂才剛結束。」

「我——好，我懂了。」

一八五七年的叛亂，對忙著討生活的她來說無關緊要，但是在太后眼中，想必是震撼靈魂的體驗。

兩人相遇時，華生太太能夠暢言她人生中一切重要的事物，因爲她無論說什麼，都不至於惹上麻煩——至少不會危害到她這個已經當過三名男士情婦的女子。

太后就不一樣了，她來到控制著她國家的帝國核心，得要加倍留意自己說出的每一個字。

華生太太緊緊閉上雙眼。她以爲她的摯愛是飽受呵護的小花。她以爲美麗的悉妲．黛芙，在奢華尊貴的環境中成長，對世界的黑暗面一無所知。

然而她現在才發現自己當年是多麼地偏離現實。悉妲．黛芙曾向外在世界拋出無數疑問，而華生太太卻無知到看不透自己有多麼無知。

□

英古蘭爵爺正坐在蝴蝶居的書齋裡，爲寫給兒女的信函上蠟封，這時華生太太走了進來。

他起身對她笑了笑。「夫人，早安。」

她衝上前，將他擁入懷裡。經過幾秒猶豫，他揚手回抱她。

「太好了，你們平安無事。」她的臉貼著他的翻領。「我不斷想像你拖著馬伯頓先生回旅店的路上，心中拚命記掛著你的孩子。」

他不知道是否該透露當時他其實是想著福爾摩斯。「馬伯頓先生和我都沒事。妳看，我和樹幹一樣壯呢。」

她稍稍退開，上下打量他。「你確實看起來好得很。」

他請她坐上一張躺椅。「妳方才外出還開心嗎？」

「太后來到巴黎了。我剛才就是和福爾摩斯小姐去她的飯店房間打擾。」華生太太稍一遲疑。「我得知太后想瞞過世人的祕密，太驚人了。同時我還得知福爾摩斯小姐早已推敲出眞相，也對你提過了。」

「是的。」

「她要我安心，太后的祕密並不會讓你困擾。你確定嗎？」

換作是十年前，他會給出截然不同的答案。但現在他越來越對大英帝國抱持戒心。「假使有位印度女王如同英國女王般掌權，次大陸控制著我們國家的政策與發展，這時我們這些貴族心裡想著要如何擺脫殖民君主國，妳想這是反常的事情嗎？」

「在心裡想著是一回事，但是提升爲具體的計畫，那就不好說了。」

即便已經與太后站上同一陣線，她依舊天人交戰。

「雷明頓的部門長期監控這方面的動向。」他進一步說明。「這或許是太后——還是她兒子？——這麼做的原因之一。福爾摩斯認為是她兒子的可能性比較大。」

「是她兒子。」

「年輕大君可能因此認定寫信給敵對的歐洲勢力會比較安心。因為他知道自己的朝廷裡肯定有英國眼線，隨時通報他的一舉一動。」

華生太太需要一點時間來消化這些訊息。她沮喪地皺起眉頭。「我對她的人生一無所知。徹徹底底。」

他跟著坐上躺椅，握住她的雙手。「夫人，沒有人能完全看透他人的人生。」

「我知道。」她語帶感傷，一頭倚上他的肩膀。「我只是不甘心——明明對她一無所知，卻以為自己什麼都知道。」

□

夏洛特忙著暖身。

蝴蝶居有個舞廳——怎麼可能沒有——她判斷此處適合拿來練習棍術。華生太太教了她一套動作，是她在劇場演出期間編出來的，能利用待機時段放鬆伸展。夏洛特繞著房間走，往側邊跨步、抬膝、弓箭步，稍停一下，轉轉頸子和肩膀。接著，她向前彎腰，雙掌平貼鑲木地板。

「福爾摩斯——」

說話者似乎是突然忘記自己原本想說什麼。

她直起腰，轉過身。「哈囉，艾許。」

她一身男性運動裝束。這不是她首次在他面前穿男裝，不過前幾次的目標都是爲了騙過旁人耳目，也就是說她必須在下巴和人中黏上假鬍子，用矯正道具改變臉型，花費一番工夫把肚子墊到比胸部還粗。

但這套衣服——背心加上襯衫——完全是爲她量身打造。襯衫下她只穿了短馬甲，全是美麗諾羊毛料子。這身搭配只適合練劍，不該出現在外人面前。當然了，她從脖子到腳尖包得嚴嚴實實，男性的長褲不算貼身，可是沒有任何女裝能把女性的下半身線條描繪得更加清晰，若是就這樣走上大街，肯定會引發暴動。

英古蘭爵爺並沒有把內心的暴動表現出來，努力在她轉身前收好所有表情。他穿著與她同款的哈里斯斜紋布運動裝，看起來靈活而健壯。

他拎起她放在一旁的馬六甲藤木手杖。「要開始了嗎？」

「華生太太派你來代打？」

理論上華生太太要來這裡陪她練棍術。

「我主動提議的。我的棍術有點生疏啦。」

她挑眉。這人秉持著謙虛就是美德的原則。若他自稱某項戰鬥技巧生疏，那大概代表他可以打趴十個她，甚至二十個她。

「好吧。開始了。」

她的身手比今年夏天進步些，不過和華生太太相比，他的招數更加陰險。兩人的武器一相觸，他便掠過她身旁，揮舞手杖襲向她手臂後側和後腦勺。

她往旁跳開，舉起一隻手。被擊中的地方微微刺痛。

華生太太是優秀的劍士，但她也好幾年沒有身處險境，手杖從沒用在訓練和運動之外的場合。英古蘭爵爺則是偶爾帶著與考古活動毫無相關的傷勢回國。

「我喜歡你這招。」夏洛特說：「教我怎麼擋下。然後教我怎麼施展。」

「等等。」他說。

他離開舞廳，之後帶回一疊大幅報紙，捲成兩根紮實的短杖，拿細繩固定。「希望不會一下子就鬆開。」

紙捲比較柔軟，不過這意味著他不需要留情，腳步也能更快。他的步法和華生太太不同，瞄準的角度也不同。比起逼對手繳械，他更注重給對手帶來直接傷害。

顯然他以往的對手並非倫敦街頭的小混混。顯然他曾以一打多，光是撥掉對手的武器還不夠，因爲他們只要撿起武器就能再次進逼。

他教她如何在擋住第一次攻擊後迴身，避免背對敵人，給對方轉身出擊的機會。接著他又教她在對手攻擊膝蓋時該如何反應。

「真夠陰險。厲害。」

「別把妳的變態嗜好掛在嘴邊。」他低喃。「有沒有看清楚？我打算攻擊下盤時動作不一樣。我無法同時往後仰，必須向前傾身。」

「這時候我可以利用你的勁道來對付你嗎？」她問。「對了，爵爺大人，並不是每個人都和你一樣擅長掩飾變態嗜好。」

「妳可以努力看看，不過前提是——」

她後退幾步，可是他的手杖已經打中她的膝蓋。

「而且我才沒有什麼變態嗜好。這叫作興趣廣泛。」

她挑眉。「這是現下的新潮用語嗎？那我滿喜歡你的廣泛興趣。」

他迅速掃了她全身一眼。她逮到他分神的一瞬間，往他胸口一擊，換來一連串的凶狠刺擊，將她逼退到柱子旁。

他拿紙捲的手杖指著她。「福爾摩斯，妳看到的只是我眾多興趣的冰山一角。」

她敲開他的武器。「親眼看清整塊冰山前，我是不會相信的。」

她改變角度，迴身，從背後打中他頭部側邊，重現了他一開局對她施展的招數。

他橫了她一眼，解開外套釦子，丟到一旁。她也如法炮製。

他撿起稍早放下的手杖，把她的武器拋給她。「可能會有點痛。」

她勾起嘴角。「我倒要好好見識一番了。」

□

渾身上下都被敲過一輪，這可不只是有點痛。不過她也努力反擊了幾次。一個小時轉眼就結束了。或者該說是開始的四十五分鐘轉眼就結束，最後的十五分鐘慢得像是烏龜爬行，熬了許久才抵達終點。舞廳這般寬廣挑高的空間，在冬天總是冷得不得了，但她渾身瘋狂冒汗，四肢重得像砲管、僵硬得如同陶土。

他總算放她下課，她蹣跚走近預先準備好的整壺礦泉水，灌下一大口。

他跟到靠牆的桌子旁，遞還她的外套。

「謝謝。」她氣喘吁吁。

他的呼吸幾乎平穩如常。

至少上回她喘成這樣的時候，他也和她一樣喘。

桌子旁邊是巧妙藏在一小片屏風後的暖氣出風口——這幢大宅裝設了完備的中央暖氣——她還不需要穿上外套。

他沒流幾滴汗，只是解開一顆襯衫釦子。

她眨眨眼。

「今天妳讓我大飽眼福。」他挖苦似地說道：「我想我該稍微回饋一下。」

她還來不及回話，他便逕自倒了杯水，換了個話題：「妳那邊有太后的新消息嗎？」

「華生太太沒和你說？」

「她看起來心裡有事，所以我沒問。」

看來這是他自願代班的原因，給華生太太一點時間獨處。

「你不需要幫大家做好每一件事。華生太太和我打上一個小時肯定沒有問題。」

「要是不幫大家做事，我就不知道該做什麼了。」

這或許是不爭的事實。這是他最大的弱點——與本能同化的過度付出——有部分是出自他對自身、對個人定位的懷疑。

幾年前她只當這是弱點，但漸漸體會到這也是他最大的優勢。那些疑慮依舊存在，根深柢固，他永遠會換著方式壓抑。可是他本性善良，他的慷慨是如此純粹眞誠。

而她——

她仰望他搶眼的俐落五官，帶著一絲不甘的表情、運動後稍稍散亂的濃密黑髮——她這才驚覺自己是多麼地喜歡他。

這領悟令她心煩意亂。

她放下水杯。「今天早上我另外得知了幾件事。太后先前拒絕透露完整背景，是因爲她不相信我們能完成這項任務。但今天她承認沃德洛堡的那幅范戴克畫作後頭並沒有藏著任何足以定罪的證據。我們必須拿那幅畫交換她的信。」

他直盯著她看。在他眼中，除了她抖出的情報，他同樣在意她突然變得明快俐落、公事公辦的語氣。「好吧，取回一向都是偷竊的委婉說法。」

她不認爲這事出乎他的意料。艾特伍中尉對這次任務的情報全來自英古蘭爵爺，而前天晚上艾特伍中尉曾提到要將整幅畫帶走。

「然後呢？」他問：「取得那幅畫之後，我們要怎麼做？」

「到時候才知道。」

他皺眉。「我告訴我的孩子說兩個禮拜內回去。而且我已經發出邀請函，將在聖誕節後舉辦家宴。」

「我也不想離開超過兩個禮拜。麥斯先生提到貝娜蒂在我離開後狀況尚可。但我想親自照顧她。」

兩人沉默好半晌，她放任自己的視線暫時停留在他敞開的領口，鎖骨中間的凹陷處。

「妳想這會不會是某個精明的幕後黑手在利用他人竊取藝術作品呢？」他解不開緊鎖的眉頭。

「我也想知道。我也想確定我們進沃德洛堡的目的——什麼都好。」她凝視他的雙眼。「我只能確定我知道得不夠多，還無法評估情勢。」

□

那天下午，一行人聚集在書齋。桌上放滿大量點心，甜鹹兼具，但只有馬伯頓先生興高采烈地上前取餐。他幫莉薇亞裝了一盤迷你鹹派與鹹乳酪泡芙，又端了杯礦泉水。

英古蘭爵爺曾在幾次聚會幫莉薇亞拿潘趣酒和蛋糕，不過他也幫場內認識的每一名壁花小姐服務。然而馬伯頓先生的動機似乎與同情完全無關。他寵著她，純粹只是因爲他想把她寵壞，對莉薇亞來說，這是無比陌生的體驗，在喜悅之餘也帶來同等的危機感。

她對他笑了笑，而他回應的笑容是如此燦爛，她瞬間希望現場只有他們兩人——同時也慶幸有其他人在場。她別開臉，覺得自己宛如一列全速衝向地平線的列車，鐵軌還沒鋪完，隨時都會衝出軌道。

她對面的華生太太捧著一小杯干邑白蘭地，神情有些憔悴。在她坐的長沙發後方，英古蘭爵爺站在窗邊，一身淺灰色休閒打扮。夏洛特緩緩漫步，打量書齋，不時隨手滑過書架邊緣。走到門邊時，她往走廊看了一眼，再次關好房門，大步回到莉薇亞左手邊那張路易十四時代風格的方正扶手椅後頭，從這個位置她看得到房間裡的每個人。

華生太太呼了一大口氣，放下酒杯。「我找各位來此，是因爲我這個老蠢驢接下了遠遠超出能力範圍的任務。這件事證實了我比自己預期的還要脆弱，如果各位希望退出，請絕對不要顧慮我。」

「夫人，如果妳不介意，我想繼續參加。」英古蘭爵爺說。

「我也是。」馬伯頓先生咧嘴而笑。「我很期待事先談定的優渥報酬。」

稍早華生太太前來道歉——完全沒有這個必要——並解除對他的委託，當時莉薇亞剛好在他身旁，聽他說出了同樣大膽的答覆。

「我打算跟著夏洛特。」她說。

「而我呢，決定與妳同行，華生太太。」

華生太太的喉嚨抽動了幾下。「既然如此，我要向各位致上最深的謝意。夏洛特小姐，可以麻煩妳陪我們討論下一步嗎？」

夏洛特輕輕點頭。「夫人，我很樂意。」

她身穿莉薇亞幫她從家裡搜刮來的連身裙，乾燥玫瑰色絨布底上至少有十五層緋紅色荷葉邊。雖然用的布料量極爲可觀，但荷葉邊相當細緻，在夏洛特的衣櫃裡稱得上高雅。

「我們得知了幾件事。」夏洛特起了頭。「首先，昨天我拜訪了一位巴黎藝術品交易商，在交談中，我得出沃德洛堡拍賣會上的成交價往往比別處高的結論。同時，那位交易商個人對沃德洛堡是抱持著觀望態度，雖然他沒有點明理由，我猜那和藝術完全無關。」

「第二，我相信各位都知道，今天早上華生太太和我去拜訪了她的朋友，不過你們或許還不知道那位朋友修改了需求。得到那幅畫不是終點，只是開端。要等我們獲得那幅畫才能得知進一步指示。」

莉薇亞第一次聽說此事。馬伯頓先生挑眉，英古蘭爵爺毫無反應，華生太太依舊一臉不安。

「顯然情勢變得更加複雜。原本我們以爲等到舞會結束，無論任務失敗還是成功，事情將會告一段落。而現在，即便我們順利下手，那也只是階段性的成功。」

「即使充滿了變數，此時此刻我們要做的事基本上不變：找到這幅畫的位置，引開旁人注意，將它運出沃德洛堡。」

「在那之前，我們得同時達成好幾個目標。第一，英古蘭爵爺的盟友和我將參加兩天後在沃德洛堡舉辦的招待晚會，與會者都是拍賣會的潛在客戶。我們會盡力摸透屋內環境，不過我擔心屆時客人會受到嚴格控管，難以自由行動。」

「第二個目標是盡可能以臨時僕役的身分混入沃德洛堡。多虧英古蘭爵爺和他的盟友，現在我們知道德羅希爾夫人透過哪一間仲介公司招募舞會所需的侍者及女僕。」

「這項任務不適合英古蘭爵爺，他的照片最近才上過報。是英國的報紙沒錯，但我們不希望招待會上的任何一個人碰巧認出他。至少要有兩個人擔任賓客，由我們的盟友和我出馬是比較妥善的安排，畢竟我們會參加招待會，主辦方肯定期待我們出席。」

「因此剩下華生太太、奧莉薇亞小姐、馬伯頓先生。我們運氣不錯——仲介公司恰好把登記在旗下的大半人員派到巴黎一間大宅，負責招待來訪的外國名人。也就是說，他們即將雇用額外人手。我猜明天早上就能在報紙上看到廣告。三位願意去應徵嗎？英古蘭爵爺可以提供專業的僞造介紹信。」

「沒問題。」馬伯頓先生說：「如果英古蘭爵爺有事要忙，我還可以自己寫介紹信。」

「只要在我能力範圍內，我什麼都做。」華生太太說。

莉薇亞心頭一涼。假如只有她沒被錄取呢？或是反過來，只有她被錄取，這樣不是更糟嗎？

「我會努力的。」

夏洛特點頭。她拿了一片千層酥，放在自己的盤子上。這次重逢期間，莉薇亞還沒看過她選擇如此精緻的食物——顯然夏洛特也意識到自己的錯誤。她以期盼的眼神凝視千層酥，不過是個單純的甜點，卻引來她無比淒楚的視線。接著，她走到英古蘭爵爺面前，呈上她的盤子。「爵爺大人，我拿錯了，可以請您接手嗎？」

英古蘭爵爺對甜點毫無興致，但還是接過盤子，咬下千層酥，視線卻一秒都沒有離開過夏洛特。

看到他的牙齒陷入一層層酥皮，莉薇亞臉頰一陣發燙。她總認定夏洛特心裡沒有半點浪漫憧憬。她確實沒提過自己對英古蘭爵爺的情意——而說眞的，莉薇亞還眞沒看過幾次兩人共處的場面。但英古蘭爵爺的表情帶著某種程度的……親暱。就連對莉薇亞全心示好的馬伯頓先生，也沒露出過這樣的神情。

老天爺啊，那個夏洛特少女時期吻過的男孩——莉薇亞還以爲是毫無骨氣的羅傑·蕭伯里，但其實是英古蘭爵爺吧？這不是更合理嗎？蕭伯里先生口無遮攔。英古蘭爵爺是除了夏洛特之外，她認識的人當中口風最緊的一個。

英古蘭爵爺毫無預警地大步橫越房間，放下盤子，倒了一杯干邑白蘭地。

「爵爺大人，您呢？」莉薇亞聽見自己的聲音響起。「我們還不知道您打算做什麼。」

他盯著杯中琥珀色的液體。「我不確定我的計畫有任何意義。」

夏洛特在書齋的另一端啃著一片橘子，沒有發表任何評論。

「馬伯頓先生和我泡在湖裡，躲在橋下時，我們看見守衛與狗衝向禮拜堂。」英古蘭爵爺說：「我相信他們在追什麼東西。馬伯頓先生，你有何看法？」

「我同意，不過非常可惜，我沒看到他們追逐的對象。他們消失了幾分鐘，到底是跑哪兒去了？有沒有逮到他們的獵物？經過我們藏身處的追兵突然冷靜不少。」

「夏洛特小姐認爲他們全都進了禮拜堂。」英古蘭爵爺說：「我不能否定這個可能性。我想知道的是原因。爲什麼他們要在下雨的冬夜裡，十萬火急地衝向禮拜堂？」

「夏洛特小姐接著說她研究過沃德洛堡的建築平面圖，發現上頭沒有另一個出入口，她認爲既然沃德洛堡是建築在古老要塞上，肯定有個緊急通道。」

「要是眞有這個出入口，會不會是設置在禮拜堂裡？我認同她的想法，但還是無法說明追兵爲何要往禮拜堂衝。然後她說，既然禮拜堂的門在我們看不到的方位，說不定那晚其實是有人跑出禮拜堂，往柵欄前進。換句話說，狗兒追的不是入侵者，而是企圖從宅邸內部脫逃的人。」

第十一章

莉薇亞提議馬伯頓先生以女裝打扮參加仲介公司的面試——如此一來，要是兩人都被錄取，就能一起工作了。不過被他一口拒絕。

「唉，我的喬裝技術好是好，但還不夠細緻。在眾人注意力放在別處的鬧區街上逛一圈，或是短短幾秒鐘的會面，勉強還能撐住。可是經不起細看，說不定還沒進沃德洛堡就會碰上這樣的場合。」

事後證實他這番話說得沒錯。

莉薇亞、華生太太、馬伯頓先生三人都通過了第一輪篩選。雖然他們沒什麼破綻，莉薇亞還是訝異極了。華生太太是扮裝表演的專家，去中下階層聚集區域的二手衣店逛一小圈，就弄來足夠的服裝與配備，把三人打扮成符合應徵者的模樣——缺錢缺到願意奉獻勞力，但又不能落魄到失了尊嚴。

他們的腔調也相當合適。莉薇亞的阿爾薩斯口音；馬伯頓先生的普羅旺斯口音在語尾帶了點喉音；變色龍般的華生太太說起帶著西班牙口音的法語，裝成困在巴黎的陰沉寡婦。

莉薇亞還是無法相信他們竟然能進入第二輪篩選。運氣太好了，她還不習慣這樣的好運眷顧，心裡忐忑不安。

不過在門板開闔間，仲介公司內部人員的談話內容飄入她耳中，儘管語速太快，聽不出每個字，但也大致抓到主題——以及急切又擔憂的語氣——猜得出人力短缺比他們透露的還要嚴重。

他們旗下的臨時雇員不是被其他仲介公司挖角，就是找到了正職。那位外國權貴幾乎吸光了剩餘人力，他們得拚命幫沃德洛堡的舞會找人。光是這兩件大案子，就已經夠他們煩惱了，沒想到沃德洛堡在最後一刻才通知要爲明晚的接待會雇用一批臨時僕役。

如此混亂的局面反而讓莉薇亞冷靜下來，不是他們太幸運，是仲介公司太著急。

他們九點報到，上午十一點左右，通過第一輪篩選的應徵者被帶進房間，由沃德洛堡的代表親自面試。

三名男子走了進來，在一排排應徵者間穿梭。

莉薇亞總認爲自己得不到太多尊重，且至今仍舊相信這樣的判斷。然而和今天早上體驗到的毫不掩飾的無禮相比，那些不太受歡迎、不太討喜、背景不太顯赫的女性在婚姻市場上遭受的若有若無輕蔑，根本算不上什麼。

同樣地，較之被那三名男子盯著看的屈辱，方才仲介公司要她和另外十一名女性一起接受面試時，那種隨時都會被取代的感覺只是微不足道的小事。

謝天謝地，他們的關注中沒有半點淫欲——目前還沒。被人當成物品打量，無法阻止對方，還得要撐著表情，不透露出絲毫不悅或憤怒——她從未嚐過如此無力的滋味。

仔細想想，她只是在演這麼一次戲，然而對其他人來說，這肯定是永無止境的應徵迴圈，爲了養家餬口，尊嚴被人踩在腳底下。

即便如此，當聽到其中一人對仲介公司的人員嗤笑著說「幹嘛找這個老太婆？有誰會想看著那東西？」時，她差點走上前去賞對方一巴掌。

他口中的「老太婆」可是美麗的華生太太！

莉薇亞的指甲陷入掌心。她不時聽說下層階級的人往往具有暴力傾向，從未懷疑過這種說法，但她現在手好癢，眞想抓起身旁的雨傘狠狠敲打那傢伙。突然間，她領悟了窮困者會有暴力傾向只是因爲那是他們僅存的武器。

在面試過程中，她心中總懷抱著無處發洩的怒火。

最後，她和馬伯頓先生獲得錄用，能夠進入明晚的招待會。留下來聽取指示時，她很慶幸華生太太已經離開了。

儘管莉薇亞不可能撕開假面具保護自己的朋友，但仍舊爲自己眼睜睜看著事情發生而深感羞愧，在那麼多陌生人面前，她卻無計可施，沒辦法幫華生太太擺脫貨眞價實的侮辱。

□

英古蘭爵爺望向與他隔桌對座的女子。萊頓．艾特伍出門去打點一間離沃德洛堡不遠不近的宅子，因此由他陪福爾摩斯到《世界報》檔案室——兩個人速度會快上許多，一個人翻索引找報導，另一個人則負責閱讀抄筆記。

她的專注力強大到幾乎化為籠罩在她四周的光圈。每篇報導她都會連讀兩次，不用重翻就能寫下速記記號，不是她改良過的版本，而是兩人書信往來了一年左右後，她學會的皮特曼速記法。

某天他收到她的一封信，上頭唯一正常的內容是：「我學了速記。很有用。你看得懂嗎？」這不是挑釁——當時他已經很了解她，知道她從沒那種心思。她只是尚未領悟並不是大多數人都能和她一樣，隨便找一本介紹皮特曼速記系統的書籍，隔天就能以完美的速記法寫出一封信。

即便她沒要求，他仍用了同樣的速記法，多花了點時間回信。後來他發現速記對他在各個領域上都有極大的幫助，反而是她的生活中幾乎用不到這種東西。然而事實就擺在那裡：他開始學速記是出自他敏感的自尊心，無法忍受她擁有他缺少的能力。就算他早就知道與自己來往的是最敏銳、最優秀的人，就算走遍全世界都難以遇到第二個福爾摩斯。

「有什麼問題嗎？」她口中問著，雙眼沒離開筆記。

「沒事。只是還不習慣與妳共事。」

在青春時期，兩人就算處於同一個空間，通常也是追求不同的興趣。成年以後，有時他們會分頭朝著同一個目標努力。得知他揹上謀殺案嫌疑時，她來到堅決谷挖掘眞相，他也深深投入，忙著洗清自己的冤情；即便如此，他們也幾乎沒碰面，畢竟他無法擺脫員警的監視獨自出門。

所以此刻是極為罕見的體驗。感覺起來卻又沒那麼……非同小可，彷彿這是他們早該做的事。

他在心底暗笑，再次埋首於新聞報導的索引之中。聽得見報社員工在走廊另一頭的辦公室忙進忙出，日報發行就是如此繁忙而有序。在這間不比清掃用品櫃大上多少的檔案室裡，他和福爾摩斯擁有自己的小天地，環境比起外頭相對平靜。

「對了，你找到的這篇眞不錯。」隔了一分鐘，她開口道：「這篇報導完整介紹了我們要找的那幅范戴克作品，寫得相當直白。裡頭提到它是畫家在熱那亞時接下的委託，要掛在私人禮拜堂裡的巨幅宗教畫。之後，那個家族的女兒嫁給法國人，把這幅畫當成嫁妝帶過去。」

「這家人在法國大革命前便漸漸坐吃山空。那幅范戴克畫作在一七六〇年售出——或者該說是抵債。該名債主替自己和後代子孫賺得大筆財富，那戶人家至今仍舊名聲顯赫。」

「你聽一下這段：『年輕瀟灑的薩維徹先生承認他定期接到藝術品交易商的聯絡，請求他割愛——許多崇拜范戴克的收藏家捧著大筆鈔票等待。但他總是嚴正拒絕。擁有這幅范戴克畫作象徵著他們一家的崛起，在他們心中，這不只是高價的家族財產，更是保護他們擺脫動盪不安的幸運符。』」

「薩維徹？這個姓氏聽起來眞耳熟。」他曾在沃德洛堡相關的文書中看過，但他沒有像她那樣過目不忘的記憶力，實在是想不起出處。

她把筆記本往回翻了幾頁，滑到他面前。「這是艾特伍中尉和我前天來此時抄下的筆記。」

啊，他想起來了。就是這本筆記本。這人列在數十名參加舞會的地方名流之中。那幅范戴克畫作目前的主人、年輕瀟灑的薩維徹先生，曾是兩年前的舞會嘉賓。

「妳剛才唸的是什麼時候的報導？」

「在薩維徹少爺首度參加舞會的一年半前。」

范戴克畫作落入那家人手中超過一個世紀。薩維徹先生堅拒將它脫手。可是不過幾年光景，他對范戴克的執念卻化爲烏有，這幅畫即將易主。

「不覺得很有意思嗎？」福爾摩斯表情不變，但眼底亮起微微的光芒。

「很有意思。」英古蘭爵爺應道：「太有趣了。」

□

艾特伍中尉在和平街有自己的屋子。接到英古蘭爵爺求助的電話後，他沒有退房。蝴蝶居原本的屋主遠行，只留下最低限度的僕役。但他身邊還是多了好幾雙眼睛，而他偏好避開他人耳目易容和卸妝。

夏洛特到過他的房間，在這裡變裝成赫斯特先生。招待會當天下午，兩人再次來此會合，艾特伍中尉早夏洛特半個小時離開蝴蝶居。

她敲敲房門時，他已經換好參加招待會的服裝，遞出一張信箋。

「薩伏列先生寄來的。」他說。

「總算。」

他們發現招待會的邀請函不難到手，因爲這個場合是專爲願意砸錢的藝術愛好者設計，讓他們預先參觀拍賣品。只要向駐守在奧斯曼大道辦事處的沃德洛堡員工出示巴黎銀行的存款證明就行了。

取得邀請函後，艾特伍中尉扮成孟買富商納里曼先生，寫信給他們幾天前拜訪的半退休藝術品交易商薩伏列先生。薩伏列先生對沃德洛堡興趣缺缺，兩人相信這樣一封信足以逼他鬆口。問題是一直等不到薩伏列先生的回覆。

直到現在。

「我進門時收到的，寄信日期是今天。」艾特伍中尉說。

夏洛特記得上回會面時薩伏列先生枯瘦的筆跡，這次他的字跡少了點優雅，有些潦草。他離開巴黎訪友，今天早上才返家。*請問今天什麼時候方便拜訪兩位呢？*

「我馬上換裝。」夏洛特說：「然後我們直接上門拜訪吧。」

若是現在繞去見薩伏列先生，他們就得要趕火車了，但她還是希望聽聽這位藝術品交易商的看法。

看到兩人，薩伏列先生一副如釋重負的模樣。「兩位等會兒就要去參加招待會嗎？」

「是的，火車再半個小時就出發，但我們想說可以來府上打擾一下。」

藝術品交易商深吸了一口氣。「那麼，我就直說了。我建議兩位別和沃德洛堡扯上半點關係。」

「為什麼？」納里曼先生露出真誠的困惑表情。「先生，我可以向你保證我不會亂花錢競標，反正我對藝術品也不是特別熱中。我們只會乖乖在旁邊看熱鬧。」

「納里曼先生，我不能說得更多了。老實說我半句話都不該講，請答應我，要是旁人提起，絕對別說我提過沃德洛堡。」

「當然不會。非常感謝你的關心。」

薩伏列先生嘆了口氣，或許是察覺到大勢已去。「我知道年輕人就愛冒險，聽不進老頭子的勸告。不過既然你們執意前往沃德洛堡，那請務必謹言慎行。」

「當然了，我們不會拿生命開玩笑。」扮成赫斯特先生的夏洛特有些猶豫地應道。

「不只如此，請兩位務必謹言慎行。」薩伏列先生緊緊皺眉。「謹言慎行，否則你們將後悔莫及。」

□

「不覺得他的用詞很有意思嗎？」即將抵達火車站時，艾特伍中尉開口道。

夏洛特慢條斯理地點點頭。「非常有意思。」

請兩位務必謹言慎行。在沃德洛堡不夠謹言慎行會有什麼下場？在拍賣會上被敲竹槓？還是說會和薩維徹家的少爺一樣，突然放棄珍藏多年的藝術品？

昨天查出薩維徹先生這條線索之後，她與英古蘭爵爺花了好幾個小時努力挖出薩維徹一族是否遭遇財務困難，甚至還跑去他們家的宅子外頭窺看。兩人找不到任何薩維徹一族家道中落的證據，證明不了任何事情，只讓眼下的情勢增添了一絲變數。

巴黎郊區宅院林立，有的幾乎不比農舍大，有的則是豪華宮殿的遺址，現在只剩斷垣殘壁矗立在灰藍暮色中。

招待會通常很晚才開場，一路持續到隔天清早。不過沃德洛堡不在市區，得要讓客人趕停靠在穆雷這個小站的末班車回巴黎，因此這場招待會開始得早，這個時候巴黎的社交晚宴才剛上第二道菜呢。

主辦方要求賓客搭乘同一班火車前來，下車後，眾人分別搭上四輛雙層馬車，每輛都坐得下二十人。與一般雙層馬車不同，這款車型的上層座位區是封閉的，每隔幾個位置就裝設一個火盆保暖。

穿上男裝的夏洛特社交能力大增，以法語和身旁兩名乘客愉快地聊了起來。那是一名頭髮斑白的貴婦和看似她孫子的年輕人。他的五官端正，笑容可掬，左手手套下肯定有滿手戒指。聽到他的名字，她想起曾在與舞會相關的報導中看過——家族裡出了好幾位工業大亨，由公爵之女擔任女家長、掌握大權。

年輕人說祖母至少對其中三幅畫深感興趣，不過他還來不及透露更多家底，老太太就清清喉嚨提醒他閉上嘴，畢竟與他交談的和善男子說不定就是與他們喊價競爭的對手。

進了大門，栗樹大道點亮燈火，不過華麗程度一定比不上舞會當晚，每棵樹上只有一兩盞燈籠。雙層馬車停在石橋前。賓客魚貫下車，徒步過橋。

英古蘭爵爺和馬伯頓先生肯定曾在此地涉水逃生，躲避守衛和狗群。夏洛特丟下一顆小石頭，艾特伍中尉往下瞥了一眼，又望向禮拜堂。

「聽起來很深。」他低喃。

「聽起來很冷。」她附和道。

搭同一輛車的賓客已經全數越過他們，隨行僕役忙著檢查有沒有人留在車上。目前他們有短暫的獨處時刻。

「那個小伙子和老太太沒有血緣關係。」艾特伍中尉說：「他把她混合了巴黎腔及諾曼第的口音學得不錯，但我聽出了一絲馬賽口音。」

夏洛特對法語地區腔調沒那麼敏銳，但她也知道那兩個人並非血親。

「你覺得老太太才是老大，對吧？」她悄聲說。「對了，納里曼先生，你去巴爾扎克與吉洛特建築公司找平面圖的時候，收納圖紙的盒子或是抽屜裡有沒有多餘的空間？」

□

莉薇亞覺得一點都不好玩。

她、馬伯頓先生，還有另外十名臨時僕役，在正午時分抵達沃德洛堡。他們匆匆吃了燉肉配麵包，她緊張到什麼都吃不下，但又怕沒吃完東西會遭到側目——工作不穩定的女僕不可能放過半點眼前食物。

接著工作開始了。

馬伯頓先生陪她練習過僕役的工作，可是面對沃德洛堡招待會的工作量，她完全招架不住。數以百計的盤子、刀叉、玻璃杯、堆積如山的餐巾。所有東西都要搬出餐具儲藏室，橫越半幢宅邸，擺設妥當。冰磚在下午四點送到。她不用幫忙推手推車運送，但逃不了蹲在地上整整一個小時拿鎚子和錐子敲下碎冰的命運。

她一打開小儲藏室的門，就看見一名臨時侍者在裡頭打瞌睡。他睜開一隻充血的眼睛，發現她站在門外，懶洋洋地眨眨眼，再次陷入夢鄉。她從沒如此羨慕過這麼肆無忌憚的人。

吃過宅邸供應的晚餐——菜色和午餐一模一樣——莉薇亞已經不再緊張，只覺得累。她的背好痛，後腰像著了火。她逼自己吃點東西，無比感激繞著桌子傳遞的咖啡壺，至少她有辦法維持清醒了。

在半天的勞動過程中，馬伯頓先生盡可能陪著她。兩人幾乎沒有交談。某次他們在走廊上擦肩而過，她滿手鮮花，他抱著方才裝過雲杉樹枝和莓果花環的空籃子，低聲問她狀況如何。另一回是在僕役的晚餐後，兩人忙著把永無止盡的開胃小點擺放妥當，她偷偷把自己從晚餐省下來的迷你鹹派塞進他口袋，他立刻遞上他幫她留的鹹乳酪泡芙。

嚐起來美味極了。

臨時僕役要忙的事情太多了，即便她特別留意周遭環境，但是除了僕役專用樓梯，以及連接食品儲藏室、餐具間和主要走廊的通道外，沒看到太多東西。唯一的例外是在下午抵達的某位神祕嘉賓。她心臟狂跳，興奮地懸著一顆心。

晚宴的客人將在半個小時之後抵達，一切已經安排就緒，堆成高塔的酒杯閃閃發亮，葡萄酒開封醒酒。臨時僕役被趕去洗手，換上整潔無瑕的制服，駐守在自己被分配到的崗位。

莉薇亞原本只期盼這堆幾乎要把她的背脊壓斷的工作能早點結束，但現在一閒下來，她馬上開始替夏洛特和英古蘭爵爺擔心。總算等到馬伯頓先生接近她的那一刻。

「有注意到什麼嗎？」她低聲詢問，幫他調整爐架上的花環。

他點頭。「妳呢？」

她也點了頭，心想他是否也看見了那道宛如鬼魂般潛入沃德洛堡的黑影。

「回你們的崗位！」大宅的領班大喊。「回你們的崗位！客人隨時都會進來！」

莉薇亞呼出一大口氣，回到她負責的地方，望向門邊，等待隨時都會走進來的夏洛特。

□

「妳心裡有煩惱。」太后說。「華生太太，妳記掛著什麼呢？」

華生太太完全不知道爲何在兩人重逢之後，自己沒立刻體會到她的美麗。在分離的漫長歲月間，她宛如藝術品的五官輪廓憑添了高高在上的貴氣，使得她更加耀眼奪目。今晚，她身穿滾上冰藍色花邊的白色絲質紗麗。華生太太仍舊覺得她好陌生，卻又不時瞥見那個曾經熟稔的年輕女子——比如說現在，她敏銳的提問暗示她願意傾聽。

華生太太進入這個房間後，兩人聊過天氣、太后的孫兒，甚至是在戰神廣場興建中的鐵塔，高度接近一千呎，再過幾天就能突破紀錄。

她只想問太后對英屬印度政府的看法，但不知道要如何輕巧地帶出這個話題。於是她攪拌咖啡，開口道：「我的兩個同伴和我參加了沃德洛堡臨時僕役的面試。對方選了年輕人——他們目前人在招待會會場裡頭。可是我這個老太婆在滿滿一房間的人面前被刷下來了。」

太后的臉色馬上沉了下來，不過華生太太揚手止住她的抗議。「說出這個詞的人，只是暴露了他有多粗鄙。我知道我不年輕了。那類男性只靠著年紀和欲望來評斷女人，在他們眼中，我就像是惡狼面前的飛蛾一般毫無用途。」

「我的煩惱不是針對我自己，而是和我一起應徵的小姐。她個性敏感，擔心自己老了以後無依無靠。她正面臨著可怕的三十大關，那是未婚女子與老處女之間的門檻。」

「我眼中微不足道的煩惱，對她而言是痛苦的考驗。在那之後，她一直避著我，因爲她以爲我的心情比她還要糟上十倍。我應該要早點找她談談，讓她知道這幾年下來，我的臉皮比大象還厚，她不用爲了我感到痛苦。」

太后凝視她好一會兒。華生太太的心臟怦怦狂跳。自從太后突襲般地來訪後——當時她們行禮如儀，僵硬尷尬——兩人還是第一次獨處。

「華生太太，妳總是如此睿智而機敏，但我最欣賞的是妳那洞察力背後的同理心。」太后微微一笑。「妳還記得當年妳偷偷帶我在倫敦四處跑嗎？妳帶我見識了正式參訪行程到不了的地方。不用我多說，妳很清楚我只體驗過一種生活方式，無比渴望接觸那些被擋在外頭的面向。」

華生太太揪住自己的裙子。「那——您爲什麼不爲了我做同樣的事呢？爲什麼不向我透露其他的觀點？爲什麼您不讓我見識您人生的不同面向？」

□

沃德洛堡的主屋規模不及布倫海姆宮，或是德比郡公爵的查茲沃斯莊園，但比堅決谷的宅邸還大。室內裝潢相當氣派，大理石柱、鍍金黃銅階梯、巨幅壁畫。移動式絨布繩索柵欄引導賓客走上雙合平行階梯，沿著長廊前進，腳步聲敲出回音，天花板的壁畫正如那篇報導的描述。

夏洛特格外留意一路上以固定距離駐守在旁的男僕，就算心裡沒有半點歹念，也能一眼看穿他們其實是守衛。

長廊盡頭是狹長的畫廊。一名男子站在門內不遠處，招呼新來的客人。「您一定就是納里曼先生。」他對艾特伍中尉說。

「我想你就是普蘭提爾先生吧？幸會。」艾特伍中尉以帶了點口音的法語回應。「這位是我的旅伴赫斯特先生。」

普蘭提爾先生年近四十，一副精明幹練的模樣，是知名的藝術品鑑定家，沃德洛堡的私人博物館便是由他一手打造。「感謝兩位參加今天的晚會，請來一杯香檳，品味此地收藏品之美。」

「我也希望能欣賞到德羅希爾夫人的美貌。她今晚不在嗎？」艾特伍中尉問道。

「唉，舍妹今晚有些不適，但她會努力在舞會前恢復健康，好好主持重頭戲。」

「祝她早日康復。」艾特伍中尉說完，讓到一旁給後頭排隊的客人進門。

一名侍者端著滿滿一托盤的香檳杯，兩人各拿了一杯，在畫廊裡漫步。沒看到半幅范戴克的作品，不過此處也巧妙安排了好幾名男僕，當其他侍者忙著倒酒、端小點心兜轉、調整取餐區的擺設，讓剩餘的生蠔看起來比較對稱時，他們卻杵在原地，完全不與客人互動，而是以警戒懷疑的眼神細細打量著每一個人。

「喔，你看，奶奶的小寶貝在那。」夏洛特說：「要湊過去嗎？」

那名年輕人脫了手套，證實稍早他們隔著左手手套看到的隆起，的確是幾枚碩大的戒指。他的打扮並沒有過度浮誇，就是那些戒指……每一枚都足以象徵主人的財富與地位。四個加在一起就構成了接近荒唐的炫富。

「杜凡內先生，我們又見面了。」艾特伍中尉熱切地打招呼。「你那位祖母去哪兒了？」

「杜凡內先生」擺了個怪表情。「顯然她想避開充滿年輕活力的人群。」

老太太人在畫廊另一端，以混雜了作嘔、焦慮、希冀的神情盯著他看。扮成赫斯特先生的夏洛特故作聰明地點點頭。「先生，你手上這些耀眼的戒指眞是讓我讚嘆不已。裡頭是不是有幾枚圖章戒指啊？」

年輕人揚起手，迎向吊燈的光芒——上頭裝的是燈泡，亮到有點刺眼——反射出璀璨色彩。「只有這個——它原本的主人是奶奶的祖父，在國家的剃刀下掉了腦袋，唉。」

「其他的呢？」

「這個是那位被砍頭的祖先的表親所擁有的主教權戒。上面有紫水晶的這個是我爺爺的最愛。還有這個紅玉髓的是我的最愛，太陽王送給某個關係更遠的祖先的禮物。」

「眞是了不起。太了不起了。」夏洛特推波助瀾。「眞羨慕你擁有這麼多與過去的連結——以及如此顯赫的家世！數百年前，我家的祖先還是沒沒無聞的小農民吧，沒有半點與權力階級來往的門路。不過恕我無禮，你這樣每根手指都戴上如此氣派的戒指，不會不太方便嗎？」

「喔，確實有些礙事，但是難得有機會讓這些寶貝透透氣，小小的不便又算得了什麼？」

他再次轉轉手腕，又是一陣炫目的光暈。

「這倒是沒錯。」夏洛特舉杯。「敬你滿手的耀眼族譜。」

年輕人咧嘴一笑，兩人輕輕乾杯，喝下香檳。「先生，你提到你的祖母對此處的三幅畫特別感興趣。請問你是否知道是哪幾幅呢？」艾特伍中尉問道。

老太太稍早時展現的凶狠眼神，並不是因爲他會暴露她的嗜好，而是因爲他話太多，怕被耳朵尖的人聽出他的馬賽口音。不過現在老太太在四十呎外的柔軟長沙發上，雙手緊緊握著拐杖頭。

「喔，就是這幅。」年輕人指著他面前情感洋溢的布格羅畫作。「還有那幅弗拉歌納及那幅華鐸。」

兩人迅速交換了位置，不過夏洛特把年輕人與他的「祖母」留在視線範圍內，注意到他們兩個都沒多加關注他點名的三幅畫，卻忙著打量一幅雅克－路易・大衛的肖像畫。

大衛是羅伯斯比的忠實支持者，將許多人送上斷頭台，說不定老太太祖父的處刑令就是由他簽署的。爲什麼她會想和這個人的作品扯上關係？

□

這回沒有下雨，謝天謝地。

英古蘭爵爺翻過柵欄，悄聲快步走向禮拜堂。逆著主屋的燈光，建築物只剩漆黑剪影。他聽不見招待會的喧鬧聲，但空氣彷彿微微震盪，顯示這幢大宅在門可羅雀和人聲鼎沸時的差異。

他走向禮拜堂前門，從主屋看不到這一面。他帶了個迷你提燈，大著膽子稍稍拉開遮光的蓋板，透出一絲光線。

就算沒有這點照明，他也早就聞出門框上新漆的油漆味。他脫下一只手套，迅速摸了一把，確認油漆還沒乾透。扣鎖和托板摸起來也很光滑，鎖頭是剛拆封沒多久的新品。整片門板和門框八成都是新裝的，表面的油漆尚未被反覆開關的門鎖刮傷。

如果福爾摩斯說得沒錯，從主屋內逃脫的人進入禮拜堂，衝向門板，發現外側上了鎖，狠狠踹了幾腳把門踹開。

雖然那人離自由不遠，但福爾摩斯相信他最後還是失敗了。守衛在柵欄邊逮到他，把他抓回禮拜堂。不然躲在橋下的英古蘭爵爺和馬伯頓先生應該要看到或聽到柵欄外的追逐騷動。

英古蘭爵爺咬著迷你提燈的握把，拿出工具撬鎖。庭院和禮拜堂一片寂靜，主屋內的動靜化爲幾乎無法察覺的波動。眞想知道福爾摩斯和萊頓．艾特伍有了什麼斬獲。

鎖頭喀嚓彈開。他進入禮拜堂，反手關門。主屋的燈光從面南的彩繪玻璃透入，稍稍照亮地面，但他看不清其他事物。禮拜堂裡頭暗得像夢魘。

地上沒鋪毯子，長椅直接擺在石板地上，從自己靴子敲出的腳步聲判斷，下頭沒有空洞。他把迷你提燈收回口袋，摸索著向前。這地方狹小到容納不下獨立儲藏室，於是他把注意力投向以這個規模的禮拜堂來說相對龐大的祭壇。上頭蓋著一塊帷幔。帷幔後方是個空洞。他低身鑽了進去，將帷幔拉回原位，用火柴點亮提燈，發現自己正坐在一塊薄薄的地毯上，翻開地毯就找到了他的目標——一扇暗門。

他試著拉起門板，但門不爲所動。不過他做足了準備，與其硬拉，不如拆掉另一端的鉸鍊。

完成這項小工程後，門板的活動範圍大到足以將長鉤子探進去解開扣鎖。

他把鉸鍊裝回原位，凝視眼前的坑洞。陳腐臭味從深淵中飄出，他的後頸寒毛豎立，逼自己往洞裡摸索踏腳的梯子。

漫長的梯子永無止盡，但他不敢掏出迷你提燈。黑暗看似漫無邊際，踩踏梯子橫桿的腳步聲響亮如擂鼓。

總算來到底部，眼前的隧道只有三呎寬，矮得讓他直不起腰。若是在隧道裡，無論哪一端有人逼近，他就完蛋了。

他呼出微微顫抖的氣息，往內踏了一步。假如他今晚行蹤不明，至少福爾摩斯和萊頓・艾特伍知道他去了哪裡，比起在別的地方冒險多了些保障。

隧道內壁以磚塊砌成，儘管設置在湖底下，防水做得很好，沒有水氣滲入，也找不到凝結的水珠。空氣既凝重又不太足夠。他彎腰向前鑽，已經開始後悔自己的決定。他頸子痠痛，半蹲的姿勢增添了小腿的負擔。

總算遇到下一扇門。他冒險點亮提燈，看到沉重的橡木板加上金屬片補強。木材看起來有幾百年歷史，不過重達七磅的門閂與大鎖新得發亮，沒有半點鏽蝕或刮痕。

他皺起眉頭。不需要夏洛克・福爾摩斯大顯神威，他也看得出哪裡不對勁：隧道兩端的門都是從內部上鎖。

眉頭皺得更緊，他東張西望。半路上是不是有岔路，還是哪裡藏了一扇門？應該沒有吧。不過……

他低聲咒罵，順著原路往回走了二十呎，找到了他的目標：頭頂上的小暗門。

這扇門沒有鎖，一推就開。他攀了上去──又是一條隧道。

假如他的距離感沒有太大差錯，現在他已經來到小島底下。剛才那條隧道大概是原本就有的逃脫密道；而現在腳下這條更矮更窄。前一條隧道還勉強能以雙腳行走，換到這邊，他只能匍匐前進。

這是新挖的通道嗎？好讓沃德洛堡裡的人不用鑽進地下室──還是地牢？──就能使用密道？這裡的構造粗略許多，只用了幾根木材支撐兩側與頂上，地面則是沒經過打理就鋪設的土地。

隧道緩緩往上延伸。究竟是通往哪裡？

他停了下來。

微弱的敲打聲。

他是不是來到了宴會廳下方，招待會的客人在他頭頂上走動？不對，以腳步聲來說太微弱又太穩定。等等。會不會是摩斯密碼？

他把迷你提燈的蓋板掀得更開，摸出筆記本，迅速抄下他聽到的長短音。敲打聲之間沒有間隔，顯示哪三個音構成一個字母，或是哪七個音構成一個字。

這段訊息不長，他在小筆記本上記錄了三頁，發現訊息已經重複了三次。應該要繼續記錄幾頁才對，但信號突然間消失無蹤。

他等了一會兒。沒有任何變化。

隧道持續延伸，眼前只有黑暗。他收起鉛筆及筆記本，嘆了口氣，繼續往前爬。

第十二章

太后沉默了好半晌。「妳是想問我爲什麼沒有透露我對英國統治印度的實情有多麼不滿嗎？」

這個問題總算浮上檯面了。華生太太嚥嚥口水。「是的。」

「我想其中一個理由呢，是妳對於左右我人生的世界潮流如此無動於衷，因此我就算是不悅，也不介意讓妳保持這分可愛的無知。若妳產生了些許覺知或是好奇，那我或許會做出不同的決定。」

「我……我眞的是無知到不可原諒的地步。」

太后輕輕嘆息。「殖民自然能爲英國帶來龐大的利益。在帝國的核心，在妳的祖國，即便與殖民事業無關，這裡的人多少能從繁榮的景況——餵養工業的大量資源，以及接收產品的廣大市場中獲益。」

「但英國人說服自己，在統治印度的過程中，他們是施恩者，次大陸的居民則是受益的一方。誰有膽子提出反論呢？」

「我們見到教養良好的英國男女，口中聊著啓蒙時代的哲學思想，針對世界局勢提出灼灼洞見。但也是同樣的一批人，鐵了心認定次大陸的居民是次等人類，是自己國度的次等人民，而不是自身命運的主人。」

「等我終於有機會造訪英國，已經放棄改變英國人的想法。等到我們已經……成爲彼此人生的一部分，我努力迴避妳對這件事的想法，而且幾乎是樂在其中。如此一來，我可以假裝如果妳知情，妳會同情我的處境。」

「我一定會的！一定！」華生太太喊道。

回想起那段時光，那些兩人共處的夜晚，她確實提出了許多疑問。但太后似乎不太熱中於談論自身和她在印度的生活，更想認識印度以外的世界。華生太太樂於讓她引導對話，從未猜測過她刻意避開某些話題。

然後她想到太后曾經說過的一段話，胸中打了個結。「您說我的無知是您沒提起這些想法的原因之一。那——另一個原因是什麼？」

太后垂眼片刻，理了理一絲不亂的頭髮。「我身旁的人擔心妳對我的友誼是別有用心。」

華生太太一愣。哪來的別有用心？太后的下屬以爲她要詐騙嗎？

「他們懷疑妳是英國政府安插在我身邊的眼線。」

華生太太的下巴都快掉了。「爲了監視妳？」

接著，震驚炸開，麻痺了她的思緒。「您相信了？」

「有好一陣子，我不知道該相信什麼——我們沒有任何正面或反面的證據。這是另一個我沒提起眞正想法的原因。」

華生太太張嘴想主張自己的無辜，但太后揚手要她安靜。「最後我信了妳。哪有間諜會在我身上浪費那麼多時間，卻從不觸及正題？最後妳沒有逮住機會，陪我回印度，我才眞正相信妳的無辜。」

「別誤會了。妳的拒絕讓我心碎。在妳之前，我未曾嚐過愛情滋味，後來花了很長的時間才恢復過來。但至少事後我知道妳是爲了我而和我在一起，並不是受人指使，扮演某個角色。」

她的眼神坦率澄淨，表情帶著眷戀。

華生太太突然一陣羞赧。「我也是過了很久才好一些。我覺得自己滿腦子只想著錢，但不是間諜。我深深愛著與妳在一起的每分每秒。」

太后緩緩搖頭。「妳一點都不唯利是圖。我夢想著擁有彩虹，可是彩虹本就無法長存。美麗的事物往往也是如此。」

兩人陷入沉默。

眞正的過往永遠都與記憶有所出入。華生太太以爲和太后間的愛情，是她體驗過最純淨、最單純的情感，然而在太后眼中，那是最複雜的糾葛。即便如此，她依舊下定決心，接納華生太太成爲她人生中的永恆，畢生懷抱著自己與臣子的疑慮——這是她情願付出的代價。

華生太太用力吞下哽在喉嚨裡的隱形腫塊。她覺得自己該在犯傻前離開，連忙起身告辭，卻突然想起自己不只是來敘舊的。

「殿下。」她生硬地說道：「我需要您幫個忙。」

□

赫斯特先生和納里曼先生繼續繞著畫廊兜圈，不時停下來欣賞某幅畫作，再品嚐一杯香檳酒，或是從裝飾著杉枝花環跟橄欖花圈的餐桌上補充開胃小點。

別說那幅范戴克了，他們連莉薇亞或是馬伯頓先生都沒見著。

沒什麼好意外的。就算一年只開張一次，也沒有哪個藝術品交易商會一口氣把整批貨展示給潛在客戶。就看他們是否會被納里曼先生「顯赫」的家世吸引，亮出更多好貨。

艾特伍中尉端出有禮而無趣的表情，在經過一名衣冠楚楚、正向兩位中年婦人耍魔術把戲的年輕人時，幾乎展現出赤裸裸的不屑。他和夏洛特坐在軟綿綿的長椅上啜飲香檳，吃魚子醬配吐司，邊咬邊嘆息，裝出百無聊賴的模樣。

「別有用心的與會者不只我們，在場的每一個人都有嫌疑。」艾特伍中尉低喃。「不過大多數人應該還是努力假裝對藝術有興趣。」

夏洛特盯著陪伴年邁伯父的兩名美貌女子。男人到了某個年紀，身旁不時會冒出新的「姪女」，並不是什麼新鮮事。但夏洛特還真沒見過哪個「伯父」看著可愛「姪女」的眼神中，混雜了膽怯和同樣強烈的自責。

她注意到一名帶著律師的貴族。她和律師交手的次數不多，可是正常律師應該不會對窗戶及壁爐煙囪如此興致勃勃。

「你注意到的那個。」她悄悄朝變魔術的年輕人比劃。「太厲害了？」

「對業餘者而言，厲害過頭了。」艾特伍中尉隔著香檳杯回應。「厲害到不需要讚嘆一個外行人怎麼做得到那些把戲。」

夏洛特又往嘴裡放了一小片魚子醬吐司，若有所思地咀嚼著。這時，杜凡內先生走上前，舉杯敬酒。在電燈光線下，他的戒指閃出萬丈光芒。

「我可能知道那個小伙子的身分。」艾特伍中尉悄聲說著，看杜凡內先生和「奶奶」會合。夏洛特知道那個人的目的，但她還想不出他的眞實身分。兩人身旁沒人，不過她還是往艾特伍中尉靠得更近一些。「說吧。」

「雖然妳不是王室密探，但妳當過班克羅夫特爵爺的顧問，當時他掌管某個祕密機關。」

她點頭。

「法國也有和我們類似的機關，聽說他們有時會借助一名大盜的異能。那人擅長在眾目睽睽下偷走珍貴的物品。他目前還能呼吸自由空氣的代價就是必須隨傳隨到。聽說他年少時在牢裡待過一陣子，左手手指刺有『上帝請別捨下我』這行字。」

「原來如此。」她說。

她的專長是擺出討喜的空白表情，旁人幾乎無法看透。但艾特伍中尉只是一瞥就問道：「妳不這麼想？」

還來不及回應，她瞄到這場招待會的主人普蘭提爾先生朝他們走來。「朋友們！」他誠摯地呼喊。「你們該不會已經厭倦香檳和美景了吧？」

艾特伍中尉和善地笑了笑。「這裡的香檳是頂級貨。這些畫作嘛，嗯，我不否認它們的美。但我得說我原本抱持著更高的期待。」

普蘭提爾先生不僅不以爲忤，還笑得更加燦爛，一副深感認同的模樣。「納里曼先生是行家。請稍等，讓我安排一下。」

過了幾分鐘，一名男僕低調地引導他們繞過畫廊盡頭的屏風，後頭是一扇門。進了那扇門，他們通過一條走廊，來到一處裝潢華貴的廳堂，還是不見那幅范戴克或是他們的同伴。

不過那名年輕人和他奶奶也在此處。

夏洛特站在荷蘭畫家弗蘭斯．哈爾斯的肖像畫前，對艾特伍中尉輕聲說：「注意那些警衛，他們盯著誰看？」

艾特伍中尉若無其事地轉身，走向對面一幅老布勒哲爾的畫作。過了一會兒回到原處，說：「咱們的小偷。」

接著他又說：「以他這種等級的高手來說，這是不可能發生的事。妳覺得他不是我提到的賊？」

「他眼頭周圍有幾個顏色不同的小點。很淡的紅點。」

艾特伍中尉瞪大雙眼，嗓音壓得更低：「他是演員？」

劇場演員會在眼頭周圍畫上紅點，好抵銷太過明亮的舞台燈光。如果這個老奶奶的小寶貝其實是個演員，受雇扮演小偷，那麼眞正的大盜肯定正在會場裡四處遊走，沒有受到半點注意。

艾特伍中尉也想到了這一步，皺起眉頭，又對夏洛特說：「但妳知道他是哪個人。」

「我只是猜一猜。左手上顯眼的刺青八成只是他刻意散布的訊息。如此一來，當人們看到完美無瑕的左手時，沒有人會懷疑是他偷竊或是擅長此道。他光是這樣就能占上風，說不定他揮舞左手的動作會比一般人大。」

「在畫廊變魔術的年輕人。」

魔術手法在艾特伍中尉眼中太過巧妙的小伙子。他碰巧就站在那幅大衛肖像畫前方。

過了十五分鐘，兩人乖乖研究過廳堂裡的每一幅畫作之後，又被人帶回畫廊。

那名律師還沒離開，沉著臉望向窗外。「伯父」和「姪女」也還在，一臉厭倦，似乎也想引起普蘭提爾的注意，獲得接觸更高檔藝術品的機會。老太太和杜凡內先生還沒離開另一邊的展示區，不過手上乾乾淨淨的小偷人在自助餐桌旁，開開心心地跟兩名看起來相當高尚的女士聊天。

下一秒，女士們放聲尖叫，堆成高塔的玻璃杯傾倒，掀起了滿室騷動。

第十三章

骯髒的環境絕對是增添風險的要素。

英古蘭爵爺基本上不怕髒。他從小待過大大小小的考古遺跡，小心翼翼地從文物上移開石塊土壤是他人生中最大的喜悅。

然而他眞心厭惡不是黏在文物上的沙土，特別是又濕又臭的泥巴；每次他以考古的名義執行各種鬼任務時，總會沾上一身泥。

他只能當作自己太過嬌生慣養，想要死得乾乾淨淨。

比起過去體驗過最髒亂的泥坑，這條隧道可說是富麗堂皇，然而他依舊眷戀著大理石、石板，甚至是磚塊鋪成的牆面，什麼都好，只要別讓蚯蚓爬過手背，或是蛞蝓貼上後頸。

他的照片最近才上過報紙，給了他留守蝴蝶居的最佳理由，但他眞能安心待在溫暖乾燥、整潔乾淨的撞球室取樂放鬆嗎？才怪，他自告奮勇擔下今晚最艱困的任務。

你不需要幫大家做好每一件事。福爾摩斯這麼說過。

他眞該把她的忠告聽進耳裡。

可惜覺悟來得太遲，擋不住今夜的苦難。

隧道穩定往上，沒有顯著的轉折，不過指南針顯示他繞了個半圈，方才還在往西前進，現在漸漸轉向面南。

再前進幾呎，一扇門擋在前面。他豎起耳朵聽了好一會兒，生怕一踏進主宅就撞上守衛。推開門，迎接他的不是房間也不是走道，而是一片黑暗。

經過一番猶豫，他點亮提燈，打量四周。

他似乎是來到了一座三角形的狹窄井底，突出牆面一兩吋的一顆顆石塊成了踏腳處。地面也鋪著他方才心心念念的石板，但他反而懷念起潮濕的泥土隧道，只要往前爬就行了。空氣沉滯不動，他的呼吸聲在牆面間敲出回音。

他脫下髒兮兮的寬鬆外衣，和鞋子一起丟到門後，腳上只剩襪子。他咬著提燈握把往上爬，直到碰著另一扇暗門。

暗門彼端又是通道。他細細打量地板，沒有多少塵土。在封閉的空間裡缺少空氣流動，飛進來的沙土量有限。不過此處的狀況類似沒有定期打掃的普通走廊：一層灰積在牆角，走道中央被人踩得乾乾淨淨。

他彎下腰，鼻尖幾乎貼到地面。太乾淨了。這條通道近期才有人用過。幾天內。

現在他得選擇是否繼續點著這盞小提燈，最後他決定不把蓋板完全關上，留著一絲隙縫滲出微弱的光線。他賭自己是今晚唯一的不速之客，希望就算有其他人走這條通道，也是常客，提著亮晃晃的提燈，腳步沉重，讓他早一步發覺，有空檔收好提燈，躲到一旁。

他以雙手碰地，才往前摸索了二十呎左右，就慶幸自己沒把提燈收起來，不然可能會把擋在路中間的物體撞翻。提燈亮度太弱，起先他以爲自己碰上了路障，把蓋板稍微拉高一點才看出那是一組三腳架。是能輕易支撐經緯儀或是其他光學器材重量的測量員腳架。

身爲考古學家，他做過不少土地測量，也曾隨其他設備運送過幾組同款腳架。不過呢，在大宅牆壁裡的密道裡放個測量腳架要做什麼？

還用說嗎？

他小心翼翼地舉起腳架，往旁移動十八吋，爬到它原本的位置。然而就算腳架上裝了相機，鏡頭面對的方位除了牆面，什麼都沒有。他又推又敲，在灰泥牆上摸來摸去，可惜毫無反應。

難不成……他以爲是內層的牆面其實是位於外側？

他轉了一百八十度，推了推對面的牆，一片薄板滑開，他差點嚇得往後彈。薄板後頭的板子觸感冰涼光滑。

玻璃。

玻璃板後還是黑暗。

他指尖發麻，連忙闔起薄板。迷你提燈的微光是不是被看到了？他心臟狂跳，站起來聽了一會兒，沒聽見半點動靜。他想了想，蓋上提燈的蓋板，再次打開牆上的滑動式蓋板。

玻璃板後方依舊是讓人窒息的黑暗，時間一分一秒過去，黑暗內毫無變化。他將耳朵貼上冰冷滑溜的玻璃——一片寂靜中只聽見微弱的嗡嗡聲響，或許是來自招待會會場的震動，不然就是他自己體內血液的流動聲。

他稍稍退開，拿手帕擦拭玻璃板，清除他可能殘留在上頭的皮脂或塵土。接著他闔上薄板，將腳架放回原處，繼續往前走。

再前進二十五呎，他又遇到一組三腳架——牆面上同樣鑲了可移動的薄板，後頭也藏著玻璃板。

又過了二十呎左右，又是一組三腳架。整條隧道裡總共放置了五組三腳架。他在隧道盡頭四處摸索，牆面沒有任何能夠移動的機關，只好順著原路退出。

方才通過的暗門，位於一條長長走道的中段，而他遇到的五組腳架，都在暗門西側。另一側架設了更多腳架。

現在他已經駕輕就熟——移開腳架，隔著玻璃板往內看，沒看出半點端倪，繼續往前走。原本以爲同樣流程會不斷重複，但沒想到暗門以東的第二片薄板後方，竟是明亮的房間。

不只亮著燈，還有人呢——兩名女子正要走出這間擺設豪華的臥室。他反射性地躲到一旁，生怕房裡其他人會看到他的影子。

等他再次大著膽子偷瞄一眼，房裡已是空空如也，不過對外的門沒關。這個窺孔位置很怪，離地面大約兩呎高，代表這條密道卡在兩個樓層之間。挺合理的，外牆開了不少窗戶，密道肯定要比下層窗戶頂端還高，又不能撞到上層窗戶的窗台。

雖然位置不高，窺孔的視野倒是相當清楚，彷彿家具擺設刻意設計在不會擋住它的地方。

他正準備掏出馬伯頓先生的間諜相機拍照，這時走道中央傳來摩擦聲，有人開了某扇密門。

來不及衝回暗門、鑽出去、反手關好門。他渾身冷汗直流，收好間諜相機，一手舉在前方探測腳架的位置，移向東側的盡頭。

他顫抖的手指摸到一組腳架，小心翼翼地繞過去，沒發出半點聲響，繼續撤退。燈光——太明亮的燈光——從密門外透了進來。他加快腳步，祈禱不會因爲走得太急而撞上下一組腳架。

不過沒有更多腳架了，他只撞上隧道盡頭。幸好有一塊用來收納管線煙囪的隔板，空間剛好夠他躲藏。

他平貼牆面，明亮的提燈晃過。他心跳加速。他已經脫掉髒衣服，腳下只有襪子，應該不會留下讓人起疑的塵土痕跡。

但世事總是難以預料。

提燈又晃了幾次，接著一名女性以婉轉動聽的法語說道：「請往這裡走。」

腳步聲。腳架被人移開的細微摩擦聲。

那名女子再次開口：「夫人，看吧，我們並非不把妳奉爲座上賓，只是這幢大宅裡的房間全都裝設了窺孔。我不知道妳的喜好，但我個人無法忍受隱私遭到侵犯。就算拿東西擋住窺孔，我依然知道它就在那裡。」

另一名女子——假如這兩人就是他剛才偷看到的女性——什麼都沒說。

不過前一人似乎已經心滿意足。「走吧。我還有其他方法可以進一步證實我的誠意。」

或許另一名女子擺出了疑惑的表情，前一人繼續道：「這個方法呢，需要一支針筒和某種能注入人體的溶液。」

□

若不是馬伯頓先生不時露面，還有掛在她崗位正對面的范戴克畫作，莉薇亞眞的要瘋了。好吧，或許那幅范戴克也是她差點崩潰的原因。畫作尺寸比想像的還要大。即使沒有占據一整面牆，還是大到無法輕易搬動。就算狠心將畫布割下，令它價値大貶，少說也要花上五分鐘吧。

就算沒有半個客人，加上警衛、男女僕役，畫廊裡至少有二十五個人，哪來的機會和它獨處五分鐘呢？

客人到底跑哪兒去了？上頭交代他們嚴守崗位已經是一個半小時前的事了，沒有任何一個人通過依舊緊閉的門扉。

連迷路誤闖的糊塗鬼都沒見到。

那大家幹嘛待在這裡？爲什麼要扛來這些沉重的杯盤？莉薇亞爲什麼要大費周章——她的背還在痛——敲下冰鎭牡蠣跟慕斯奶凍的碎冰？等到晚會結束，一盤盤沒人動過的開胃小點都將報廢嗎？

最慘的是她什麼都說不出口，也無法提問，只能和其他人一樣默默站著。畫廊裡一片寂靜，除了偶爾有人移動腳步或是清清喉嚨——就連這點聲響也會引來大宅裡資深僕役的警告眼神。當尖叫聲響起，她差點也跟著叫出聲來——總算能鬆一口氣了。至少會有人來解釋爲何整幢大宅活像是屠宰場。

還是沒有任何動靜。臨時僕役們面面相覷，資深僕役們則像是切換到徹底的靜音模式。等尖叫聲平息，腳步聲朝此處接近，畫廊的門隨即敞開，賓客湧入。他們對桌上美食驚嘆不已，搶著排隊拿葡萄酒及香檳。熱切響亮的談話聲，帶著顫抖的緊繃笑聲此起彼落。

莉薇亞總算見到夏洛特，她的妹妹披上在堅決谷辦案時的男性裝扮，只是稍微收斂了些，少了不必要的花俏飾品。她們沒有任何互動，連點頭示意都沒有，但是看到妹妹身影，她還是開心極了。

根據賓客斷斷續續的談話，她拼湊出他們剛才在大宅的另一間畫廊裡，突然三隻貂鼠——有人堅持是特大號溝鼠——憑空竄出，在眾人腳邊狂奔，惹得好幾位女士放聲尖叫，也有幾位男士發出了聲量頻率不亞於她們的驚呼。

賓客們推擠著逃離，杯盤碎了一地，幾張桌子翻覆，大理石地板上撒滿碎冰和鵝肝醬。一瞬間，眾人宛如聞到獅子氣味的野生牛羚，爭先恐後地衝向門外。

雙開門在最恰當的時刻敞開，賓客紛紛退出畫廊，在安全的走廊上，普蘭提爾先生帶著笑容，與一群男僕態度強硬地引導眾人。

普蘭提爾先生鄭重向賓客們致歉，提醒眾人他的妹妹身體微恙，需要休息。可否請各位先生女士稍微冷靜一下，隨他移動腳步？

於是他們來到這裡，拿香檳解渴。喔，再來幾個閃電泡芙與小蛋糕壓壓驚吧。莉薇亞不知道另一邊畫廊的氣氛如何，但她面前正狼吞虎嚥的賓客們情緒越來越高昂。不知道是自然而然還是有意塑造，某種同志情誼油然而生，畢竟他們一同體驗了驚心動魄的意外，就算不過是幾隻老鼠的襲擊。

或是貂鼠。

夏洛特以赫斯特先生的身分在人群間來去，和每一個人交談，笑得開懷。她的視線鮮少投向莉薇亞或馬伯頓先生，也完全沒掃過那幅顯眼的范戴克畫作。

□

英古蘭爵爺在心裡暗罵自己。

他應該要退出一段段隧道，翻過柵欄，遠離沃德洛堡——今晚探查到的情報已經足夠了。

但他走不了。那名很可能就是德羅希爾夫人的女子說此處的高級客房全都裝設了窺孔。而他回到兩端都上了鎖的主隧道後，忍不住往頭上尋找另一道暗門，很不巧地，還真的被他找到了。

因此他又爬進了一條隧道分支，攀上另一座豎井，再鑽進另一道暗門，拚命祈禱不會撞上任何人。

幸好沒有。

正當他以爲不會有更多發現時，就在這條通道盡頭的牆面找到更多踏腳處，往上又是一道暗門，連接一條只有四呎高的隧道。

這裡沒有腳架，不過牆上還是裝了窺孔，總共十個，比下層隧道的窺孔還要密集。

第四個窺孔彼端是由一盞檯燈照亮的房間，比稍早看到的那間小得多，裝潢也樸素了些。房裡沒人，但牆邊擱著一個飽經風霜的行李箱。箱子沒上鎖，房間主人只取出了幾樣行李。幾件平凡無奇的連身裙掛在衣櫃裡，一本書和筆記本擱在桌上，桌旁牆上掛了幅普普通通的水彩畫。

他猜這是女家教的房間，不過無論對方是誰，被安排到這間房的客人，一定曾向女主人抱怨，獲得重視後才有機會參觀密道。女主人的用意是要她相信自己夠有地位，能擁有些許隱私，可惜這層房間也沒有隱私可言。

他再次猜測，這房間說不定住的是其他人，並非德羅希爾夫人在密道裡試圖說服的女子。

他等了一會兒，想等到房間主人回來，但他時間不多，最理想的狀態是和賓客在差不多時段離開，由他們引開警衛的注意，讓他可以趁亂溜出禮拜堂。

闔上薄板前，他瞥見床邊小桌上放了一張裱框的壓花紙板。這個窺孔也設得不高，床架幾乎把相框擋住，不過還是看得到最頂端的紫色花朵，栩栩如生，停滯在盛開的那一刻。

他想到露西妲以及她想送給母親的壓花——對孩子的思念狠狠扯痛他的心。

他滑上薄板，繼續執行今晚的任務。

第十四章

莉薇亞一時忘了僕役的差事不可能隨著招待會結束。新一輪的勞力活落到他們身上，所有運進畫廊的什物都得扛回樓下的儲藏室。桌布和餐巾疊起來，準備送洗，但其他餐具都要刷洗得一乾二淨，整整齊齊地擺好。

夏洛特曾經陪莉薇亞練習過洗碗盤的流程，鑽研過家事管理書籍的夏洛特，警告她這是艱辛的工作。莉薇亞扛著沉重托盤爬上爬下之後，終於能停留在同一個地方，原本心下竊喜，卻發現像這樣困在洗碗槽前，雙腿、後背、肩膀都痠痛不已，而手肘以下則是在熱水與蘇打粉裡泡了整整一個小時。

到了凌晨，總算獲准離開洗碗室時，她差點喜極而泣。沃德洛堡沒有提供房間給臨時僕役，而是派了車送他們回到十五哩外的人力仲介公司。直到馬伯頓先生搖醒她準備下車時，她才發現自己在他肩頭睡著了。

仲介公司有地方讓他們過夜，但是連原本登記在公司名下的雇員都要搶破頭了，他們這些新人更不可能分配到床鋪。整群僕役跌跌撞撞地下車，彼此握手，互道晚安後就地解散。

莉薇亞揣著剛領到的薪水，被勞動麻痺的大腦努力將它換算成英鎊後，簡直難以相信整天的苦工只換得這點微薄工資。她不清楚巴黎物價多少，但是在倫敦，這點錢大概不夠她租屋吃飯。

她的人生不算順遂，然而和她這幾天體驗的假身分相比，已經稱得上奢華又快活了。

她和馬伯頓先生走了將近十五分鐘，一輛馬車從旁駛過，停在下一個十字路口。

「附近沒別人了吧？」她啞著嗓子問道。

「和我們一起下車的人都往別的方向走了。」

他們向駕車的英古蘭爵爺點點頭，鑽進車廂。英古蘭爵爺的盟友在離沃德洛堡兩座村莊遠處租了棟閒置的農家。英古蘭爵爺前一天駕車抵達此處，如此就不需要多經過穆雷車站一次了。

看到他平安無事，她開心極了。

不到幾秒鐘，她再次陷入夢鄉。

□

莉薇亞依稀記得夏洛特與華生太太扶她下車，幾乎是用扛的把她帶進房間。她醒得很晚，雖然剛起床時通常胃口不佳，但她這天卻狼吞虎嚥地掃空幫她準備的豐盛早餐，不留半粒麵包屑。

早餐後她泡了好一會兒熱水澡，洗去昨天的痠痛和僵硬。她連連嘆息，糾結的肌肉鬆開，心思卻還是放在她的假身分上。那個女人工作不穩定，可沒有大白天坐在貓腳浴缸裡的餘裕。天一亮她就得出門找工作，而要是家裡還有人要養的話……

莉薇亞老是哀嘆自己無法從家裡獨立。然而少了經濟來源的獨立，就像是保不住青春肉體的長生不死狀態，隨著時光流逝，越來越岌岌可危。所以夏洛特才總是以那種論調來分析世界運作的模式嗎？到頭來，等到美好的皮相全數崩落，就只能看自己手邊掌握多少資源了？

夏洛特最雄厚的資產是她的腦袋。那莉薇亞究竟擁有什麼？

才穿好衣服，就有人敲響房門。「奧莉薇亞小姐，我可以進去嗎？」

是華生太太。

想到她遭受的羞辱，莉薇亞忍不住臉紅，但也只能上前應門。華生太太進房，帶來一陣隱約的茉莉檀香芬芳。夏洛特緊跟在後，她身穿另一套莉薇亞幫她從家裡帶來的綠色連身裙，綢布玫瑰花在布滿暗紋的布料上綻開，恐怕連龐畢杜夫人也會嫌裝飾得太過火了。

「喔，親愛的，妳看起來好多了。」華生太太眼中滿是體貼。「工作很辛苦吧？」

「對於每天都要如此勞動的人來說，想必更辛苦。」

「確實是如此。要不要幫妳盤頭髮？」

莉薇亞乖乖讓華生太太牽到梳妝台前。「大家都在等我報告昨晚的見聞嗎？」

「沒有。」夏洛特在門邊坐定。「就我所知，剛才馬伯頓先生才剛爬出浴缸。」

莉薇亞鬆了口氣。有人熱愛姍姍來遲、享受眾人的迎接，但她永遠無法忍受如此龐大的關注。要是她成了最後入席的成員，那她寧可鑽到地毯下，堅信她妨礙到其他人的討論，遭到大家私下排擠。

華生太太梳著莉薇亞的頭髮，手勁堅定而輕柔。

「妳眞是髮型大師。」莉薇亞讚嘆道。

「年輕時，我靠著外表賺錢，精通一切讓女人更加美麗的技能。頭髮自然不例外。」

「眞想看看妳當年是多麼地光彩奪目。」莉薇亞打從心裡這麼想著。

當然了，在她年華最盛的日子，沒有人能看輕她。

「喔，我對自己也很有信心的——我就是這麼厚臉皮。」華生太太在莉薇亞頭上編出髮辮。「不過大家不一定有同感。妳該聽聽男人是如何對我品頭論足的。某天有人覺得我的手臂太過骨感。隔天另一個人批評我的腰身太粗。我聽過有人說我鼻子太大，眼睛離得太近，指節太明顯，頸子不像天鵝那樣修長。在我二十五歲那年，已經有不少男士說我太老，他們愛的是幾乎沒有發育的女孩子。」

「我——那個——」

「打從我決定靠外表賺錢後，很快就把臉皮養得無堅不摧。但我後來發現大多數女性，就連從未想過靠男人過活的高尚女子，外表也會遭到同樣的批評，只是沒那麼過分而已。總有人覺得妳不夠完美。就連絕世美女也總有人老珠黃、遭受鄙棄的一天。」

整理好莉薇亞耳朵兩側的辮子，華生太太將後面剩餘的頭髮綁成髮髻。「所以呢，我學會把自己對自己的評價看得比其他人還要重。」她嘴上說著，往髮髻裡插髮針，動作流暢輕巧，莉薇亞的頭皮幾乎沒感受到半點拉扯。「若是放任陌生人的輕蔑和不經意的殘酷話語影響自己，只會讓自己過得很辛苦，越來越看不起自己。我早就過了人生的那個階段了。」

華生太太以簡單的話語要莉薇亞了解，前幾天那個蠢貨的批評對她來說不痛不癢——至少她遭受的衝擊沒有莉薇亞那麼大。

肯定是她過度緊繃的反應，讓華生太太覺得有必要開導她，眞是太過意不去了。不過莉薇亞總算能放下心頭重擔，同時對堅韌無比的華生太太敬佩不已。

夏洛特坐在一旁看法文報紙，沉浸在報導內容中。莉薇亞等著她說幾句話，沒等到她答腔，只好提問：「夏洛特，妳怎麼想呢？」

「華生太太說得很對。」她妹妹應道，腦袋還埋在報紙裡。「基本上，兩性的權力原本就不對等。只要女性必須透過男性取得權力，只要男性把女性視爲延續血統的洩欲工具，那麼男女也只能永無止盡地依據女性有無青春美貌來給予評價。男性評估要拿多少代價來換取理想的對象，女性則是以青春美貌判定自己的競爭優勢。」

「對任何一個女性而言，不顧一切阻力，學習欣賞自己的價値是値得敬佩的行爲。被視爲弱者的女性應該要更重視自己才對。她們被視爲弱者實在是太不公平了。必須要根除這個不公平的思想。」

□

這回的集合地點從書齋換到用餐室。午餐走法國風，所有餐點同時上桌，僕役們全數離開，讓食客自己取用。

莉薇亞肚子裡的早餐還沒消化掉，只拿了點紅蘿蔔沙拉和幾顆白酒蒸淡菜。

「討論開始之前，請讓我先好好感謝在座的每一位。」坐在主位的華生太太說道：「說再多次感謝都不夠。」

坐在她左手邊的英古蘭爵爺按住她的手，停頓幾秒。莉薇亞、夏洛特、馬伯頓先生一同點頭。

華生太太對英古蘭爵爺露出感激的微笑，接著轉向右手邊說道：「夏洛特小姐，可以請妳總結妳的發現嗎？」

「當然。」夏洛特的視線離開眼前的湯碗。「越是深入這個任務，我越覺得我們的處境不太對勁。就從人力仲介公司開始好了。」

「聽聞仲介公司因為外國顯貴來訪，派出大批僕役到對方的豪宅服務，固定人力見底時，我就開始懷疑不是只有我們心懷不軌、想混入沃德洛堡。我同時想到華生太太的朋友提到她在巴黎的眼線找不到半個有能力又願意接手的法國小偷。」

「我本以為沃德洛堡說不定有什麼吸引罪犯的弱點——還是有這個可能性。找不到專業盜賊或許更進一步證明了並非只有華生太太的朋友遭受逼迫，得要在耶魯節化妝舞會上偷畫。遠道而來的她比其他人晚了一步，法國的人才已經被挖掘一空，只能往英國找人。」

莉薇亞完全沒想到這一層。她瞄向馬伯頓先生，他拋了個媚眼，摸摸自己的頭髮。他曾送了可愛的花束感謝她精心照顧失溫瀕危的他。今天踏出房間前，她從花束上抽了一朵馬達加斯加茉莉插在髮髻上。

她遲疑幾秒，也對他眨眨眼。

「昨晚，華生太太拜訪了她的朋友，取得對方收到的黑函正本。」夏洛特繼續說明，將一張照片傳給鄰座的莉薇亞。

照片？

照片中的信函文字清晰可讀，但還是很怪。她多看了一會兒，遞給對面的馬伯頓先生。在傳遞照片時，兩人的指尖輕輕擦過，多麼美妙的觸感。

等照片傳到英古蘭爵爺手中時，夏洛特說：「相信敲詐者寄出照片，而非照片中的那封信，是有原因的——信件本身並非出自人手，而是透過模板複印技術複製。」

「那是什麼？」莉薇亞和華生太太同時提問。

「用特殊的筆尖寫在蠟紙上。筆尖劃開薄薄的蠟層，留下文字的模板。接著再拿油墨滾筒滾過這個模板，取得一模一樣的複製文件。對生意人來說非常好用。如果你需要複製十份文件，以印刷來說量太少，手寫又太麻煩，還可能在抄寫中出錯。」

莉薇亞沒在公司行號工作過，沒遇過複製十份文件的需求，自然不知模板複印技術的存在。她猜華生太太也是如此。夏洛特當然也沒接觸過辦公室事務，但她讀過專利局的目錄，即便是這輩子從未用過、看過的嶄新裝置，也不覺得陌生。

「各位仔細看。這張翻拍的信函上提到畫家及畫作名稱的這一句『范戴克的《哀悼基督》』，字母已經刻意拉長了，卻還是在左右留下不少空白。」

莉薇亞完全沒注意到這個細節。照片繞著餐桌傳了一圈，回到她手上時，她才發現夏洛特說得沒錯。

她望向夏洛特。「所以說……妳的意思是敲詐者先擬了敲詐信模板，複印幾分後，再把不同的畫作填入每一封信的空格？」

夏洛特點頭。「正是如此。每一份複製信都預留了足夠空間，然而『范戴克的《哀悼基督》』占據的空間肯定比『卡拉瓦喬的《狂喜中的亞西西方濟各》』之類的少上許多。」

「若不是在沃德洛堡遇到好幾組互不相干的人馬，全都是出於和我們類似的理由混入，我剛才說那麼多都只是無的放矢。恐怕就是其中一組人放出貂鼠，在第一間畫廊裡引發混亂。」

莉薇亞倒抽了一口氣。她的視線再次移向馬伯頓先生。他換上了凝重表情，緩緩整理思路。

「夏洛特小姐，妳認爲進入會場的幾組人馬互不相識，包括我們在內的每一個人，都是受到某個犯罪首腦的操縱而參加招待會？」

莉薇亞也得出了同樣的結論，但聽人將它說出口，還是不由得心驚。

夏洛特不急不徐地喝了一匙熱湯。「目前我只是靠著證據推論。不只如此，我們的盟友前去竊取沃德洛堡平面圖時，發現那個抽屜裡還有額外的空間。這件事本身沒有任何意義，但如果做個大膽假設，那個犯罪首腦會不會在建築公司裡放了好幾分複製的平面圖？早我們一步前來探查的勢力拿走了大部分的圖，使得抽屜裡多出了一些空間？」

莉薇亞幾乎沒有時間消化這個概念，夏洛特隨即話鋒一轉：「英古蘭爵爺，可以請您分享您的發現嗎？」

英古蘭爵爺詳細描述了他昨晚的經歷，特別是兩條通往密道的隧道岔路，以及裝設在一間間臥房窺孔前的三腳架。

「我個人認爲三腳架是爲了相機設置，而相機是爲了拍下不知情賓客們的私人時光。沃德洛堡的舞會是化妝舞會，在這種場合，參加者不用撐著道貌岸然的模樣，相信他們能享受一夜的匿名，放膽沉溺於平常難以實現的歡愉。」

莉薇亞不知道視線該往哪裡擺——這回她可不能看馬伯頓先生了。他們切入的話題基本上不該在男女混雜的高尚場合上提起，特別是當著年輕未婚女士的面。

「應該是。」夏洛特看起來完全沒有沾染上莉薇亞的忸怩不安。她喝完湯，拿了些紅蘿蔔沙拉。「在前一次的會議上，我提到一位藝術品交易商薩伏列先生，他似乎對沃德洛堡有些提防。後來在招待會前，又和他見了一次面，這回他的警告具體多了。他說如果我執意親自造訪沃德洛堡，那得要『謹言慎行』。加上英古蘭爵爺的發現，薩伏列先生苦口婆心的忠告顯得很有道理。不夠謹言慎行的人，就會留下把柄。」

「據說沃德洛堡舞會當晚成交的畫作價錢，能夠喊到其他地方的兩倍。會不會沃德洛堡的收益其實是來自他們拍下的證據？比如說去年十二月他們拍到某位男士與另一位男士相擁，那麼等到今年十二月，他就得要多花一倍的錢買下某幅畫。」

「甚至那些待售畫作，原本的主人也不一定是心甘情願交出所有權——某些物主極有可能被迫放棄傳家寶，以避免那些不雅照片公諸於世。」夏洛特環視眾人。「這套手法的巧妙之處在於沃德洛堡的一切交易絕無非法情事，而藝術品市場不時會出現破格的價碼，這兩點就足以掩飾檯面下的骯髒勾當。」

「那麼……化妝舞會什麼的全是爲了敲詐。」莉薇亞輕聲說道，雙手緊緊握住刀叉。

「說得含蓄一點是如此。」夏洛特說。

「但如果沃德洛堡的相關人士幹出這些卑鄙手段，那爲什麼還要他們的敲詐對象破壞今年的舞會？還是說敲詐者不只他們一幫人？」馬伯頓先生一臉疑惑。

「關於這點，我也無法向你好好解釋。」夏洛特應道：「說不定他們內部產生了分歧。爵爺大人，你可以分享一下昨晚聽到的密碼嗎？」

「進入第一條隧道分支時，我聽到非常微弱的敲打聲。」英古蘭爵爺放下餐具，從口袋裡抽出一張紙，交給華生太太。「我已經盡量記錄下來了，但還是看不出端倪。」

眾人輪流研究那串文字，不過莉薇亞感覺到大家都在等紙條傳到夏洛特手中，她正以優雅至極的儀態吃著紅蘿蔔沙拉，視線飄向銀盤上由雙層蒸鍋保溫的焗烤馬鈴薯泥。

哪知道當紙條傳到夏洛特眼前時，她只瞥了一眼。「除非花點時間、精神來解碼，不然我也不懂對方的意思。」

英古蘭爵爺小心翼翼地收起紙條。「不知道敲出密碼的，是否就是馬伯頓先生和我首度造訪沃德洛堡時，試圖逃脫的人。」

「囚犯。」華生太太低喃，將盤中食物撥來撥去。

「希望沒有更多人被關在堡內。」英古蘭爵爺說：「大宅裡還有一名女客。應該就是德羅希爾夫人吧，領著她進入密道，展示那些窺孔，解釋爲何沒有分配更豪華的房間給她。但後來我看到了或許就是那名女客的房間——這我無法肯定——但那間房也設了窺孔。」

「昨天下午我看到她抵達大宅。」總算能爲這場討論付出一些貢獻，莉薇亞心頭一陣雀躍。「冰塊送達時，我湊巧往外一看，發現一名女子踏出出租馬車。她的斗篷附有兜帽，一手拉低帽沿，看不清長相。不過我看到普蘭提爾先生前來迎接她。」

後來在畫廊枯等賓客，過了大半個晚上，她才再次與普蘭提爾先生打了照面，自然而然判斷他是今晚的主人。

「那名女子來沃德洛堡的目的爲何？」華生太太問：「她和舞會，以及設計給賓客的圈套有關嗎？」

英古蘭爵爺皺眉，搖搖頭。「假如奧莉薇亞小姐看到的客人，就是女主人帶進密道的那位女士，聽她們的語氣，感覺她們幾乎不認識彼此。那位女客難以應付，德羅希爾夫人忙著安撫她——卻又並非完全信任她。」

「德羅希爾夫人也急著證明自己的誠意。她最後提到要如何達到這個目標，說『這個方法呢，需要一支針筒和某種能注入人體的溶液』。」

用餐室一片寂靜，眾人在心裡琢磨著這句神祕話語。

「妳還看到什麼？」夏洛特向莉薇亞提問。

可惜莉薇亞這個間諜整天綁手綁腳，臨時僕役的工作堆積如山，還被資深僕役盯得死死的。

「臨時僕役用來運送食物及其他東西的通道，都有警衛駐守。我可以在平面圖上畫出他們的崗位，不過我想那些警衛是負責看管我們的。」

「我得知招待會上的餐點大多是由巴黎某個業者提供。他們通常在下午將食物送達，不過這回是沃德洛堡的人員上午去巴黎運回所有東西。大宅的廚子只要烤一下、擺個盤、裝飾一下——我聽到他們抱怨多了最後一道工。」

「奧莉薇亞小姐，謝謝。」夏洛特語氣中帶了一絲讚許，將燉牛肉捲放上盤子，轉向馬伯頓先生。「先生，你是否注意到什麼有趣的事情？」

他想了想。「是有幾件事，不過不知道能不能派上用場。首先，我偷聽到資深僕役彼此抱怨，他們不喜歡堡內冒出這麼多外來者。舞會自然需要多找一批人，但招待會通常靠他們就能搞定。我聽到他們對於最後一刻才找人的決定很不以爲然。」

「於是我懷疑這個『缺人危機』說不定跟英古蘭爵爺和我側面目擊的逃脫事件有關。說不定他們需要更多警衛來看守囚犯。說不定他們遣散了那些讓他差點翻出柵欄的人。說不定沃德洛堡就是因此才突然連招待會的人力都擠不出來。」

這個愛說笑、個性快活的年輕人，換上了超齡的沉穩語氣。莉薇亞的心跳漏了一拍。此時此刻，她覺得他非常的……可靠。

「第二，我幾乎能確定昨晚有幾名臨時僕役也是冒名喬裝混進大宅。但我不確定他們是藝術品愛好者，還是雅賊。老實說在英古蘭爵爺提及他在宅邸內部聽見敲打出的密碼前，我一直搞不懂他們的目的。」

「不知道奧莉薇亞小姐是否注意到和我們一起在畫廊等待賓客的侍者當中，有幾個人總是在綁鞋帶、拉平桌布、抹掉地上的污漬。後來我發現他們一蹲就是老半天。有次我橫越畫廊，多拿一些餐巾回我的崗位，看到一名侍者消失得無影無蹤。」

「過了一分鐘，他又冒出來。地板沒有機關，他不可能跑到其他地方去，一定是躲在崗位下方，被桌布遮住。如果說他是在聽暗碼，感覺也滿合理的。只是我不確定他，或是他的同夥有沒有聽到任何聲響。」

「等等！」莉薇亞大喊：「是那個頂著稀疏金髮、鼻子上有顆小痣的人嗎？」

「對，就是他。」

「天啊，我逮到他躺在儲藏室地上，還以爲他在睡午覺呢。他一定也是在那裡聽暗號——甚至還有閒情逸致對我拋媚眼。我還想說他臉皮也太厚了吧。」

一股寒意竄上莉薇亞背脊。她站在畫廊裡，分發香檳，對周遭的暗潮洶湧渾然不覺。她抬頭迎上馬伯頓先生的視線，他的表情清楚傳達出他的疑問：妳還好嗎？

停頓了幾秒，她對他輕輕點頭。既然前一晚能在沃德洛堡裡撐住，現在更沒有理由崩潰。

馬伯頓先生隔壁的英古蘭爵爺喝了一小口水。「妳認為那些人是爲了密碼而應徵？」

他在等夏洛特回答。

「有可能。這個加密的訊息是爲了讓旁人聽見，而不是隨著音樂節奏敲打之類的無意義作爲。」夏洛特揚手擋住眾人的反論。「我不否認這個可能性。任何事都有可能。」

「那我們要如何知道眞相？」華生太太推開盤子，上頭的食物幾乎完好如初。「情勢越來越複雜了。」

「我們盡力做好準備，爲了舞會當晚，也爲了在那之後的一切。」夏洛特冷靜應道。

儘管放棄了布丁和精緻的法式甜點，她還是比平時豐腴，臉蛋更加圓潤。然而沒有人質疑她，至少莉薇亞不敢多說半句。

夏洛特的視線繞著餐桌掃了一圈，停在馬伯頓先生臉上，接著轉向莉薇亞。「對了，有人注意到那幅范戴克嗎？」

第十五章

為了準備迎接舞會當晚，馬伯頓先生和萊頓·艾特伍留在法國，其餘眾人則回到英國。一路上風平浪靜，抵達倫敦時，英古蘭爵爺向三名女士道別，趕赴兄長的鄉間莊園。

他踏著西斜的陽光進入莊園，由僕役領進公爵夫人的日光室。他的大嫂起身，展開雙臂。「艾許，親愛的！」

威克里夫公爵夫人四十歲出頭，容貌姣好，咧嘴笑出滿口白牙。她喜歡取笑自己鯊魚般的表情，熱愛吹噓她擁有全上流社會中最堅固的琺瑯質。

「我們以為你至少還要一個禮拜才會回來呢。」她握起他的雙手。

「我太想念我的孩子了。當然還有伊斯特萊公館的每一個人。」

公爵夫人搖搖頭。「來喝杯茶吧。然後你可以去育幼室看看。」

她沒問起他的來意，只稍微提起自己和他的兄長，以及許多兩家兒女們的可愛事蹟；孩子們花了許多時間假扮成古代羅馬人和德魯伊教徒——有時是約克家族和蘭開斯特家族的族人。

「這個年紀的孩子怎麼會拿玫瑰戰爭扮家家酒？」公爵夫人語氣中帶著寵溺與責難。

「露西妲睡前就愛聽這種故事。」英古蘭爵爺笑道：「我跳過了最血腥、最情色的橋段。」

「歷史總是最引人入勝的八卦。」公爵夫人裝出命令般的口吻，擺擺手趕他去看孩子。

然而他在育幼室外遇上家教亞摩斯小姐。她在走廊打轉，顯然是在等他。

「亞摩斯小姐。」他停下腳步。

「爵爺大人，在您見孩子之前，有件事得先和您說。」亞摩斯小姐神情擔憂。站在自己曾經提議締結表面婚姻的男性面前，她應當要感到無比尷尬，但從她的態度看來，顯然她此刻的擔憂與先前的提案完全無關。

他靜靜等著。

她咬咬下唇。「露西姐小姐她——她堅稱三天前的夜裡，英古蘭夫人曾經來看她。」

他愣愣地看著她，耳中嗡嗡作響。

「孩子們產生幻想是很正常的事，可是露西姐小姐從沒編過這種故事。」即便走廊裡沒有其他人，亞摩斯小姐還是壓低嗓音。「所以我請她多說一些英古蘭夫人來訪的細節。」

「她說那時候夜深了。她醒過來，睜開眼睛，英古蘭夫人就坐在床邊。看到母親，她自然是興奮萬分。英古蘭夫人說她不能待太久，所以露西姐小姐要她陪自己躺一會兒，告訴她兩人分開後發生的一切大小事。」

「然後英古蘭夫人說她該回去睡覺了。露西姐小姐問可不可以和我提起她來訪的事。英古蘭夫人說可以，她也會和您說。不過她說最好別和她弟弟講，因爲他睡著了，要是知道錯過了和母親見面的機會，一定會很傷心。」

亞摩斯小姐閉上嘴，凝視著他，一臉不安。他這才意識到自己的神色有多麼凶狠。英古蘭夫人究竟是用了什麼招數，在育幼室來去自如，沒有驚動伊斯特萊公館的任何一個人？她想對孩子做什麼？

他逼自己放鬆表情，但背在背後的雙手依舊緊握成拳。「我知道了。」他說：「亞摩斯小姐，妳能確定英古蘭夫人來此的時間嗎？」

三天前的深夜。英古蘭夫人爲什麼要挑在那一刻闖入？

「可以。」亞摩斯小姐點頭。「露西妲小姐隔天早上，趁卡利索少爺正在跟公爵大人的公子遊玩時就說了——我忘不了當時有多麼震驚。」

「昨天和她獨處時，我又請她多說了一些英古蘭夫人的事。她增添了一些細節，漏掉前一回說詞中的某些細節，不過大致上沒有出入。您短時間內不會回來，我想過要向公爵大人和公爵夫人稟告。但我一直拿不定主意。我想您應該要比公爵大人早得知此事。」

他呼出一口氣。「謝謝，亞摩斯小姐。妳的判斷非常正確。」

「謝謝您，爵爺大人。」她開心得臉頰泛紅。

他點點頭。「我先告辭了。」

□

英古蘭爵爺陪孩子們度過剩餘的午後時光，直到他們該去洗澡。他與兄長和大嫂提早吃了晚餐，再回育幼室哄孩子們睡覺。

卡利索度過了充實的一天，一會兒就陷入夢鄉。露西姐顯然就是在等待這一刻，握住英古蘭爵爺的手。「爸爸，媽媽有來看我們。」

她的雙眼閃閃發亮，英古蘭爵爺心頭一揪。他拂開黏在她頰上的一縷髮絲。「亞摩斯小姐和我說了。妳看到她一定很高興吧。」

「我告訴她說之前在倫敦時去自然史博物館的事。還有我在玫瑰戰爭裡面扮演安茹的瑪格莉特。」

儘管不安節節高升，他還是擠出微笑。「安茹的瑪格莉特嗎？」

那並不是同一個時代最討喜的歷史人物。

「她很忙——我喜歡這樣。」露西姐說：「可是我得提醒媽媽安茹的瑪格莉特是誰——媽媽說她分不出四百年前的那些國王、王后。聽我說到安茹的瑪格莉特被放逐到法國時，她好像很難過，所以我又說後來瑪格莉特又當上王后了。」

他一點都不希望遭到放逐的英古蘭夫人回頭再次掌控他們的人生。不過呢，就算是安茹的瑪格莉特，也沒在第二度的王位上坐太久。

「媽媽有說她過得還好嗎？」

「她說她很好。」

他不否認這點。「她有說爲什麼要來看你們嗎？」

露西妲輕輕敲了他的額頭一記。「笨蛋，當然是因爲她想念我們啊。」

他的太陽穴陣陣脹痛。眞不知道自己哪來的自信，以爲和露西妲談談就能得出什麼線索。就算她有時表現超齡，畢竟還是個孩子。「妳說得對。當然了。」

露西妲沉入被窩裡，打了個呵欠。「我把那張壓花送給她時，她哭了。」

露西妲之前提到要做壓花送媽媽的時候，他心想她們母女要團聚，恐怕是幾年後的事了，不是短短幾天就能解決。

老實說——

他腦海深處冒出鏗鏘巨響。「三色堇。」他虛軟地低喃。「妳要做三色堇壓花。」

「對，紫色的三色堇。貼了整整一張紙。公爵夫人還送我一個相框。」露西妲昏昏沉沉地微笑，眼睛慢慢閉上。「看起來好漂亮。媽媽她會隨身帶著，每天都會看看它。」

□

夏洛特自認解碼的技術夠好，但並不總是喜歡這分差事。拿維吉尼爾密碼來說好了，簡直枯燥到像是拿榔頭猛搥腦袋一般。只希望英古蘭爵爺從沃德洛堡內部取得的密碼不會那麼磨人。

回倫敦的火車上，她已經背下密碼內容，可以在自己的腦海中看見所有的點與畫。問題在於沒有任何針對分組的提示，可能性太多了——她面前浮現太多徒勞的選項。

有人輕輕敲響她的房門。是莉薇亞，她身穿睡袍，頭髮打成鬆鬆的長辮子。「夏洛特，妳在研究那個密碼嗎？」

「我也很無奈。」夏洛特攤開她抄下的密碼。「妳可以幫個忙。」

「我？」

「當然了。一開始教我加密和解碼的不就是妳嗎？」

莉薇亞嗤笑一聲。「隨便哪個五歲小孩都學得會凱薩密碼。」

「我五歲的時候當然沒問題。但別忘了妳也知道如何編出各種密碼來讓我破解，連維吉尼爾密碼也不例外。」

這個模式從未改變過。他們的母親總有辦法扼殺莉薇亞的自信心，而莉薇亞又培養出讓自己更往谷底墜落的能力。

莉薇亞看起來像是要辯解，猶豫了片刻後又湊上前，從夏洛特手中接過密碼，坐進空椅子裡。

夏洛特把茶壺放上爐架。「要喝茶嗎？」

莉薇亞抬眼。「妳一定很想念熱可可。那是妳在漫長冬夜裡的最愛，對吧？」

「我以滿心的激情懷念熱可可。」夏洛特嘆息。「每當我的下巴層數逼近危險範圍時，就會鄭重發誓要控制蛋糕的攝取。然後過了一年，我的雙下巴再次呼之欲出。」

莉薇亞咯咯輕笑。

她的笑聲可愛極了，但她很少笑出聲來。夏洛特心想，要是馬伯頓先生永遠融入她姊姊的人生，或許能更常聽到她的笑聲。

「妳有事找我？」夏洛特問。

莉薇亞點點頭，指尖滑過夏洛特書桌邊緣。

夏洛特耐心等待。

過了幾秒，莉薇亞說：「我的夏洛克．福爾摩斯故事快完成了——可是遇到了瓶頸。」

「什麼樣的瓶頸？」夏洛特對於小說的製程毫無研究，不過她知道比起工業製品，小說更像是手工藝品，不一定能照著預期產出成品。

「有點怪。」莉薇亞咬咬下唇。「原本進度很不錯，只剩幾千字就能收尾，我卻想不到要寫什麼。突然間，我再也寫不出來了。我很清楚下一句、下一段該放入什麼內容，但就是莫名其妙的，再也無法把筆尖放到紙上了。我不斷起身，做不出任何有建設性的事。」

「我以爲這只是一時反常。以爲只是神經過敏。但是在那之後，我什麼都寫不出來。剛好就是妳和華生太太回到家，說妳們要去法國一趟那天，之後我們有一堆事要忙。可是我其實沒有忙到沒空寫東西的程度。現在就算是陪貝娜蒂坐一下，還是沒有半點進度。我在房間裡坐了好一陣子，還是沒有半點進度。」

莉薇亞雙手按住太陽穴。「我曾經處於更糟的環境、更糟的心情，身邊淨是難相處的人，卻還是寫得下去。想說或許是華生太太家和我不合，但是剛到這裡的那幾天，我寫得很順，直到我發現『全書完』即將到來。」

茶壺咻咻地尖叫。夏洛特泡下兩杯茶，問道：「如果寫完這個故事，會發生什麼事？」

莉薇亞困惑地看著她。「我……寫得完嗎？」

「之前馬伯頓先生來訪，送上妳要我僞造的那封信時，他興高采烈、鉅細靡遺地提起他在拜訪我們家時，與妳見面的那幾次。我記得你們在院子裡散步的時候，妳答應要讓他當整篇故事的第一個讀者。」

莉薇亞的下巴快掉了。「妳覺得我不想讓他看我的作品？」

夏洛特歪歪腦袋。「我想如果他喜歡妳的小說，妳會欣喜若狂，如果他不喜歡，妳會悲痛欲絕。假如我不喜歡妳的作品，妳還是會沮喪難過，可是妳可以說服自己，這是因爲我們對小說的品味差距太大。事實上，我對小說一點興趣都沒有。」

「然而馬伯頓先生熱愛小說。他和妳的喜好幾乎一致。要是他不喜歡，妳還眞找不到任何藉口安慰自己。」

莉薇亞端起茶杯，雙手捧著。「那我該怎麼做？」

「妳喜歡妳的故事嗎？」

「我……」

「別去想有哪些地方還有進步空間。妳喜歡妳的故事嗎？」

莉薇亞用力深呼吸了幾次，幾乎快要喘起來。「喜歡。」

「那就寫完吧。無論妳有多在意馬伯頓先生的評價，妳應該要更重視自己的評價。」莉薇亞沉默半晌，垂眼盯著茶水。「妳想我寫得完嗎？」

「也許吧。」夏洛特說：「但妳要先好好努力一番。」

莉薇亞噗哧一笑。夏洛特放鬆臉頰肌肉，勾起細微笑意。「現在來幫我解碼吧。」

□

深夜時分，莉薇亞問起這段密碼會不會其實代表數字，而非字母。夏洛特有把這個可能性放在心上，但數字也有同樣的問題：太多可能性，太多死路要走。更別說在摩斯密碼裡，有些數字中包含了四個以上連續的點或畫，但這套密碼中缺乏如此特殊的組合。

夏洛特已經開始找密碼間的分隔節點。她想先找出在一連串的點或畫中間出現不一樣的符碼。沒有。

「還是說節點比它切開的字串還要長呢？」莉薇亞邊想邊說，她的腦袋通常在半夜裡更加活躍。

這個做法看似違反直覺，不過這就是它的存在意義——擾亂沒有獲得解碼關鍵的外來者。夏洛特和莉薇亞又花了兩個小時，最後找到一串八個符碼的組合，每次出現都會改變順序——串中的第一個符碼會變成下一串符碼的最後一項。

揪出這些不斷突變的節點後，最後只剩下十二個數字。

「這是什麼數字？」莉薇亞瞪大雙眼。

夏洛特擺手要她回房。「早上再來煩惱。先去休息吧。」

夏洛特和莉薇亞相反，思考能力過了半夜就直線下降。光是解碼就耗盡她的心力，現在她的大腦比不上一顆蕪菁靈光。

她爬上床鋪，幾乎在瞬間被響亮而執拗的敲門聲驚醒。「夏洛特小姐，英古蘭爵爺來見妳。」

她睜開惺忪睡眼，望向床邊的座鐘。她幾乎躺了四個小時，若是麥斯先生不再敲門，她很可能馬上回到夢鄉，不顧英古蘭爵爺的來訪。

她逼自己爬起來。他兄長的莊園不在鐵路幹道上，就算搭上最早的班次，仍舊無法在破曉前抵達倫敦，拜訪夏洛特。

所以說他前一晚就出發了，離他踏進莊園不到幾個小時。

究竟是發生了什麼事，讓他如此反常地縮減與兒女團聚的時光？

「馬上就去。」夏洛特對門外的麥斯先生說。

「馬上」當然是美化了好幾倍的措辭。就算有莉薇亞和華生太太的協助，她還是花了整整十分鐘才換好衣服、盤好頭髮，整裝到能與親屬以外男士見面的程度。

「抱歉打擾妳休息。」英古蘭爵爺起身說道。

他的衣褲因爲奔波而綯得亂七八糟，臉上冒出青黑色的鬍碴。看到他這副模樣，要是他在別的時機來打擾她休息，她絕對不會在意。

她擺擺手，要他重新入座。

麥斯先生跟在她後頭走進二樓客廳，放下茶盤，倒茶後離開。

「怎麼了？」她的嗓子還有點啞。

「招待會那天下午進入沃德洛堡的女人，那個我差點在密道裡撞上的女人……我有理由相信她或許就是英古蘭夫人。」

夏洛特瞇細雙眼。「怎麼說？」

她思考過神祕女客的身分，最後判斷只要她不是太后，就沒必要擔心這件事。但如果她是英古蘭夫人，情勢就大大不同了。

「先前沒提到這一點，是因爲我以爲這事太不值得一提。在沃德洛堡看到的女性客房──至少我猜那是她的房間──床邊桌上放了裱框的壓花。我只看到一角，不過印象中那朵花是紫色的。」

「昨天我從女兒口中得知，數天前英古蘭夫人趁夜潛入伊斯特萊公館，帶走露西妲送給她的禮物──裱框的紫色三色堇壓花。」

他狠狠咬牙，渾身緊繃。夏洛特遞了杯茶給他，但他搖頭拒絕。

「艾許，這個連結感覺有點薄……」

她沒把話說完。光靠壓花證明不了什麼，但若再加上英古蘭爵爺偷聽到的對話……

這個方法呢，需要一支針筒和某種能注入人體的溶液。

得知莫里亞提的手下無情殺害了至親，她果斷地離開他的組織。那名女子死於酒精中毒，凶手將純酒精注射進她體內。

假如德羅希爾夫人打算幫英古蘭夫人復仇，那麼從英古蘭夫人的角度來看，將毒藥——或是過量的純酒精——注射進凶手體內，肯定是相當浪漫的手法。

夏洛特抹抹臉。她人是醒了，腦袋卻還因爲睡眠不足而難以運轉。「根據你對那兩名女性對話的描述，聽起來她們還不太熟，甚至是素昧平生。英古蘭夫人爲什麼要踏進陌生人的地盤？」

英古蘭爵爺揉揉充血的雙眼。「我猜會不會是德羅希爾夫人的人馬找到英古蘭夫人，爲了展現他們的善意，便安排她潛入伊斯特萊公館探望孩子。只有她一個人是絕對不可能不留下半點痕跡的。」

伊斯特萊公館不是堡壘，然而它周圍沒多少人煙，整間大宅裡滿是僕役，柵門全都上鎖、受到監視。英古蘭夫人若想混入孩子的育幼室，然後乾淨俐落地離開，肯定需要旁人的大力協助。

顯然不是失去一切靠山的女性做得來的事。

「怎麼會有人爲她如此大費周章？」

英古蘭爵爺挑眉。

「調查堅決谷命案期間，妳不是說這樣的女人可以在其他地方派上用場嗎？」

「我只是要主張莫里亞提沒有殺她的理由——後來也證明我說得沒錯。可是英古蘭夫人現在的地位不同，她向蘇格蘭警場和倫敦的八卦龍頭舉發莫里亞提的惡行，將那個偏好暗中操盤的男人翻上檯面。可以說是直接向莫里亞提宣戰了。」

「莫里亞提肯定還有其他敵人。說不定德羅希爾夫人就是一個。說不定她和英古蘭夫人打算結盟對抗共同的敵人。」

「或許吧。」

馬伯頓一家也是莫里亞提的死對頭，但就算有辦法自保，他們還有餘力協助英古蘭夫人嗎？

英古蘭爵爺起身。「我還要去安排一些事，然後回伊斯特萊公館一趟。明天我就回倫敦。」

夏洛特站起來。「我送你。」

在客廳門邊，他轉身握住她的手。「福爾摩斯，小心一點。」

她加了點力道握握他的手。「你也是，艾許。」

她以爲他會鬆手開門，沒想到他竟然將她擁入懷中。非常短暫。她還沒回過神來，他已經走下樓梯，朝一樓客廳前進。

只留下他身上的毛料和檀木香氣。

她深深吸氣，輕輕嘆息。

□

華生太太心不在焉地攪拌茶水。莉薇亞往馬芬上多塗了些奶油，心思也不在早餐上。兩人又互看了一眼，納悶英古蘭爵爺究竟是爲了什麼事，才會在這個出乎意料的時刻來找夏洛特談話。

「華生太太，福爾摩斯小姐。」英古蘭爵爺在一樓客廳門口打招呼。

她們匆忙起身。「還好嗎？」華生太太問道。

「莊園平安無事。」英古蘭爵爺回應：「昨晚我得知某件事，必須在最短的時間內讓夏洛特小姐知情。」

他沒有入席，只問了兩人昨日別後過得如何，隨即向她們告辭。莉薇亞和華生太太目送他離開後，立刻趕到二樓的客廳，聽夏洛特轉述英古蘭爵爺的猜測。

「英古蘭夫人！」華生太太驚叫，立刻掩嘴看看左右，生怕有人隱身在她家監視。等她再次開口，音量壓得極低。「夏洛特小姐，妳覺得他的懷疑有道理嗎？」

夏洛特以食指指腹輕點下巴。「我無法證實任何事——當時我不在密道裡，也沒目睹英古蘭夫人入侵伊斯特萊公館。不過英古蘭爵爺從來不會驟下定論。他這麼匆忙地趕來，我想他對此深信不疑。」

「可是妳不相信？」莉薇亞問道。

「無論我是否相信，我不知道這對整件事有什麼影響。沃德洛堡的那位女客身分，能左右我們竊取范戴克畫作的任務嗎？」

莉薇亞一愣。英古蘭夫人可能埋伏在沃德洛堡內的情報帶來太大的震撼，她甚至沒想過這事或許不會影響到他們。

「倘若英古蘭爵爺告知的情報屬實，那麼英古蘭夫人並不認識，也不完全信任招待她的女主人——這種感受相當正常。還在社交界活動時，英古蘭夫人就不太喜歡舞會，認爲它們都是苦差事。我不認爲她會參加化妝舞會，更別說是涉入沃德洛堡的陰謀了。假如她的存在不影響我們該做的事，那我們爲什麼有必要確定她是否在場？」

「所以我們就完全不顧她身在沃德洛堡的可能性？認爲這事與我們的計畫無關？」華生太太難以置信地提問。

「我想不出還能怎麼做。」夏洛特說。「除非……」

她表情一變。

細微到難以察覺的波動，宛如小小的漣漪，連降落在池塘水面上的蜻蜓都能激起更顯眼的波紋。但是莉薇亞早已看慣了夏洛特面容的各種變化，在她眼中簡直就像是夏洛特的下巴直直落到她膝上。

「除非我完全搞錯方向了。」

「怎麼會？」莉薇亞驚叫。

「英古蘭爵爺和我都假設英古蘭夫人決定與莫里亞提作對，既然如此，幫助她的人也對莫里亞提懷抱著敵意。說不定我們搞錯了。說不定這並不是『敵人的敵人就是朋友』的結構。說不定其實是莫里亞提再次吸收了英古蘭夫人？」

「什麼？」莉薇亞跟華生太太一同驚叫。

「可是莫里亞提殺了她的雙胞胎姊妹！」華生太太說：「而且英古蘭夫人向警方公開了他的名號。莫里亞提為什麼願意和她和解？」

「莫里亞提並沒有親自下手殺人。」夏洛特指出關鍵。「德雷西是莫里亞提在英國的副手，我不認為德雷西會為了這種事髒了自己的手。肯定是德雷西手下的爪牙所為。」

「莫里亞提只要在英古蘭夫人面前殺了德雷西和那些爪牙——甚至讓她親手復仇，往他們身上注射毒藥。這是她實際上、精神上都做得到的事——只要先把那些將死之人制服就好。」

「那莫里亞提為什麼要替英古蘭夫人做這些事？」華生太太按著心口，彷彿是想在大屠殺話題中擠出勇氣。

夏洛特則是恢復鎮定本性。「或許他原本就有意解決德雷西，決定來個一石二鳥。英古蘭夫人資歷尚淺，太過脆弱，但她擁有美貌與機智，急著向自己、向全世界證明即便沒有任何人撐腰，她依然有能耐闖出一番事業。甚至是永垂千古。」

莉薇亞的視線在妹妹跟華生太太之間游移。「夏洛特，如果妳這套理論真有那麼一點可能性，也就是說——」她吞吞口水，「也就是說我們即將深入莫里亞提的巢穴？」

第十六章

「莫里亞提。」英古蘭爵爺緩緩唸出這個名字。「妳認爲沃德洛堡是莫里亞提的據點？」

隔天傍晚，他再次返回倫敦。到華生太太家中吃晚餐是最美好的邀約，但他猜不透福爾摩斯爲何附上紙條要他提早半個小時上門。現在他知道了。趁華生太太和奧莉薇亞小姐在房間梳妝打扮的空檔，福爾摩斯請他到二樓客廳就座，向他概述她對沃德洛堡與莫里亞提的假說。

「有可能。」福爾摩斯應道：「但我難以推測可能性有幾分。比如說你認爲英古蘭夫人住進沃德洛堡，這件事的可能性是百分之八十。那麼我針對莫里亞提的假說，不但建築在你的想法爲眞的前提之上，還加上許多猜測，可能性不超過百分之五十。老實說連百分之四十都不到。」

「因此我下一個假說爲眞的機率大概只有百分之十。」

「妳的下一個假說？」

「儘管可能性極低，如果這處產業眞的屬於莫里亞提，我不得不懷疑關在大宅深處的囚犯就是我兄長芬奇先生。」

她遞出一張紙。「莉薇亞和我破解密碼了。這是相當繁複的密碼。你一定還記得芬奇先生是莫里亞提的解碼員。」

他細看解答，沉默了整整兩分鐘。「若眞是如此，我們得要討論該如何把他救出來。」

福爾摩斯定定地看著他。「不用。」

「不用？可是妳剛才說——」

「我說這個想法非常不切實際。這只是個可能性，我並不會將它作爲行動的依據。」

「妳要讓芬奇先生繼續被關在沃德洛堡裡？」

「囚犯就是芬奇先生的可能性不到百分之十。是的，我們的人力、機會都極度短缺，更難以確定囚犯會在沃德洛堡內的什麼位置。即使我能肯定芬奇先生就在堡內，其餘情報也太過模糊，我還是難以擬定救援計畫，更別說是執行了。」

從理智的層面來看，他知道她說得沒錯，但想到她的兄長被關在地牢裡，他忍不住心如刀割。「如果他有性命之憂呢？」

「能爲莫里亞提效命的解碼員，必定是世界頂尖的高手。如果我是莫里亞提，會善加利用他的才能，而不是草率地處決他。」

「妳無法保證。」

「沒錯，我更無法保證芬奇先生就在沃德洛堡。」她凝視他好一會兒。「假如沃德洛堡裡眞的有個地牢，有誰願意賭上性命闖進去救芬奇先生呢？我猜你把這件事當成你的義務？」

他一言不發。是的，他會這麼做。

她的目光射入他眼底。「誰教你如此輕忽自己的性命？爲什麼你要任由自己投入那些只能靠著臨場應變保命的任務？你不是莽夫手中任憑擺布的工具，也不用爲了證明自己的價值，而去頂下旁人不敢接手的任務。」

他忍不住瑟縮。「我也說不上來。」

或許他其實心知肚明。說不上光彩的血緣關係、失敗的婚姻、投機又冷血的兄長——這一切全是催化劑。然而若不是他不只希望逃避非難，心中更是執意成爲不可或缺的存在，也不會發展到這一步。

他需要被人需要的感覺。

回首過往，比起英古蘭夫人的美貌，他更受到她散發出的脆弱氣質吸引。他熱愛扮演她的騎士。當這段感情腐朽風化，他自願成爲班克羅夫特的傀儡：班克羅夫特要的只是勇敢的蠢蛋，縱使遭到利用的不快揮之不去，他還是被人需要著。

福爾摩斯嘆息。「把華生太太放在心上，可以嗎？我們無法在舞會當晚分散人力處理不同的目標。她需要我們每一個人來完成這個任務，包括你在內。」

他細細打量她恢復平靜無波的表情。她很清楚一旦說出了需要他，他就會……奉獻自己的一切，如同古時候的騎士，向他的領主夫人效忠，斬殺惡龍在所不惜。唉，他生錯年代了，就算有噴火龍橫空而來，他的領主夫人也只想把他綁在床上，以強大的火力自行解決威脅。

她會搶先糾正他，往昔的仕女們在父兄丈夫長年參加十字軍東征期間，早已鍛鍊得刀槍不入，運籌帷幄難不了她們。

他垂眼盯著自己的膝頭。「我不會再提芬奇先生了。現在就專注在手邊的任務上吧。」

「謝謝。」她柔聲道。「沒有你，我們沒辦法完成這件事。」

光是這句話，他就能心甘情願一磚一瓦地替她親手打造出法式烘焙坊。

華生太太從門外探頭進來。「啊，你們在這裡啊。該吃飯了吧？」

□

在晚餐桌上，英古蘭爵爺得知這幾名女子已經忙了好一陣子。回到倫敦不過一天半，她們不只破解了密碼，還造訪了一位藝術專家、一位舞台魔術師的幕後機關師，以及兩名舞台服裝師。除此之外，華生太太和奧莉薇亞小姐還做了大量針線活，改了一堆衣服；福爾摩斯向華生太太家的男僕兼馬夫羅森先生問了一些事，今年秋天她才向對方學來開鎖的技巧。

「妳們完成了好多事。」他又是敬佩，又是自責。「我的時間都拿來扮演羅馬勇士，或是安茹的瑪格莉特最寵愛的近侍。」

「本來就該這樣。」福爾摩斯說。「你沒辦法——也不該——總把麻煩事往自己身上攬。」

「但如果真是莫里亞提在背後操盤，我們準備得再多也不夠。」

「既然如此，那我們的時間都要花在刀口上。」

她說得對。他們無法面面俱到。他嘆了口氣。「馬伯頓先生知道我們可能要踏入莫里亞提的巢穴嗎？」

福爾摩斯望向她的姊姊。「還沒——這事最好當面講。我今天發了電報給他，請他多加觀察沃德洛堡。而我們的盟友去拜訪薩維徹先生了。」

薩維徹先生，年輕的富家少爺，也是他們行竊目標的現任主人，他恐怕是在最不情願的狀況下同意出售這幅范戴克畫作。

「薩維徹先生給了他想知道的答案嗎？」

「沒有，而他說我們最多就等到舞會隔天。」

英古蘭爵爺的視線投向奧莉薇亞小姐，她正一顆一顆慢慢吃著青豆。他對福爾摩斯說：「我很期待這一切都過去的那一天。」

奧莉薇亞小姐忙著把盤裡的豆子推來推去。她自然也期盼能完成這項任務，但這也意味著她得要動身回家了。

「相信馬伯頓先生有辦法讓我們再度團聚，反正我們現在都知道只要一封『奧本蕭太太』的假信，就能讓奧莉薇亞小姐離家遠行。」他繼續道：「他曾經相當熱烈地提起西班牙南部的安達盧西亞。」

奧莉薇亞小姐蒼白的臉頰上多了點血色。「安達盧西亞——阿爾罕布拉宮就在那一帶嗎？」

「是的，那是當地諸多美景之一。」

「眞是太好了。」華生太太幫她打氣。「奧莉薇亞小姐，妳靠著縝密的計畫離家前來拜訪，但我們無法讓妳玩得盡興。下回請讓我們好好補償妳。」

「天啊，在座的各位都不欠我分毫。我來就是爲了和你們共度時光，已經非常滿足了。不過西班牙南部聽起來眞是誘人。」奧莉薇亞小姐一手按住心口。「應該是個陽光燦爛的地方吧。」

英古蘭爵爺瞥向福爾摩斯。如果眞能成行，說不定這會是他們環遊世界之旅的開端。

福爾摩斯卻似乎沒把溫暖晴朗的西班牙放在心上。「爵爺大人，用餐後我們得要與您針對那分建築平面圖商討一番。」

他暗自嘆息，但也無比期待和她一同埋首於圖紙之中。

好，親愛的。他在腦海中試著唸出這句台詞——然後打了個寒顫。太不對勁了。

「要配波特酒還是雪茄？」他換上這句話。

至少博得她的一絲笑意。她轉向華生太太。「夫人，我相信妳兩樣都有吧？」

□

眾人在已故華生醫師的書房裡集合，只有華生太太從她精美的古巴雪茄盒裡抽出一根。莉薇亞淺嚐著波特酒。英古蘭爵爺大概是沒在女士面前抽雪茄和喝波特酒的習慣。夏洛特也沒碰這些東西。

她的弱點在於香甜美味的食物，唉，這些東西對於人體運作毫無益處。或許就是處於缺乏香甜美味食物的狀況下，她發現自己更加在意英古蘭爵爺的接近。他的指節劃過平面圖，若有所思地描出線條；修剪得整整齊齊的短髮勾在他耳後；他思考壁爐與煙囪的位置，以大拇指和食指托著下巴。

莉薇亞和華生太太似乎是在沉默中達成協議，悄悄溜出去了。他似乎沒注意到她們的離去，但他肯定意識到現在房裡只有他們兩人。

他沒趁這個情勢占她便宜，反而移到地球儀旁，皺眉凝視。她解出的數字串如果轉換成經緯度，會落在大西洋中央，維德角和小安地列斯群島的正中間，而非任何派得上用場的確實地點。

因此她判斷這並不是座標。

他的視線總算掃了過來——就這樣凝視著她。*他會嗎？*她漫不經心地想著。這位埋在考古遺跡裡的好友，是否能拋下他的諸多顧忌，與她共度良宵，在這個霧氣淹沒了窗外世界的夜晚？

他眼中沒有情欲。或許是隱約的困惑，宛如他正注視著剛出土的歷史文物，看似與過去挖掘的成果毫無兩樣，但經過細看才發現它是完全不同的東西。

沒有情欲，只有更深沉、更強烈的眼神，彷彿他正爲了文物不眠不休，每分每秒都思索著要如何解開它們的謎團。

「妳覺得……」他語帶猶豫。「我能見見福爾摩斯小姐嗎？」

他指的是貝娜蒂。

「當然。跟我來。」

貝娜蒂沒有負擔任何職務，不需要特別早睡早起。夏洛特帶著英古蘭爵爺到她房門外，率先進房。莉薇亞也在，看到夏洛特時一臉訝異。

「她很好。」莉薇亞說：「她在這裡，狀況比在家裡好多了。」

「我倒是不意外。英古蘭爵爺想見貝娜蒂一面，可以讓他進來嗎？」

「當然可以。」莉薇亞的回應中帶了點疑惑。並不是每一天都會有人想拜訪貝娜蒂——老實說這還是頭一遭。

夏洛特請英古蘭爵爺進門，他望向貝娜蒂，看她坐在平時的位子上，面對著整排旋轉的小玩意兒，又立刻回頭看著夏洛特。

她曾經提過她的外表和貝娜蒂極為相似，然而眼前的夏洛特化身——同樣的髮色、同樣的五官，卻又骨瘦如柴，深陷在只有自己的世界裡——似乎還是令他無比震驚。

「貝娜蒂，這位是我們的好朋友英古蘭爵爺，他來向妳致意。爵爺大人，這是家姊。」

貝娜蒂的視線沒有投向夏洛特或是她的訪客，但英古蘭爵爺依舊欠身行禮。「福爾摩斯小姐，幸會。我聽過不少妳的事情。」

接著，像是早已習慣搭話得不到回應似地，他轉向夏洛特，說道：「我們就不打擾福爾摩斯小姐了吧？」

莉薇亞陪兩人來到走廊上。「她真的好多了。看起來……平靜不少。」

「即使我們不在她身邊。」夏洛特說。

即使她們不在她身邊，這幢屋子井然有序，僕役開朗親切，只要空氣中少了點尖酸刻薄的成分，貝娜蒂就能好好過活。

莉薇亞向英古蘭爵爺道別，夏洛特送他到一樓大門。「夜深霧濃。華生太太想必不會介意讓你借住一晚——或是到上貝克街十八號過夜。」

「我不會有事。」停頓了一會兒，他又說：「奧莉薇亞小姐一向有些緊繃。至少她現在可以稍微減少對福爾摩斯小姐的操心。」

兩人的話題兜著圈子轉——什麼都聊，就是不提他們自己。她早已習慣避談兩人之間存在或是不存在的一切，但她隱約感應到他有話想跟她說。

她很想聽聽那究竟是什麼。

「馬伯頓先生把西班牙南部風光吹上天的時候，艾許，你在想什麼呢？」

她的提問似乎讓他微微一驚。「當時我心裡想的不是西班牙。」他迅速回應：「馬伯頓先生差點失溫昏迷，我只想著要如何帶他平安回到旅店。」

她暗暗嘆息。「原來如此。晚安，爵爺大人。一路小心。」

□

史蒂芬．馬伯頓專心一致地想著安達盧西亞，他經常在感到寒冷時這麼做。在滿十二歲那年的春季和初夏——或者該說是他家人幫他慶祝十二歲生日那年——他曾在那裡待上好一陣子，那是他這輩子與全家同在一個地方停留超過幾週的罕見時光。

他們住進有些破爛的農舍，接近赫雷斯邊陲的一處葡萄園。他成天在萬里無雲的藍天下，鑽過一排排葡萄藤，徒勞地期盼能看到採收葡萄的那一天。

之後他就沒再回去過，生怕那個地方變了，或是他的記憶哪裡失真。但是如果有奧莉薇亞小姐陪伴，他什麼都不怕，可以喜孜孜地帶她造訪最奢華的摩爾式宮殿，或是最平凡的偏遠村莊。

天啊，太冷了。他喝了一大口裝在水瓶裡的熱薑茶。在他和英古蘭爵爺闖入沃德洛堡的那一夜之後，此處的戒備更加森嚴了。現在有人守著禮拜堂，主宅及其他獨立的建築物外頭都掛起明亮的燈火。至少有四組帶狗的警衛在圍牆內側巡邏，偷偷摸進去的成功率大幅下降。

幸好夏洛特．福爾摩斯小姐要他別動歪腦筋，因此他到附近找了個制高點，帶上手邊性能最好的望遠鏡。既然不是要入侵，燈火通明的狀態對他可說是如虎添翼。

他已經照著夏洛特小姐的指示，細細研究過所有的煙囪，隨時都能溜回幾哩外現在已經是他們的法國第二基地的農舍，坐在大爐子前暖暖身子。不過現在沒下雨，目前的處境也在忍耐範圍內，所以他仍然待在原處，就怕錯過什麼有用的情報。

夜漸漸深了，氣溫不斷下降，柵欄裡除了狗兒與警衛之外，沒有其他動靜。就連禮拜堂前的守衛，似乎也站著打起瞌睡。他腦中再次浮現大肚爐的影像，心想他已經離開它夠久了。

大宅四周的燈火突然熄滅。

他連連眨眼，適應突如其來的黑暗。

還不到伸手不見五指的地步。禮拜堂、遠處的牛棚、幾棟小屋外的燈還亮著。等他的眼睛反應過來，他看到一輛台車被馬匹拖著接近柵門。

大宅裡的人員扛著幾個長形大布袋出來。他倒抽了一口氣。布袋長約六呎，顯然不怎麼輕盈——頭兩個布袋各動用了兩個人，第三個布袋更是由三個人扛起——以這個尺寸和重量來看……

是屍體。拿布塊包裹，丟上車斗。馬匹平穩地拉著台車，由幾名男子列隊引導，過橋後沒有通過柵門，而是直接轉彎，消失在大宅後頭。

他放棄了腦海中的大肚爐。

□

離舞會只剩三天，女士們和英古蘭爵爺回到巴黎。一踏上法國的土地，莉薇亞的心跳就亂了拍，有時跳得飛快，有時沉重無比，有時她按著胸口也幾乎摸不到心臟的鼓動。

第一次以偵查的名義造訪沃德洛堡時，氣氛和渡假沒有兩樣，或者至少可說是輕鬆愉快的遠足。再次踏進境內時，她緊張萬分，不過接踵而來的過度勞動占滿她的時間，讓她沒空口乾舌燥、掌心冒汗。然而現在知道自己很可能即將踏進莫里亞提的巢穴——或是他狡兔三窟的其中一處——她實在是控制不住身體如臨大敵的反應。

她沒和任何人提起任何事，但華生太太不時拍撫她的背。眾人再次集結在蝴蝶居的書齋裡時，夏洛特幫她倒了杯香料熱紅酒。

「其他人都沒有，我該喝嗎？」莉薇亞問：「現在喝葡萄酒會不會有點太早？」現在才下午三點。

「在場的都是自己人——而且這裡是法國。更何況——」夏洛特往馬伯頓先生的方向歪歪腦袋，他朝兩人舉起裝了熱紅酒的酒杯，「不是只有妳在喝。」

莉薇亞對馬伯頓先生笑了笑，感激地喝了一小口，心情平靜不少。

「我們原本的目標是取得范戴克的《哀悼基督》。」夏洛特站在路易十四扶手椅後方，爲這場討論拉開序幕。「光是應付敲詐者，我們已經知道情勢並不單純。而現在更是發展到難以想像的複雜地步。」

「希望各位先記住這個大前提：在整個陰謀詭計中，我們不過是引人分心的花招——連魔術師身旁打扮花俏的助手都稱不上，充其量只是她馬甲上的水鑽。我不認爲逼迫我們入侵沃德洛堡的幕後黑手在乎我們的成敗。現場有許多尺寸更小、更好竊取、價値又相當的畫作。指定一幅掛在人群之中的七呎乘五呎巨幅作品，唯一的理由就是確保我們會採取最激進的手段，營造出引人注目的騷動。」

「如果說我們加上另外三、四組目標類似的人馬，都將引發大規模混亂，那我們便不由得納悶幕後黑手目的究竟爲何。」

馬伯頓先生一副氣定神閒的模樣，聽得入神，毫無焦躁不安的跡象。莉薇亞卻已經繃緊神經，彷彿他們正航行在波濤洶湧的海洋上，地板隨時會傾斜。她心臟狂跳，當英古蘭爵爺的視線掃向她時，心跳又攀升了一級。

「不知道是否算是巧合，各位還記得奧莉薇亞小姐在招待會當天下午看到一名女性走進沃德洛堡嗎？」夏洛特繼續說明：「在英國期間，英古蘭爵爺獲得某個情資，因此相信那名女性便是英古蘭夫人。考慮到英古蘭夫人現在能投靠的對象有限，因此推斷她有可能與莫里亞提達成和解，而沃德洛堡的舞會主辦者正是莫里亞提。」

馬伯頓先生舉往嘴邊的酒杯停在半空中。莉薇亞憋住呼吸。不過等他開口時，語氣倒是相當平靜。「這個可能性非常合理。勒索敲詐確實是莫里亞提長久以來的穩定收入來源。」

「打算破壞沃德洛堡舞會的人士，或許也同樣擅長敲詐營利。」夏洛特又說：「可以假設他們在同一個地方學到這種招數——或許他們曾是同一個組織的成員。」

是嗎？寒意竄上莉薇亞後頸。

馬伯頓先生啜飲了一小口熱紅酒。「妳的意思是我們困在某個組織的內鬨之中？」

夏洛特的表情依舊缺乏情緒。「內鬨這個詞太過含蓄了。我會說我們困在某個派系鬥爭之中。占據沃德洛堡的一方顯然占了上風，而派遣大批雅賊入侵的一方居於劣勢，不過情勢可能在舞會上逆轉，就看哪一方成功翻盤。」

「他們有何目的？」馬伯頓先生捏著高腳杯緩緩旋轉。

「英古蘭爵爺在隧道裡記錄下的密碼經過破解，得出一串數字。這些數字不是代表地圖上的某個點。目前我猜那是某個保險箱的密碼。」

馬伯頓先生皺眉。「誰會用這種方式傳達密碼？」

「或許對方別無選擇。或許那名失敗的逃亡者身負帶出這串密碼的任務。現在還無從得知。」

「不，我的意思是如果眞有個囚犯，然後有人前去營救他，那麼這個囚犯肯定有一群親信，對吧？然而他們都不知道保險箱的密碼？」

討論開始後，只有夏洛特和馬伯頓先生開過口，英古蘭爵爺這時才首度加入。「說不定在莫里亞提身旁待得夠久的人，也會變得跟他一樣多疑，只把祕密藏在心裡，連親近的人都不知道。」

馬伯頓先生眼中掠過一絲哀傷。「我可能知道那名囚犯的身分。」

「眞的？」莉薇亞與華生太太異口同聲地大喊。

馬伯頓先生放下酒杯。「選擇逃離莫里亞提勢力的人，多半難以在外界存活，可是我們一家難得安然度過二十年時光。我們相信在組織內部有人暗中相助。家母堅持她和家父從未尋求過援手，但還是有個人不斷給予我們警告，幫忙散布假情報掩飾我們的行蹤。」

「你認爲莫里亞提終於逮到那個人了？」莉薇亞覺得自己的胃袋像繩索般扭絞。

若眞是如此，那麼馬伯頓一家的安危——他的安危……她緊握酒杯。

「我無法確定。夏洛特小姐，妳不是派我確認沃德洛堡的煙囪嗎？」

「那天晚上我看到的情景不適合透過信件或是電報通知你們。我看到三具屍體從大宅運出，但沒有離開沃德洛堡境內。我相信他們就地解決了那些屍體。」

莉薇亞聽見自己拔尖的嗓音：「你認爲過去幫助你們一家的人已經喪命，屍體也埋起來了？」

「我個人認爲那些並非馬伯頓一家的援手。」夏洛特沉聲應道：「還記得英古蘭爵爺聽到女主人對女客說的話嗎？『這個方法呢，需要一支針筒和某種能注入人體的溶液。』」

「英古蘭夫人的雙胞胎姊妹死於注射過量純酒精，莫里亞提爲了修補與她的關係，犧牲德雷西和他的兩名手下，也就是那三具屍體。與英古蘭爵爺聽到的密碼無關。」

「所以那個人還活著？」英古蘭爵爺意有所指地直視夏洛特。

「不知道。說不定沃德洛堡內關了大量囚犯，每天都會處決好幾個人，天知道呢。」

莉薇亞一陣瑟縮，華生太太也是臉色煞白。

「別擔心。」夏洛特對英古蘭爵爺說：「我還無法判定那名囚犯就是芬奇先生。」

夏洛特曾提到她已經好幾個月沒有那位同父異母兄長的消息，但她也說他很可能跑去澳洲冒險，這番說詞讓莉薇亞安下心來。現在她的心臟又開始狂跳。

馬伯頓先生端起他那杯熱紅酒，移動到離她最近的空位。起先她以爲他是來幫她打氣的，不過經過華生太太和夏洛特的諄諄教誨，要她別那麼妄自菲薄，或許眞的起了些作用。她想他說不定也需要有人爲他打氣。

我願意爲你這麼做。

房裡不是只有他們兩人，但她還是輕輕按住他的手幾秒。兩人相視頷首。

我沒事。

我也沒事。

「那麼，福爾摩斯，妳認爲囚犯是誰？」英古蘭爵爺問道。

「眞要我猜的話，我覺得是德羅希爾夫人。」夏洛特思考了幾秒。「芬奇先生說過莫里亞提當了三次鰥夫——當然實情並非如此，他的第二任妻子馬伯頓太太還活著——在他的第三任妻子過世後，他決定不再結婚。但據說他對某個情婦寵愛有加。或許德羅希爾夫人就是在他身邊待了不少時日的情婦。多年來幫助馬伯頓一家的內應可能就是她。」

華生太太走向放在書齋另一頭的干邑白蘭地酒瓶。「那麼前幾天是誰以女主人的身分招待我們假定是英古蘭夫人的女客？」

夏洛特聳聳肩。「可能是莫里亞提麾下的另一名女性。記得嗎？招待會當晚，普蘭提爾先生說德羅希爾夫人身體不適。」

華生太太端回兩杯白蘭地，一杯是她自己的，另一杯遞給英古蘭爵爺。英古蘭爵爺接過酒杯，向她道謝，注意力又回到夏洛特身上。「莫里亞提就是那位買下沃德洛堡的神祕瑞士營造商艾柏瑞特先生？」

「有可能。又或者是普蘭提爾先生，雖然普蘭提爾先生應該比莫里亞提年輕不少。」夏洛特為自己倒了杯咖啡。「無論如何，我們沒有本錢捲入這場紛爭。我們的目標是幫助華生太太的朋友，必須把一切心力投注在這件事上。」

「我思考了一番，甚至向某位舞台機關專家討教，卻還是無法改變事實——假如無法占據畫廊一段時間，我們不可能對那幅范戴克畫作施展任何把戲。因此我別無選擇，只能轉移焦點，而既然我們掌握了密碼，就要好好運用保險箱的內容物。」

在場只有馬伯頓先生不知道這件事。夏洛特已經與回到英國的三人深入討論過她的計畫。莉薇亞極度懷疑這個神祕保險箱的存在，英古蘭爵爺問起它的所在位置，華生太太則擔心計畫變動幅度太大，會不會影響到她的朋友。

最後夏洛特總算讓他們相信保險箱眞的存在，說她不但知道它的位置，連裡頭的東西都一清二楚。而耶魯節化妝舞會上出售的任何一幅畫，都不是敲詐者眞正的目標。

我們完全沒有機會偷走那幅范戴克，不過保險箱的內容物能帶來一點機會。只要能取得那些東西，華生太太，我們就擁有更多籌碼來交換妳朋友的那些信函。

馬伯頓先生細細咀嚼著夏洛特的提議。「夏洛特小姐，我全聽妳的。如果妳認為我們該把焦點放在保險箱上，那我相信妳一定早就思考過所有面向。」

「不過我還是有些疑惑，沃德洛堡內的人員不知道有保險箱嗎？」

「應該是不知道。」夏洛特不急不徐地答道：「若他們知道，叛黨對它就不會有半點興趣了。」

「那些叛黨不會阻撓我們嗎？」

「我寧可面對幾個目標一致的盜匪，也不想把那幅范戴克搶下來運出堡外。」

馬伯頓先生又想了一會兒，點頭同意。

莉薇亞鬆了一大口氣。

沒有人開口，夏洛特率先說道：「我請華生太太邀她的朋友今天來此碰面。應該要直接向她報告我轉換目標的決定。更何況我們人手不足，我也打算請她參與。」

「她將在——」夏洛特望向大座鐘，「好，她應該在三分鐘前抵達此處。佛赫隨時都會來通報。」

彷彿是應了她的召喚，有人敲響書齋的門，接著是佛赫輕柔的嗓音：「各位女士與先生，有客人來訪。」

□

佛赫領著一名身穿黑色衣裙，頭戴黑紗的女子進房。她坐上長椅，就在華生太太隔壁。

「這位夫人是我的朋友。」華生太太介紹道，彷彿迎接蒙面陌生人加入祕密集會，討論遊走在法律邊緣的計畫，卻又不揭露對方身分，是再普通不過的事。

不過呢，在場的眾人都心知肚明，華生太太就是從這位朋友手中接下難如登天的任務。即便對方不太可能爲了點心曝露她的面容，佛赫仍幫夫人送上蛋糕和咖啡。等他退下，夏洛特將方才的討論內容大幅濃縮，隱去莫里亞提和英古蘭夫人的名字，向夫人報告摘要。

夫人聽得很專心，等夏洛特說明完畢，她問：「若是保險箱不在妳預想的位置，那該怎麼辦？關於那幅范戴克畫作，妳有任何備案嗎？」

她說的是法語，口音細微陌生，莉薇亞聽不出她的出身。

「我們的盟友做了些安排。」夏洛特說：「但無法確知屆時會如何發展，不能完全依靠備案。」

「所以我們的行動沒有任何保證。」

「我們的行動沒有任何保證。」

夫人遲疑了幾秒。「很好，就這樣吧。該怎麼做就怎麼做。」

「太好了。現在要來討論計畫的實際內容，裡頭涵蓋少許談情說愛的戲分。除了奧莉薇亞小姐和馬伯頓先生之外，包括夫人在內的所有人都必須參加。」

莉薇亞一愣。如果夏洛特跟英古蘭爵爺湊對，那華生太太和夫人的搭檔會是誰？應該不會要她們出雙入對吧？

夫人瞥向華生太太，兩人似乎展開了無言的溝通。然後她點點頭，姿態格外高雅尊貴。

夏洛特點點頭。「很好，大家現在換上合適的服裝，來進行第一次排練吧。」

□

莉薇亞在夏洛特的房裡幫她穿上最重要的裝備。夏洛特的男裝打扮需要有個紮實的大肚子，好來掩飾她豐滿的胸脯。之前多半是靠著大量的襯墊塞出中廣身材，不過這回她爲了舞會特別訂做了一個假肚子。

「妳要讓華生太太和她的朋友『談情說愛』？」莉薇亞一邊發問，一邊將假肚子的綁帶緊緊固定在夏洛特身上。

「相機鏡頭角度是固定的。她們可以用借位的方式，看起來過從甚密就好。」夏洛特以她一貫的冷淡語氣回應。

「就算其中一人背對鏡頭，她們還是必須相互擁抱。對她們來說應該很尷尬吧。」

有人在外頭敲門。

「請進。」夏洛特招呼道。

是華生太太。

莉薇亞臉頰發燙，希望華生太太沒有聽到她們的對話。

「喔，夏洛特小姐。」華生太太猛搖頭。「妳怎麼能要我們兩個老阿姨做這種事呢。」

罪。

「非常時刻需要非常手段。」夏洛特的語氣毫無反省之意，華生太太看來也沒打算興師問罪。

華生太太嘆息。「我們失聯這麼多年，肯定是尷尬極了。不過至少我們不用做出以前沒做過的事。」

莉薇亞手中的帶釦掉了。她不知道該往哪裡看。華生太太是在暗示她們……她們……

華生太太輕笑一聲。「奧莉薇亞小姐，有什麼問題就直接問站在妳面前的我吧。」

「嗯……」莉薇亞綁完帶子，輕輕拉扯，確認綁結夠牢固，又不會緊到讓夏洛特不舒服。「所以說妳和妳的朋友曾經擁有浪漫的友誼，像是蘭戈勒女士那樣？」

基爾肯尼郡的艾琳諾·巴特勒夫人和莎拉·龐松比小姐爲了逃離違反她們意願的婚姻，雙雙離家出走，在威爾斯的蘭戈勒落腳，就這樣同居了五十年。

「這個嘛，她們嚴正抗議對這段友誼的所有定見批判，認定她們之間只存在純潔無垢的情感。但我無法提出這種抗議。」

莉薇亞下巴都快掉了。華生太太和她朋友曾是……女同性戀者？某位德國醫師最近不是才出版一本性慾病理學的書籍，將女同性戀歸類爲神經方面的疾病？

「總而言之，夏洛特小姐，我朋友派我來唸唸妳這個放肆的小姑娘，竟然要我們兩個老阿姨演什麼春宮戲給人看。不過偷偷告訴妳，我認爲她口中的放肆其實是讚美。」

她隨即離開，回房繼續換裝。

莉薇亞轉向夏洛特。「我不知道該作何感想。」

夏洛特眼中毫無情緒。「有什麼好想的？華生太太和她的朋友要一起做什麼、不做什麼，對妳沒有任何影響吧？」

然而莉薇亞無法不去在意。「喔，如果華生太太會對女性興起那種感情，妳不擔心她不只把妳當朋友看待嗎？」

夏洛特的表情依舊空白。「既然英古蘭爵爺不擔心她不把他當朋友，那我更不用擔心。她曾經嫁給比她年少的丈夫。誰說她不能找上更年輕的對象呢？」

莉薇亞嘴唇開合數次。「但他沒和她住在一起啊。」

「涉入婚外情的男女大多也沒住在一起。」

夏洛特還是不動聲色，莉薇亞突然覺得自己蠢透了。她極度仰慕華生太太，從一開始就把她當成理想中的母親看待。華生太太沒有任何改變，根本也不需要向莉薇亞證明任何事，那莉薇亞有什麼理由突然預設華生太太會越界。

她回頭望向夏洛特，說道：「我覺得妳的節食策略有效耶。妳的下巴層數看起來比幾天前單薄了一些。」

夏洛特拍拍下巴。「我不打算聲張自己做了多少努力，不過眞的很艱辛。看我爲了愛慕虛榮付出多少。」

莉薇亞微微一笑。馬伯頓先生在門外通知眾人前去排練。她拍拍夏洛特的肩膀。「走吧。」

□

蝴蝶居占地廣大，擁有不規則形的庭院。在草坪中央，前幾天留在巴黎的兩位男士架起了八呎寬的鑄鐵柵欄。

和沃德洛堡的外層柵欄有些差距，不過至少高度與設計都一模一樣，頂端也有類似的尖銳頂飾，欄柱間的距離與實品一致，除了最底部跟頂端之外，沒有任何橫桿。

四周的高聳圍牆擋住外人目光，僕人也被派去做其他雜事了。參加練習的女士們穿上燈籠褲。策略很簡單：必須先讓夏洛特翻過柵欄，因爲她身上綁著一堆裝備，對她來說難度最高，得仰賴另外三人的協助。

英古蘭爵爺和馬伯頓先生在一旁待機，必要時出手相助。不過主要還是靠華生太太的指揮。她和太后、莉薇亞花了點時間摸索出最好使力的姿勢，盡可能地撐起夏洛特。

夏洛特第一次登上頂端橫桿時，卡在上頭動彈不得。她的位置太高，其他人伸長手臂也沒辦法扶住她。理應深深插入土地的柵欄，感覺開始前後搖晃。她相信一旦把腿跨過去，就會帶著整片柵欄一起墜地。

英古蘭爵爺已經準備要拿起放在一旁的梯子，但馬伯頓先生阻止了他。「夏洛特小姐，我保證這道柵欄穩如磐石。無論妳做什麼，都不會讓它傾斜分毫。我對妳發誓。」

說完，他輕巧地跳上柵欄，在頂端搖晃。夏洛特沒有尖叫，卻也大聲倒抽了一口氣。不過正如馬伯頓先生的保證，柵欄屹立不搖。

夏洛特呼出一口氣，將一條腿翻過柵欄，又被頂飾結結實實地卡住，尖端勾上她燈籠褲累贅的布料。她深深嘆息。她對燈籠褲一向沒有好感，這東西不但讓她看起來更有分量，現在更證明了它毫無用途。

英古蘭爵爺架起梯子，莉薇亞爬上去幫夏洛特的燈籠褲脫困。馬伯頓先生親身示範如何握著頂端橫桿，緩緩垂下軀幹，最後鬆手落地。

或者該說是落上放在柵欄另一側的軟墊。

她抖著腿著地，過度勞動的手臂痠痛無比。她是女士中最弱的一個，太后身手出奇矯健，華生太太筋骨強健，莉薇亞靈活得像是常要爬牆躲警察的街頭流浪兒。

夏洛特誠摯期盼能安穩地坐進軟綿綿的椅子裡，捧著一杯熱茶，配上美味的蛋糕，加上一兩本專利局目錄。但這全是奢望。她深深吸氣，揉揉手掌，說：「再試一次吧？」

□

舞會前一天，莉薇亞和馬伯頓先生到杜樂麗花園散步。

兩人從園內主要通道的一端朝另一端漫步，欣賞羅浮宮到協和廣場之間的風景。現在他們來到稍微安靜一些的區域，穿過一片石像，從一群坐在一旁的法國老太太面前走過。這不是造訪庭院的最佳時節——樹木少了青綠頂蓋，赤裸裸地矗立在灰暗天幕下。即便如此，莉薇亞還是熱愛位於市中心、維護良好的寬廣公園。

還有馬伯頓先生的陪伴。

她擔心他即將深入莫里亞提據點。而他沒那麼在意，強調那是化妝舞會，沒有人看得到他或是任何人的臉。她總算放鬆了些。

還有不少事情要準備，針對舞會的演練尚未結束，但他堅持她都來到巴黎了，總不能不體驗一下這座城市。離開公園後，他們要去逛他在巴黎最愛的書店，到附近的小餐館用餐，最後回蝴蝶居。

「我寫完夏洛克．福爾摩斯的故事了！」繞過一片失色的花圃時，她突然脫口說道。

他停下腳步。「恭喜！」

她想大笑又想大哭。「謝謝你。我是在從迪耶普到巴黎的火車上寫完的。」

就是她、夏洛特、華生太太、英古蘭爵爺回法國那天。

「妳在兩天前達成這個偉大的目標，卻整整憋了四十八小時，一聲不吭？」他雙手一攤，佯裝發怒。

「我、我還沒準備好讓任何人看內容。現在還是一樣。不過我答應過讓你當第一個讀者，所以這是書稿。」她從手提袋裡抽出三本用深藍色緞帶綁起的筆記本，蝴蝶結已經稍微壓塌了。

「舞會之後我得要馬上回家。你可以等我離開再看。」

他雙手接過筆記本，恭恭敬敬地捧著，彷彿她往他掌心裡放了朵鮮花似的。「謝謝妳。我還沒有讀過誰的手稿呢。」他抬起頭，目光澄淨真摯。「我會以性命守護妳的手稿，保證讓它平安回到妳手上。」

她從未如此……飄飄欲仙，同時又無比神清氣爽。她笑出聲來。「好啦，演完這麼一齣大戲，我得要把這些筆記本收回手提袋裡了，總不能讓你拎著幾本破書走遍全巴黎吧。」

他推開她的手，露出燦爛的笑容。「才不要。我就是要帶著它們到處跑。現在我是全巴黎最得意的人啦。」

□

夏洛特抵達舞廳時，英古蘭爵爺和艾特伍中尉還在練棍術。

她喜歡看華生太太與里梅涅小姐演練招數——她們腳步輕盈，姿態優雅如同舞者，而她眼前男士身上毫無半點優雅氣質，只看得到野獸般的凶猛氣勢。她研究他們的步法，迅速的踏步和轉身；她研究他們行雲流水般的攻守變招，進擊與防禦。

她不是專家，但也隱約看出艾特伍中尉技高一籌。兩人因為英古蘭爵爺請他示範某個技巧，暫停了一會兒。艾特伍中尉說明完，他們又打了起來，速度稍微放慢，讓英古蘭爵爺看清艾特伍中尉如何連接出擊。

她不認爲英古蘭爵爺本性謙恭，但這幾年來，他那些不必要的鋒芒確實收斂了許多。十年前，他肯定不夠自信也不夠虛心，不可能向人討教。若是遇上更強大的對手，他八成只會心生不滿，甚至是怒火中燒。

大家都變了。但少有人能越變越好。

兩名男士幾乎是同時望向她。艾特伍中尉欠身示意，從另一扇門離開。夏洛特則走向英古蘭爵爺。

「你們的功夫眞是不得了。」

「艾特伍中尉比我高明多了。」

「他比你厲害，不過你已經很強了。」

他微微一笑。

她挑眉。「你是希望某位女士向你擔保你和他旗鼓相當嗎？」

「不勞妳多慮，我早就過了那個時期了。我只是很開心聽到妳稱讚我。」他拿手帕在前額按了按。他領口敞開，展露出幾吋同樣覆上一層汗珠的誘人胸膛。

假如她的固定棍術對練同伴長這副模樣，說不定她會練得更勤。

「要開始了嗎？」她問。

要做的事堆積如山，不過莉薇亞和馬伯頓先生去杜樂麗花園逛逛，華生太太在太后的旅館房間幫她的舞會禮服做最後調整，夏洛特心想稍微活動一下對自己的健康及腦力都頗有益處，甚至還能改善她的身形。

他沒有立刻回答。

「怎麼了？」

他似乎陷入天人交戰，腦中的激辯持續了好幾秒。「前陣子妳問過同樣的問題。」

確實。當時他們坐在出租馬車上，討論太后，以及若英國勢力退出次大陸，她可能得到什麼益處。之後她隨莉薇亞、華生太太、馬伯頓先生動身橫越英吉利海峽，迎接他們的法國冒險。或是迎接厄運。他們無法保證事態不會往負面發展。

當時她一口咬定他心裡有事，而他沒有回答。「所以你眞的心裡有事？」

他的指尖輕敲杖頭。「我孩子的女家教正在考慮移民到澳洲——她有個表親在那裡過得不錯。」

啊哈！這幾年來，她見過那位家教一兩次，看她跟在英古蘭夫人和孩子後頭。看來英古蘭夫人離開後，膽小如鼠的亞摩斯小姐馬上變了個性子。

不過他幹嘛和她提這件事？他是打算——不對，他沒打算對夏洛特施加任何壓力。他只是想請好朋友給些建議。

「聽說澳洲有更好的婚姻機會。」她說。「對女性而言。」

「對亞摩斯小姐來說非常重要。然而只要我在目前的婚姻正式結束後迎娶她，她願意放棄澳洲之旅。」

他語氣陰沉，她差點嘴角抽搐。「老天爺啊，區區一個英國離婚男子，什麼時候比得上一整個大陸的黃金單身漢了？亞摩斯小姐這可是在賤賣自己啊。」

他哼了聲，忍不住笑出來。

「她是愛上你了，還是眞心討厭搭船？」

「我對後者沒有概念。妳我都知道，我極度不擅長判斷女性對我抱持什麼樣的感情。」嚴格來說，他只是不擅長判斷某個女性對他抱持什麼樣的感情。但他在這裡用了複數，意思是他也看不透夏洛特對他的感受嗎？

「亞摩斯小姐是否提供了其他誘因？」

「除了不拋下我的孩子？她很願意接受表面婚姻。」他看著她。「妳想我該怎麼做？」

兩人之間的僵局或許正是他婚姻走上末路的原因之一，同時自由也可能引來令人後悔的選擇，她眞的希望他再婚嗎？

眞的希望他們的友誼永遠維持現況？

「若你眞的需要表面婚姻，光是在蝴蝶居，你就能找到更好的對象。」她聽見自己這麼說：「比如說家姊。她一心只想離開我雙親的控制，也愛極了堅決谷莊園。她不會像英古蘭夫人那麼麻煩。」

「這什麼鬼話！」

「先生，我原諒你不雅的詞彙。還有個更好的選擇。華生太太，她也喜歡堅決谷，對孩子更是愛不釋手。她會是全世界最優秀的繼母。」

他先是怒目而視，然後笑了出來。「福爾摩斯，認眞點。」

好吧，既然他想聽眞心話。她嘆了口氣。「我認爲表面婚姻對你來說太不值了。」

他的表情轉爲肅穆。「那我値得什麼？」

她給不出什麼好答案。

過了半晌，他說：「要開始練習了嗎？」

第十七章

莉薇亞已經十年沒和夏洛特跳過舞了，當年她們還是準備參加第一次社交季的小女生。夏洛特小時候手腳有些不協調，莉薇亞生怕她會踩到男士的腳，要夏洛特在家練習，由莉薇亞擔任男士的角色。

不過現在角色逆轉，夏洛特自己的頭髮還很短，所以沒戴假髮。她在下半張臉黏滿與髮色相配的金色落腮鬍，掩蓋太過光滑的皮膚。在黑白中點綴藍綠色的小丑面具下，她的眼神溫和而眞摯。

兩人之間擋著夏洛特的大肚子，這是她用過最誇張的變裝道具。莉薇亞好怕會整個人撞上去，怕不愼把假肚子擠到移位。夏洛特帶著她轉圈，她一手緊緊揪住夏洛特那和面具相互呼應的藍綠色緞布正裝外套袖子，上身忍不住往後仰。

「妳今晚可愛極了。」夏洛特說。

莉薇亞完全不知道自己現在是什麼模樣——她戴著金色配藍色的面具，底下自己的面貌一點都不重要。她緊張得好想吐，手套下的掌心猛冒汗。「謝謝。」她努力擠出回應。

賓客在兩人四周旋轉歡笑。那麼多色彩斑斕的面具，黏上誇張的羽毛和水鑽；那麼多鑽石項鍊，光彩射向四面八方；那麼多打扮大膽的女士，縫上寶石的禮服搖曳生姿，在黑白相間的大理石地板上永無止盡地旋轉。

莉薇亞無法環顧四周太久，否則會頭暈目眩。因此她盯著夏洛特面具下露出的半截右耳。夏洛特隨著音樂輕哼。莉薇亞聽得見樂聲，但感覺好遙遠，飄浮在閒談笑聲之上，遠遠比不上她宛如擂鼓的心跳，以及咻咻流動的血液。

她甚至不知道兩人跳的是華爾茲還是莎底士舞。她隨著夏洛特的引導起舞，靈魂蜷縮起來，在小黑屋裡嗚咽抽噎。

莉薇亞幾乎要被緊繃的氣氛壓垮和引爆，但夏洛特一如以往，似乎對這一切毫無所覺。她領著莉薇亞避開其他旋轉的男女，隨著每一次移動觀察整個舞廳。

「華生太太的朋友和馬伯頓先生在我們後頭不遠處。她看起來對他頗爲中意——我相信她並不是容易受到吸引的人。」她低喃。

莉薇亞無暇尋找同伴。兩人之外的世界是一片萬花筒般的模糊影像。太多顏色，太多歡笑。不過以她緊繃到極限的感官來看，這分歡愉氣氛像是在強顏歡笑，大多數的笑容只是虛有其表，一拍即散。

或許她的直覺沒有錯。

多年來，不少賓客會上樓到那些客房尋求禁忌的歡愉。現在她已經知道沃德洛堡的運作模式，那些不幸的客人即將面對遭到敲詐的厄運，或許被迫每年都得出席，以防巴黎上流社交界的參加者逐年下降。

她瞄向旋轉著滑過身旁賓客，其中有多少人是遭到逼迫，不得不在此跳舞，營造出歡樂的氣氛？有多少人在他們痛恨的地方翩翩起舞，咬牙裝出興奮的笑容？

她突然好想遠離這幢可恨的大宅。

不過得要等到他們做完該做的事。

每分鐘都像一個小時一樣漫長。但她莫名覺得他們的進度慢了。根據計畫，英古蘭爵爺和華生太太現在已經在上方的樓梯口手挽著手，緊盯每一名退入客房的客人。英古蘭爵爺的盟友負責監視那幾處畫廊，參加過招待會的賓客會收到專屬的特別票券，自行寫上價碼，投入標示了畫作名稱的玻璃瓶。

他們還得留意第三個訊號。夏洛特確信至少會有一組雅賊試圖切斷供電。她也相信沃德洛堡內肯定配置了第二套供電系統，斷電不會持續太久。

然而一旦黑暗突然降臨，某些已經醺然的賓客或許會更加大膽。也就是說等到恢復光明，會有不少賓客倉皇逃離，給自己留下一點顏面。

夏洛特等人將在英古蘭爵爺的盟友下標後才行動，但必須趕在客人爭先恐後擠向客房之前。

「我們還跳得不夠久嗎？是不是該進行下一步了？」樂曲告一段落，莉薇亞悄聲問道。

夏洛特望向樓梯口。「說不定我們已經在執行第二階段了。」

英古蘭爵爺和華生太太已不見蹤影，換成一名戴著搶眼黑色長角面具的男子站在那裡，一隻手肘支著欄杆。夏洛特向莉薇亞伸手，兩人一起上樓。

「納里曼先生。」夏洛特興高采烈地打招呼。「你下標了嗎?」

這人就是英古蘭爵爺那位神祕的盟友嗎?

「是的。」他的英語帶著些許口音。「可是畫廊裡只有玻璃瓶,沒看到半幅畫。我向駐守在玻璃瓶旁的人員搭話,他們無法,或是無意給我任何答案。」

莉薇亞的胃袋一陣翻攪。他們知道沃德洛堡動用了幾道防護措施,包括守住禮拜堂,不讓外人闖入;找上另一間仲介公司,雇用舞會當晚的臨時人力。可是在藝術品拍賣的盛宴上移走所有商品?

到底是怎麼一回事?

夏洛特戴著面具,難以觀察她的反應。她沉默幾秒,最後只輕聲說:「夫人和馬伯頓先生來了。」

大家直接稱呼華生太太的朋友為夫人。她的黑色禮服剪裁端莊,襯托她的健康膚色。馬伯頓先生則是身穿普通的黑色正裝。兩人戴上成套的金色面具,插著巨大的紫色羽飾,懸在他們頭頂上跳動。

「這是什麼意思?」聽到最新發展,夫人以緊繃的法語詢問。

五人並肩站在樓梯口往兩旁延伸的柵欄後面。腳下是漩渦般的舞會。不安瞬間襲向莉薇亞,覺得自己將落入人潮,被捲到遠處去。

「沃德洛堡想必是決定阻斷今晚所有的下手機會。」夏洛特說:「擾亂舞會的計畫全都建築在畫作唾手可得的前提之上。只要撤下所有畫作，就無計可施了。」

「夏洛特小姐，妳從一開始就放棄那幅范戴克畫作的決定眞是先見之明。」夫人說。

「但我沒想到會有這一招。」夏洛特戴著手套的手撫過欄杆。「別再等了，我們現在就去客房。」

她讓莉薇亞勾住馬伯頓先生的手臂，又向夫人伸手。英古蘭爵爺的盟友將夫人的另一手拉進自己的肘彎。在走廊晃蕩的獨行男子可能會勾起警衛的疑心，不過一對男女，甚至是形貌曖昧的三人組，就能營造出微醺酒客找地方享樂的假象。

莉薇亞毫無享樂的興致，她幾乎感覺不到腳下的地面，只有馬伯頓先生的手臂才是眞實穩固的存在。她攀附著他，壓抑恐慌到想蹲下來的衝動。

接近目的地時，他們遇上英古蘭爵爺與華生太太，兩人在這裡引導其他賓客。「目前為止，只有兩組人經過，他們往另一條走廊去了。不過有個警衛守在放床單的櫃子前。」

他們必須進入英古蘭爵爺發現的第一條密道，就是他躲起來聽見兩名女子——其中一人可能就是他的妻子——進入的那一條。研究過建築平面圖後——上頭當然沒有標出密道——夏洛特推測她們一定是用了藏在某個床單櫃後方的密門。

現在有人守著床單櫃。

莉薇亞的心跳沉重到胸腔抽痛。

「這也在意料之中。」夏洛特淡然道：「我們也演練過了。走吧。」

□

招待會那晚，英古蘭爵爺在沃德洛堡的密道探查時，透過窺孔看見兩間臥室的內部陳設，小的那間只擺了最簡單的家具，位於大宅的另一側。夏洛特現在站在另一間臥室的門前。

她深呼吸了幾次。英古蘭爵爺已在一分鐘前進房。床單櫃就在兩扇門外，守著床單櫃的人發覺一名男子尾隨著另一名男子來到這個區域，見獵心喜地抿起嘴唇。夏洛特裝出遮遮掩掩的羞愧模樣。

一進房，她立刻靠著門板，咬住下唇，給人猶豫不前的印象。英古蘭爵爺在她進房前似乎已經來回踱步了好一會兒，這時停下腳步，隔著黃綠配色的閃亮面具看著她——表達他終於等到她，或者該說是她扮演的男性，那股訝異狂喜的情緒。

他拉近距離，一手托住她的側臉。

「艾特伍中尉可沒有笑出聲來。」她輕聲說道。密道裡的監視者不太可能聽得見房裡動靜，但她不想冒險。

他咧嘴一笑。「艾特伍中尉比我優秀多了。」

他的指尖輕輕撫過她的假鬍子，以同樣輕盈的力道滑過她的假肚子。熱氣沿著她的神經傳導，即便他完全沒沾到她的肌膚。

「好吧。」他的表情嚴肅多了。「從這個位置，監視者只能看到我的背部，還有一部分的妳。一離開這個點就要多加小心。」

「窺孔在哪兒？」

「放了書本的靠窗座位下面，壁紙上有個旭日圖案那邊。準備好了嗎？」

他帶著她轉身，引導她靠上最近的床柱。爲免害她的假肚子移位，他站在她的側邊。現在他的手指劃過她面具的邊緣，冰冷的指尖留下灼熱的軌跡。

「一起躺下來。」他以法語說道，就算監視者能讀唇語也不會被看破手腳。

這種台詞他該多說幾次。她抓著床緣，展現不安。「先生，這實在是……實在是……我不知道……」

「親愛的，你這是在懷疑我的眞心嗎？」

或許他其實還是想笑場，但她已經笑不出來。他的語氣極度認眞，或許還參雜了些許恐懼。他已經把演技發揮到極致。假如他有意傳達自己的情感……

遭到把他列爲謀殺案嫌犯的總督察逼問時，他曾說他愛她。當時她以雪林福・福爾摩斯的扮相，坐在同一個車廂裡目睹了這一切。不過他沒有直視她，事後也沒再提起。

絕對不像現在，凝視她的雙眼，表情坦率而脆弱，內心渴望一覽無遺。

聲音在她喉中多哽了一秒。「先生，我們與幸福的可能性之間有那麼多阻礙。」

「既然幸福的可能性存在，我們不該爲了它努力嗎？」

她的呼吸變得淺短。「我──我的人生沒有污點，也別無所求。在我們……努力之後，我不知道一切是否還能單純如昔。」

他一手撫上她的臉頰。「或許我們的人生將變得更加複雜，但我們會一起面對，親愛的，這樣你還是無動於衷嗎？這樣無法抵銷一些困境嗎？」

被他摸過的地方一片灼熱。她搭上他的手腕，感受到他加速的脈搏。她的心跳也跟著狂飆。「我們的友誼會變成什麼樣子？愛情能在瞬間消散。要是我們的心意生變，未來還能當朋友嗎？還是永遠形同陌路？」

打從她踏進這間客房開始，他首度移開目光，手也離開她的臉。兩人熟悉的沉默再次降臨。陌生的傷感襲上心頭。披上虛構的身分，他們是不是比現實生活中還要坦率？

他望向房門。「可能是我妻子。」

這也是劇本的一環。她在心裡要自己振作一點。眼前還有這項艱辛的任務，只要一個分心，就可能釀成悲劇。

他往門邊走去，少了平時帶著野性的優雅姿態，駝著背，拖著腳步。他聽了一會兒，回頭看了她一眼，說道：「我的朋友，你在這裡等著。」

這句話代表門外確實是華生太太和太后。他反手關上門，她把耳朵貼上鑰匙孔，聽見華生太太咯咯輕笑。「這位先生，爲什麼要我們進臥室呢？我們想做的事情用不到床鋪啊，對吧，親愛的？」

太后的笑聲響起，眞不敢相信她能發出這種聲音。「是啊，我的小親親。這位先生看著我們的模樣眞可愛，對吧？」現在她的法語中帶著明顯的俄羅斯口音。

「拜託，兩位夫人——」

警衛的懇求被人打斷，門外一陣騷動。等到走廊安靜下來，夏洛特將門推開一條縫，移動到窺孔前，將它完全擋住。

過了一會兒，英古蘭爵爺和艾特伍中尉把那名警衛拖進房裡，艾特伍中尉抽出一條手帕，吸滿氯仿，按住手腳被綁起、嘴巴也塞了東西的警衛口鼻。

莉薇亞稍早問過他們是否打算用氯仿解決所有警衛。男士們喪氣地嘆息：唉，拿滴了氯仿的布塊讓人完全迷昏，需要好幾分鐘。但他們可以在制服警衛後使用這一招，讓他們不會醒得太早，引發不必要的困擾。

他們把警衛塞到床下，避開窺孔的視野。艾特伍中尉離開房間，豎起一根指頭提示他們有一分鐘的時間。英古蘭爵爺移到門邊，裝作剛進房的模樣關上門。

這時夏洛特才離開窺孔前。「是你的妻子嗎？」她問。

「不，是別人。」

他握住她的雙手。兩人一言不發，爐架上的座鐘滴答運轉。等到只剩十五秒時，她說：「我——我該走了。」

「別走。」他又用上了眞誠嚴肅的語氣。

她垂眼，發現自己一點都不想照著劇本演下去，但她不能不演。「我想，維持現狀對我們都好。」

他鬆開她的手，往後退了幾步，別開臉。「最親愛的朋友，我知道你爲什麼這麼想，不過如果你改變心意，我大概還會在這裡待一個小時。」

□

出了客房，夏洛特花了幾秒鐘冷靜下來，大步走向床單櫃。

馬伯頓先生代替警衛站崗。他摘下面具，將在倫敦特別訂做的外套反穿，打扮得接近沃德洛堡的僕役。華生太太和太后進了床單櫃另一側的客房，莉薇亞應該在走廊最尾端的房間——他們不讓其他人靠近這一區客房，自行吸引監視者的注意。

馬伯頓先生的任務是維持這段走廊淨空。他讓夏洛特鑽進床單櫃，艾特伍中尉已經從櫃子靠牆的那一側摸出打開密門的機關。

「小心階梯。」夏洛特輕聲提醒。

密道位於兩層樓之間，英古蘭爵爺沒在走道間碰上台階，因此高低差一定是設在床單櫃與密道之間。

艾特伍中尉獨自爬進去。幾秒鐘過去。石板緩緩摩擦的輕響飄來。

來自走廊的燈光從櫃門下滲入，只照亮幾吋空間就被陰影吞噬。夏洛特的位置幾乎是伸手不見五指。艾特伍中尉消失的洞口中，黑暗像是擁有實體。在他打開通往擺放相機的通道門後，無法穿透的黑暗感覺更加濃稠了。

摩擦聲消失了。

「負責西側盡頭的，你那邊的房間裡有人嗎？」艾特伍中尉的嗓音與普蘭提爾先生毫無兩樣。

「是的，先生。一名女士。」有人如此回應。

一定是莉薇亞，她正坐在走廊盡頭的房間裡，緊張地把玩著手套上的鈕釦，像是在等誰進房似的。

「中間呢？」

「黃色房間裡有兩個女人。」

「東側那邊如何？」

「剛才藍色房間裡有兩個男人，他們接連離開了。所以沒看到半個人。」

這是他們刻意打造的局面。無論畫廊裡有沒有畫作，至少目前爲止一切照著他們的預計進行。

「那你跟我來。」艾特伍中尉說：「下面要更多人手。」

「是的，先生。」

密道裡傳來細微的摩擦聲。黑暗中的腳步聲。接近無聲的扭打。一陣寂靜，八成是艾特伍中尉把不幸的監視者綁起來的空檔。他輕哼了一聲，使勁把監視者拖進床單櫃。

失去意識的男子身上瀰漫著菸草味。

「這是你的拿手招數嗎？」夏洛特低喃。

「我遇過一名女子，她不用抬起手指，就能隔空讓好幾個人繳械——和她相比，我算不上什麼。」

你是在中國突厥斯坦見到她的嗎？

她沒把疑問說出口，耳朵貼上櫃門。

幾乎在同時，櫃外傳來說話聲：「你爲什麼杵在這裡？」聲調冰冷，有些僵硬的法語，但這動聽的嗓音毋庸置疑是英古蘭夫人。

「夫人，普蘭提爾先生命令我駐守此處。」馬伯頓先生盡責地扮演警衛的角色。

「讓開。」

「啊，夫人，沒有普蘭提爾先生的命令，我不能放任何人進去。」

夏洛特在艾特伍中尉耳邊悄聲指示，要他帶著監視者移到一旁，才不會門一開就被看見。接著她溜出床單櫃，對一臉震驚的馬伯頓先生點點頭，說道：「夫人，我還在想著要如何與妳巧遇呢。要不要四處參觀一下？」

英古蘭夫人看著她的眼神中，狐疑與嫌惡交織。夏洛特微微一笑。英古蘭夫人自然不會對眼前身穿藍綠色晚禮服和同色系面具的男士有好臉色。她身上一襲霧面灰色禮服，吸收所有光線，面具也是同樣沉悶的色調。

「夫人，妳知道我是誰。」夏洛特換回原本的嗓音。「來散個步吧？」

英古蘭夫人嚇得一縮，眉頭緊皺，但最後還是勾住夏洛特的手臂。

「妳在這裡做什麼？」她斷聲問。

夏洛特帶著她離開這區客房。「說來話長。不過請安心，我不是爲妳而來。」

這層樓還配置了讓男士取樂的紙牌室，以及供女士休息的交誼廳，她們可以坐在沙發上小歇片刻，請裁縫師修補在翩翩起舞間勾壞的裙襬。一離開客房區，她們遇到更多賓客，有人閒聊，有人顯然在調情。若有似無的樂聲飄在空氣中，樓下的舞廳又奏起一曲節奏強烈的華爾茲。

英古蘭夫人從夏洛特的肘彎收手。「我丈夫在這裡嗎？」

夏洛特挑眉。在逃亡途中，英古蘭夫人對即將與她離婚的男人產生感情了嗎？「對。」

英古蘭夫人深深吸氣。「你們現在一起睡？」

「他會對妳做出這種事嗎？」夏洛特輕快地反問。

英古蘭夫人的臭臉如此明顯，連面具都遮不住。

「不過我沒打算和妳談英古蘭爵爺。來聊聊莫里亞提吧。」夏洛特繼續道：「我猜妳和他達成和解了？」

「妳這是什麼意思？」

「妳來到他的堡壘。他是不是犧牲德雷西，博取妳的歡心？」

英古蘭夫人冷酷一笑。「德雷西死了。我親手把整管的純酒精注入他的血管。但莫里亞提跟這件事無關。他遭到罷黜了。」

夏洛特停下腳步。「罷黜？」

「現在組織由德羅希爾夫人掌管。」英古蘭夫人似乎覺得認識那名女性是天大的榮幸。

夏洛特指尖刺痛。「是她嗎？那莫里亞提在哪兒？」

英古蘭夫人聳聳肩。「她從沒和我說過。更何況他已經垮台好幾個月了，人在哪裡又有什麼關係呢？」

「如果他在這裡的話，那就事關緊要了。」一股寒意滑上夏洛特的背脊。「妳感覺不到嗎？沃德洛堡內正醞釀著某種陰謀。」

英古蘭夫人原本隨著夏洛特停步，現在她繼續往前走。「雅賊——他們等著應付那些雅賊。今年不懷好意的人馬特別多。」

夏洛特趕上她的步伐。「希望他們準備得更周全。假如莫里亞提被關在堡內，那麼今晚將是營救他的大好時機。」

一切都說得通了。莫里亞提還有不少親信，但他們居於劣勢。即使在內鬨之前，德羅希爾夫人想必在沃德洛堡裡只安排她最忠心的支持者，在那之後更不在話下。她肯定也斷絕了他與追隨者的一切通聯方式。

他們則是費盡心思滲透進沃德洛堡。夏洛特敢說英古蘭爵爺和馬伯頓先生在那個雨夜瞥見的逃犯，並非莫里亞提本人，而是他的爪牙，因為太過接近莫里亞提的牢房而身分曝光。

他原本的任務是什麼？從莫里亞提身上取得保險箱密碼？還是保險箱的位置？不對，莫里亞提不可能透露保險箱位置。那是他與德羅希爾夫人（若她懷疑這東西是否存在）、與拯救他的人的談判籌碼：倘若他們知道保險箱的下落，難保他們不會把焦點轉移到保險箱上頭，放棄拯救他。

現在他們找上門來——無論是他真正的追隨者，還是雇來的打手。

德羅希爾夫人與普蘭提爾先生知道他們今晚要面對什麼樣的危機嗎？

「這個地方戒備森嚴。」英古蘭夫人或許是在複述招待她的主人的說詞。

她沒說錯。沃德洛堡今晚布下的防線超出應付雅賊的程度，一定是為了莫里亞提的黨羽籌備了好一段時日。

沃德洛堡招待會當天人手短缺，說明了在內應從禮拜堂逃出，還沒翻過柵欄就被逮回之後，德羅希爾夫人將內部徹底肅清了一輪。

兩人繞過轉角，夏洛特心想，要不是發動內鬨、抵擋莫里亞提的追隨者太過昂貴，德羅希爾夫人和普蘭提爾先生說不定原本打算取消今年的舞會。但他們需要拍賣藝術品的所得，以及未來靠著照片敲詐的收入。因此他們扛著天大的風險，裝作若無其事地籌辦例行公事。

他們把沃德洛堡布置成銅牆鐵壁，並且對此極有信心。夏洛特親眼見識過招待會當晚主人和僕役是如何從容地應付突發狀況。

不過呢，就是因爲如此周全的安排，他們撒下了自取滅亡的種子。莫里亞提的黨羽摸清他們所面對的重重阻礙之後，還有空檔修改出擊計畫。

夏洛特一點都不想和他們作對。

她深吸了一口氣。「沒錯，此地確實戒備森嚴，但再怎樣堅固的堡壘也不是毫無弱點。我建議妳今晚到村子裡的旅店避一避。假如舞會安然落幕，妳明天再回來就好。」

英古蘭夫人露出蒙受奇恥大辱的表情。「妳以爲我會如此輕易捨棄幫我替姊妹報仇的女性，感覺有麻煩就溜走嗎？」

夏洛特看了她一眼。英古蘭夫人對忠心的概念不比常人，但她不會說這名女子心中沒有這種情感。「妳想幫德羅希爾夫人的話請便。我只希望妳別提到我的名字。或是英古蘭爵爺。」

「當然不會。我需要他活下去，好好照顧我的孩子。妳幫我查出我姊妹的遭遇，我還欠妳一分人情。」英古蘭夫人對這兩件事似乎極度不滿。

老實說，夏洛特的調查同時導致英古蘭夫人不得不浪跡天涯，她不認爲英古蘭夫人對她有任何虧欠。但她還是欠身行禮。「謝謝妳，夫人。祝妳好運。」

她轉身離開。

「等等。妳剛才爲什麼在床單櫃裡？妳是想拍下哪個人暗地裡幹了什麼勾當嗎？」

夏洛特回過頭。「妳呢？」

「我想見識一下大家的醜態。」英古蘭夫人乾笑一聲。「我不敢相信他們前來參加舞會，然後……做那種事情。每次在舞會上，我都只想早點回家獨處。」

「我沒打算拍任何人的照片。」夏洛特雙手在身前交握。

英古蘭夫人抿唇。她轉身走遠，或許是了解到她別知道太多比較好。

第十八章

夏洛特回到客房區，英古蘭爵爺和艾特伍中尉踏出東側末端的臥室，一臉失望。

「找不到任何保險箱。」英古蘭爵爺說：「或許妳說的沒錯，必須要進密道才能取得保險箱。」

夏洛特點頭。「對了，我方才和英古蘭夫人談過了。」

最先猜測他的妻子可能身在此處的人就是英古蘭爵爺，不過他的反應活像是從未料到這個可能性似地。

他迅速收斂情緒。「從她口中問出莫里亞提的情報了嗎？」

「是的，他遭到推翻，目前由德羅希爾夫人掌權。」

兩人瞪著她看，互看一眼之後又轉頭直盯著她。

「也就是說——」英古蘭爵爺開口。

「對。然後我不認爲沃德洛堡這一方準備好面對即將發生的事情。」

「之前的貂鼠騷動他們不是處理得很好嗎？」艾特伍中尉說：「妳確定他們擋不住今晚的營救行動？」

「莫里亞提的黨羽想必也見識到他們的周全應對，判斷無論雅賊再怎麼猖狂，沃德洛堡應付得來。相信他們現在要嘗試稚賊絕對辦不到的手段。」

「比如說？」英古蘭爵爺神情緊繃。

她聳肩。「無論是什麼，我們完成該做的事就撤退吧。我要進密道。」

英古蘭爵爺抓住她的手臂。「妳知道妳現在要去搜刮莫里亞提的保險箱嗎？」

「我無法阻止他捲土重來，但我相信我能稍微滅一滅他的威風。」

特別是爲了馬伯頓先生。

她望向那名在她姊姊心中舉足輕重的年輕人。他在床單櫃前的崗位盯著他們，面色凝重。他們嗓音壓得很低，她不認爲他聽得見談話內容，不過從三人的神態就足以判斷目前情勢有多險峻。

「幫我轉告馬伯頓先生。」她對英古蘭爵爺說。

「妳自己和他說。讓我代替妳進密道？」

他辦得到。可是她手邊只有十二個數字，不是常見的保險箱密碼組合。她相信自己能在更短的時間內破解。

「別擔心。」她推開英古蘭爵爺抓著她袖子的手，握了幾秒。「現在我更需要你們幫我把風。對了，你們手邊的菸全部交出來。」

兩人狐疑地看了她一眼，不過英古蘭爵爺還是從外套內側掏出菸盒，遞給她。裡頭有三根菸。「你有嗎？」她向艾特伍中尉提問。

他乖乖幫她添了四根菸。她向兩人道謝後走向床單櫃。

經過馬伯頓先生面前時，他投來困惑的眼神，但她只能輕拍他肩頭一把。

現在該深入這頭怪物的臟腑了。

床單櫃裡的警衛已經被拖到別處去。夏洛特將外套反穿，普通的黑色毛料朝外。

從床單櫃到密道石門間這段路，走起來彷彿是往巨獸的食道裡鑽，踏下陡峭階梯時的感受更是深刻。拿她和英古蘭爵爺方才那間臥室的窺孔位置作爲基準，下降的高度比她預想的還要多。或許窺孔配備了類似潛望鏡的設計，不讓監視者的腦袋撞上密道天花板。

走道末端稍微寬闊一些。她緊貼著左側牆面——艾特伍中尉交出香菸時警告她右側放了個尿桶；當然了，他用了更文雅的詞彙。

密門的機關也在左手邊，靠著一根控制桿撐開部分牆面。有個釦鎖讓門板密合——沃德洛堡總是在提防內賊——不過現在沒有扣上。

她深深吸氣，聞到一股菸味。一打開門，即便密道裡一片漆黑，她依舊看得見煙霧朝她飄來，無比刺鼻。

「梅西，你回來了嗎？」右側不遠處傳來男性的聲音，把她嚇了一跳。

她低沉地咕噥一聲，往左走向她的目的地。

「你去下面幹嘛？」同一名男子又問。「他們什麼都不和我們說。只叫我們做這做那。」

她渾身緊繃。

「普蘭，你很清楚這裡不准說話。」另一名男子的聲音響起。

她回頭一看。這人離她更遠，駐守在密道的西端，他每次吸氣，菸頭火光便會照亮他的側臉。

「唉呀呀，巴赫。」普蘭咕噥抱怨。「和你說話就像是往小提琴裡撒尿。你就不能更識相點嗎？」

說完，他還是乖乖閉嘴。

夏洛特鬆了一口氣。

她走得很小心——挺著假肚子繞過三腳架可不容易。等她抵達最後一組腳架旁，她解開外套、背心、襯衫釦子，伸手往假肚子內的空間一掏，抽出一大塊輕薄的針織布料，蓋在腳架上頭。

莉薇亞待在西側末端的客房，華生太太與太后在床單櫃西側的房間裡，因此巴赫和普蘭都守在石板門以西，密道東側由夏洛特獨享。她希望在黑暗中，隔了一段距離，蒙上布料的腳架在那兩人眼中像是有個人盯著相機的輪廓。

接著她悄悄走到先前德羅希爾夫人和英古蘭夫人走進密道時，英古蘭爵爺躲藏的地方，當時他以爲後頭藏的是煙囪。

密道橫過夏洛特在招待會當晚參觀過的畫廊上方，房裡確實有個大壁爐，位置差不多就在這裡。根據馬伯頓先生以間諜相機拍攝的照片，從這個點往上延伸，有一根煙囪從屋頂突出。

唯一的問題在於招待會當晚抵達和離去時，夏洛特完全沒看到屋頂這一區冒出半點煙，而當時那個壁爐裡的火燒得可旺著呢。

無論保險箱裡放了什麼，肯定是莫里亞提想要的東西。夏洛特相信德羅希爾夫人也對那些東西垂涎三尺，早就派人把大宅徹底搜過一遍。保險箱會藏在哪個她完全沒料到的地方？

夏洛特不認為自己的推論準確到哪裡去——大宅裡有太多他們看不到的角落，不過值得一試。

她劃了根火柴點菸，研究眼前的「煙囪」。磚塊和水泥。磚塊和水泥。指尖的灼熱使得她不得不熄滅火柴，以點亮的菸頭再點起另一根菸，走回腳架前，將一根菸放在相機旁，避開那塊薄布，不讓它燒著，但同時又能被密道裡的另兩人看見。

她希望這樣足以掩飾這一頭有兩根菸的事實。第二根菸會在煙囪後頭派上用場，但無論怎麼壓怎麼撬，就是找不到半塊鬆脫的磚頭。

後腦勺陣陣脹痛。她搞錯保險箱的位置了嗎？甚至連保險箱的存在都猜錯了？即便煙囪和牆面之間幾乎沒有她容身之處，她仍探了探煙囪的正面。還是一無所獲。

莫里亞提不可能把掩蓋保險箱的暗門設在面對整條密道的這一側。不過呢，假如在他的預想中，不會有其他人陪他進密道，那麼機關位於方便他操作的位置也很合理。

她熄滅了手中的菸，在煙囪側邊摸索，逐排檢查磚塊。終於，在她差點搆不到的高處，有塊磚頭在她指尖稍稍鬆動，四周空間剛好夠她繞過去抽出那塊磚。

她小心翼翼地放下磚頭，踮腳往露出的空間一摸，尋找機關位置，以最輕巧的動作操作。她繃緊神經，以爲會聽到響亮的開鎖聲，沒想到煙囪的一部分幾乎是無聲無息地往前盪開。

她呼出一口氣，來到腳架旁，又點燃了一根放在此處的菸，小心翼翼地不讓旁人注意到兩個菸頭光點。她調整方才披在腳架上的薄布，這樣應該能擋住後頭的保險箱。

等她布置完，便坐到原本藏在煙囪裡的保險箱前。它的體積比她想像的大了一倍，密碼鎖也大得像船舶的舵輪。

練習開鎖期間，她碰過的密碼鎖轉盤數字最多到九十九，但眼前的轉盤數字最大值竟然高達一百九十九。

啊，難怪。破解出的密碼是十二個數字，對三位數的密碼鎖來說有點太多。但如果其中有個四到五個數字的組合，再搭配一組三位數，那麼所有數字都用得上了。

也就是說第一組數字是一或是十四或是一百四十九。幸好她能把耳朵貼在保險箱上聽鎖簧落入定位。即便如此，眼前還是有不少難關需要突破。

她認命動工。

□

華生太太感覺自己身處夢境之中。她知道有人盯著她們的一舉一動。她知道在沃德洛堡某處，同伴正在冒險犯難。然而在這裡，她和悉妲．黛芙身穿晚禮服，坐在羊皮毯上喝酒聊天，壁爐裡火光閃爍。

她們回到青春年華的時刻了嗎？時間逆轉了嗎？

悉妲．黛芙仔細描述她那一年的朝聖之旅，造訪了印度幾處聖地。儘管用意是避開兒子即位後朝廷內的齟齬，她仍舊相當珍惜那一段時光。

接著她要華生太太聊聊她在印度待過的那幾年，華生太太乖乖照辦。

「不過我想我體驗的一切都是站在殖民方的立場。」過了一會兒，她補上這句。畢竟她丈夫曾是軍醫。無論是他或她，在印度就代表了殖民者的權力與控制。

「或許吧。」她的老友說道：「但那也是妳的立場。我總是喜歡妳的觀點。」

華生太太心頭一鬆。「謝謝。」

悉妲．黛芙點點頭。她那身光澤耀眼的黑色禮服、金黃色面具、面具上的修長紫色羽飾，活像隻美麗大方、貴氣逼人的鳥兒。出自純粹的欣賞之情，華生太太暗自嘆息。

「我——」她開了口，又一時語塞。

「嗯？」

「沒事。」華生太太有些羞赧。「只是在印度那幾年，我常常想起妳。」

她的婚姻美滿，但總是記掛著悉妲．黛芙，特別是在幸福的時刻。

「我——」她看起來和華生太太一樣窘迫。「我在心裡常對妳的公爵抱持著激進的想法。」

她指的是她回到印度後，華生太太第一個委身的對象，前任威克里夫公爵——同時也是她最後的庇護者。

華生太太訝異地雙眼圓睜，又忍不住輕笑。「是嗎？」

悉妲．黛芙盤腿而坐，一邊手肘支著膝蓋，掌心托著下頷。她轉頭凝視壁爐裡翻飛的燄舌。「我喜歡想像他走進房裡，再想像妳對那個蠢蛋無比反感——然後想念我想得要發瘋。」

「我確實想妳想到要發瘋——想到我們原本能共度的人生，我的內心就無比煎熬。特別是我們剛分開的頭幾年。」華生太太十指交握。「妳是否……是否遇上了哪個人？」

她滿心盼望悉妲．黛芙能夠幸福。但在拋出這個問題的同時，她發現自己越來越矛盾。如果現在悉妲．黛芙沒有心上人，如果……

「過了很多年——」她勾起嘴角，「她總算走進我的人生。」

失望令華生太太心痛，不過那劇烈的痛楚一閃而逝。她眉開眼笑，傾身握起悉妲．黛芙的雙手。「和我說說她的事。她是誰？妳們是怎麼認識的？」

悉妲．黛芙抽手，掩住動聽的笑聲。「妳一定不會相信的。」

「快說。」

「她是我媳婦的阿姨。她把那個孩子拉拔長大，所以我可以說是被我兒子的岳母迷倒了！」

華生太太也笑出聲來。「這不就是親上加親嗎？」

「確實。喔，那個女人。她那脾氣。」她搖搖頭，但笑容中滿是寵溺愛意。

「眞爲妳高興。」華生太太誠心祝福，即使心口再度揪痛。

「謝謝妳。」這回輪到悉妲・黛芙握住她的手。「無論今晚結果如何，瓊娜，感謝妳爲我做的一切。」

□

「那兩個女人還不辦事嗎？她們除了說話什麼都不做。」普蘭咕噥。

沒有人回話，他又咕噥幾聲，從華生太太和太后所在的四號房移向五號房的相機。

「現在來看看這一對。」他嗜血的期望總算獲得滿足。「門才剛關好，他已經把她的裙子掀起來啦。」

夏洛特鬆了口氣，期盼房裡的好戲能引開他的注意。

「噓。」巴赫從遠處警告。

太好了，總算又還她個清靜。夏洛特繼續轉動保養良好的轉盤，最後一個數字喀嚓定位。她抹去鼻尖汗水，打開箱門。

迎接她的是一堆金條，閃耀到她擔心會把菸頭火光折射放大十倍。金條上放了一包包寶石。

夏洛特饒富興味地打量著，可惜這不是她的下手目標，況且這些肯定都是不義之財。

上層架子塞了好幾個信封。她移開裝滿紙鈔和契約的紙袋，最後找到三個添加緩衝物的信封，裡頭全是底片。旁邊另一個信封被信函塡滿。還有兩個深色信封，無法一眼看清內容物。她從假肚子裡抽出另一條薄毯、迷你提燈、警棍，把所有信封塞進去，束緊固定假肚子外殼的皮帶。

收好戰利品後，她關上保險箱及密門，把那塊磚頭放回原處。他們討論過是否要炸掉保險箱，不讓其他人發覺它曾被知道密碼的人開過。難度不高；她只要在保險箱裡撒下適量火藥，插上能燒一陣子的引線，關上門，點燃引線後離開。半個小時後，轟隆。

但如果留下保險箱，莫里亞提就不會懷疑到夏洛特．福爾摩斯頭上，而是他的前任情婦德羅希爾夫人，在他遭到監禁期間，她有的是機會找到保險箱，將之開啓。夏洛特不用把自己的痕跡掩飾得太徹底。

她把收納在假肚子裡的薄毯摺好放在地上。特製的迷你提燈幾乎和火柴盒差不多大，與英古蘭爵爺的菸盒一起擱在她的口袋裡。若是普蘭還在監視五號房就好了，但他又退回離出口比較近的四號房。她在心裡斟酌了下，決定不要等他移動，她越早離開密道，眾人就能越早脫身。

壓熄手中的菸蒂，一手拿著警棍，她朝出口漫步，外頭的尿桶構成溜出去的絕佳藉口。接近密門時，普蘭恰好又點了根菸，在閃爍的火光中，他狠狠盯著她。

「該死。你不是梅西。你是誰？來幹嘛？」

他撲向她，而她以警棍擊中他的臉頰，又往他胸腹之間踹了一腳。他往後踉蹌，撞上背後的相機腳架。

好啦，出口在哪兒呢？普蘭沒一會兒就爬起來，又一根火柴亮起——巴赫也靠了過來。

「放下武器，不然我就要開槍了。」普蘭怒吼。

她先瞄準他的手扣下德林傑手槍的扳機。普蘭放聲哀號，左輪手槍鏗鏘落地。她以肩膀推開密門，整個人連著肚子退出後，立刻關上門板，但巴赫已經趕到門邊，從裡頭往外推門。

她無法和他角力太久。該跑嗎？還是鬆手，趁他失去平衡時開槍？

就在此刻，門板照著她的意念往密道合上。她的同伴來幫忙了。應該是英古蘭爵爺和艾特伍中尉。他們與巴赫對抗，門板漸漸關起。

然後停在半途。

巴赫肯定是拿了什麼東西卡住門板。

「後退！」英古蘭爵爺壓低嗓音厲聲下令。

他們一同往後跳。

巴赫摔了過來，英古蘭爵爺狠狠地踢中他。巴赫搖搖晃晃地後退，撞上密道牆面。三人一同把門關好，勾上扣鎖。

一隻手搭上夏洛特的肩頭。「還好嗎？」英古蘭爵爺急切地低語：「有沒有受傷？」

「沒事，我很——」

地板一陣搖晃。一瞬間，夏洛特以爲是巴赫以全身的力氣撞門，不過並非如此。艾特伍中尉劃亮火柴，在火光中，他和英古蘭爵爺、夏洛特三人面面相覷。

「看來營救計畫一開場就是高潮。」英古蘭爵爺嗓音緊繃。「連炸藥都用上了。」

夏洛特一手托著假肚子分擔重量。「快出去。把女士們帶到二號房。」

他們早已知道二號房的窺孔位置。夏洛特進房，拉過一張椅子，把床被披在椅背上，擋住窺孔的視野。

華生太太和太后率先抵達。她們默默地幫夏洛特脫下外套、背心、襯衫，接著小心翼翼地拆掉她增加不少重量的假肚子。這個道具不只是個空殼，貼著她軀幹的一側還黏了厚實的帆布，不讓內容物滾出。

她們匆忙取出內容物，把假肚子換了個方向，重新固定在她後腰上充當臀墊，綁緊束帶，同時也對她的腰腹造成極大負荷。

這時莉薇亞踏進臥房，她張開嘴巴，夏洛特立刻豎起手指要她安靜。被一行人制服的兩名警衛還在床底下，蒙著眼，被藍色絲綢床裙遮住。他們隔著塞口的布團輕聲呻吟，她不希望他們聽到半點內情。

華生太太揮手要莉薇亞靠近。窗外的夜空大放光明，煙火升空，炸成喧鬧炫目的光彩。

舞會總是以煙火大會劃下句點。但現在還不到放煙火的時間，莫里亞提的手下一定是自行帶了煙火，引開賓客的注意，不讓他們察覺真正的爆炸震動。

她們腳下又是一陣搖晃。莉薇亞眼中閃過恐懼，但她迅速幫夏洛特抽出捲在她長褲腰帶上的禮服裙襬，配上兩層襯裙。莉薇亞拉平背後的裙子，夏洛特重繫腰帶，不讓長褲從她清瘦不少的腰間滑落。

同時，華生太太撩起她的裙子，太后跪下來將夏洛特脫下的男性服裝固定在華生太太的鯨骨臀墊上——她們不想留下半點夏洛特的男裝。若是日後有人向警衛問話，他們希望莫里亞提的手下四處尋找中廣身材的年輕男子，特別是穿著鮮艷藍綠色外套、挺著大肚子的年輕男子。

如此一來，他們就不會太過關注身穿米色平凡禮服的女性。

夏洛特向華生太太和太后示意，要她們藏好夏洛特的衣物就離開。她不希望眾人同時趕回舞廳。

她脫下面具，莉薇亞幫她戴好假髮，蓋住她過短的髮絲。夏洛特把面具反轉過來重新戴上，黑白配藍綠變成無聊沉悶的灰藍色。

她以手勢對莉薇亞示意，後者點點頭，溜出門外。她多等了一分鐘，也跟著離開客房，英古蘭爵爺在走廊等她。

兩人才剛踏進舞廳，地板又是一陣震動，豪華吊燈搖搖晃晃，水晶珠子相互撞擊，彷彿驟雨突然打上窗戶。擠在窗邊欣賞煙火的賓客四下張望。

不安的低語飄起。

「他們用了多少炸藥？」夏洛特暗忖。

如果擬定救援計畫的人是她，會從禮拜堂下手，因爲根據馬伯頓先生的說法，他上回來探查時，禮拜堂門外只有兩個人駐守。即便警備人數加倍，仍舊是最能輕鬆突破的節點。

從禮拜堂到先前擋住英古蘭爵爺的厚重門板之間，沒有任何用得到炸藥的地方，就連那扇門也不需要。他們一定是打算摧毀以鋼鐵製成的東西。

夏洛特環視全場。莉薇亞與換回晚宴裝束的馬伯頓先生站在十五呎外。艾特伍中尉、華生太太、太后三人在另一個方向，離她大約二十呎。眾人都變了個樣。艾特伍中尉面具上的犄角、馬伯頓先生和太后面具上的顯眼紫色羽飾全沒了。他們的面具也和夏洛特一樣翻了個面，從鮮豔的色彩換成欠缺特色的黑灰配色。

英古蘭爵爺一邊手肘擱在欄杆上。即使隔著面具，也看得出他皺起眉頭。「我不懂莫里亞提爲什麼要洩露保險箱的密碼。」

夏洛特也曾想過這一層。「炸彈並非莫里亞提慣用的手法。這些救兵不是他的黨羽，而是雇來的打手。可是他們要拿什麼來支付酬勞呢？莫里亞提把組織的財務扣得很緊，德羅希爾夫人絕對不可能資助他的逃亡大計。」

「她應該已經注意到勒索太后和其他人、引發竊案計畫背後的機關。如果想找人偷畫，太后不是最好的人選——那個貴族老太太也不是。她很清楚自己在做什麼，也看得出莫里亞提的黨羽即將山窮水盡。很難與身陷囹圄的莫里亞提通訊。所有的勒索證據都在沒有人找得到的保險箱裡。根據組織保密到家的作風，就連親信黨羽恐怕也只知道少數能夠施壓的對象，他們個人經手過的案件。」

「某些追隨者已經潛入堡內，他們可能說服莫里亞提交出密碼。」她繼續道：「但我猜他肯定不太樂意。說不定給了假密碼。可是我認爲透露保證沒有人用得了的正確密碼，他會更加開心。就算黨羽聽見他在招待會當天敲敲打打，那也是加密訊息，而且他認定那些人不可能解得開。」

屋外的煙火沒有停過。打上半空中的呼嘯聲、紮實的爆炸聲，在這邊聽起來更加響亮。但賓客已經分心，東張西望，緊張地交談。

「那些黨羽樂見此事嗎？」英古蘭爵爺問道。「他們不一定聽得到、也不可能摸透的敲打聲？」

「他的黨羽恐怕沒有選擇的餘地。或許他們對此也不太滿意，但莫里亞提已經達到目的。和英古蘭夫人談話時，我要她離開，但她堅持她對德羅希爾夫人的忠誠不容許她臨陣脫逃。」

英古蘭爵爺抿唇。顯然他一點都不在乎英古蘭夫人要如何效忠。不過夏洛特對英古蘭夫人還是抱持些許同情，或許她以爲只要暫時假裝愛他就好，到時候他就會對她失去興趣，向其他女性表白愛意。

換在英古蘭夫人的立場，夏洛特也會被那樣的沉重愛情悶得喘不過氣。

可是英古蘭爵爺的騎士精神沒有被他對妻子的反感蒙蔽。「我們該去幫德羅希爾夫人對抗莫里亞提嗎？」

夏洛特在心裡搖頭。「剛才的騷動中，我弄丟了警棍。手槍只剩一發子彈，背後還掛著沉重的累贅。或許其他女士比我善戰，但家姊沒受過訓練，也沒經歷過危險場面。我得盡快帶她離開。」

大宅再次搖晃。吊燈上的水晶珠紛紛撒落。幸好賓客大多還在窗邊，沒有人被砸中。地上滿是瑩亮的碎片。

「是無政府主義者的攻擊！」一名男子大喊。

「老天啊，炸彈，是炸彈！」另一人叫嚷。

驚叫聲響遍舞廳。莉薇亞跑了過來。夏洛特握住她的手。「別忘了，混亂場面在我們的意料之中。」

「可是沒有亂到這個地步吧！」

夏洛特捏捏姊姊的手指。「我們的應對不變。別被擾亂，也不要造成更大的混亂。」

舞廳位於一樓，不過整棟大宅設在小小的孤島上，沒有通往屋外露台的落地玻璃門。他們在舞廳上方的樓梯口享有優勢，賓客想離開，就得經過這段階梯。

「走吧。」夏洛特說。

全場電燈閃爍熄滅。莉薇亞高聲驚呼。「繼續走。妳看過建築平面圖，知道路線。我們已經貼著牆了，一路上不會有任何大型阻礙。」

沃德洛堡境內的雅賊現在沒有理由切斷電力——連畫作的下落都不清楚，擴大混亂對他們毫無益處。她想不出莫里亞提的人馬有什麼理由熄燈——他們已經引爆火藥，來不及修改計畫細節了。

那就是德羅希爾夫人的手下了，他們打算拖住莫里亞提這一方的腳步。面對像在婚禮上撒花瓣般亂放炸彈的入侵者，他們也想不出更多對策。

一行人湧向前廳旁寄放大衣的櫃台。今晚寒風刺骨，數百名賓客都身著適合在有暖氣的室內熱舞的裝束。和招待會當晚不同，人數太多，結束時間也太晚，搭不上火車班次，而主辦方也沒提供往返車站的接駁車。

賓客大多搭乘私人馬車前來，在石橋另一端下車，讓車夫到堡外找地方稍停。她從晚到客人口中聽說馬車隊伍已經沿著鄉間小道排到半哩外。

要是舞會正常進行，現在他們剛吃完晚餐，還要多跳幾輪舞。換句話說，還不到馬車回頭接人的時刻。他們至少得在十二月的酷寒夜風中走上十五到二十分鐘，才能找到自己的馬車。

那麼大衣和外套就是最重要的裝備了，特別是對於露出肩頭和半截胸脯的女士而言。

煙火還沒放完，一陣一陣的閃光照亮通往大階梯的道路。負責寄放大衣的僕役不在崗位上。男士們踢開門，幫一行人取回禦寒衣物。

馬伯頓先生將一件斗篷遞給莉薇亞，對她笑了笑。夏洛特看著他們，心中滿是不祥的預感。她對莉薇亞——還有華生太太和英古蘭爵爺——提過史蒂芬·馬伯頓可能是莫里亞提的兒子。不過今年夏天她曾單刀直入地對他問起他的家世，而他從容又篤定地表示他父親是克里斯平·馬伯頓先生。

當時她以為他有所隱瞞。但之後又發現他不愛說謊，連善意的謊言也很少說，至少在他重視的人面前是如此。他從未對莉薇亞提過他是莫里亞提的兒子。

而現在他們來到莫里亞提的巢穴，雖然身旁還有數百個陌生人，陷入不得了的騷動。

煙火驟然停止。夏洛特用力吐氣，黑暗中感覺更冷了。

大部分的賓客總算離開舞廳，魚貫踏下通往前廳的階梯。他們點燃火柴照路。「小心！」「別擠！」叫嚷聲在大理石牆間迴盪。

「我們幹嘛呆站在這裡？」莉薇亞壓低嗓音厲聲問道。「會被其他人趕過去啊！」

「緊緊靠著牆。」夏洛特警告道：「好好待在原處。」

人潮流過他們身旁。寬敞挑高的前廳已擠得摩肩擦踵。身上有火柴的人肯定是不想用得太快，屋裡陷入不自然的黑暗。

前廳再次亮起，賓客間一陣騷動。十多名男子高舉火炬，走下雙合平行階梯。他們身上穿得不是禮服，而且灰頭土臉的。除了被他們簇擁在中央的男子。他的衣褲看起來有些舊、不太正式，但至少還算乾淨。

還有他的臉——他和馬伯頓先生是如此相像，夏洛特忍不住移開目光。

馬伯頓先生轉身遮住莉薇亞，不讓她看見莫里亞提。或者說他是不想讓莫里亞提看到她？

他已經見到莫里亞提了，對吧？

賓客高聲抱怨，說總算有人想到火把了。天啊，他們為何拖這麼久？電力到底是出了什麼問題？

那群男子如同摩西分開紅海般地從人群中走過，眾人紛紛噤聲。夏洛特隱約感覺到莫里亞提在找人。德羅希爾夫人？還是打開他的保險箱，帶走他辛苦收集的敲詐把柄的小偷？

冷空氣湧入室內——有人打開了前門。

「怎麼了？柵門怎麼上了鎖？」搶在前頭離開的人在屋外庭院怒吼。

「我們在找一名留著落腮鬍的金髮男子，他有個大肚子，可能穿著藍綠色外套。」啊，看來他們已經問過樓上的警衛了。

「你看這裡有人挺著大肚子嗎？」

「先生，確實你身材苗條，不過還是要請你稍安勿躁，要不要先回屋內呢？裡頭比較溫暖。」

「然後被吊燈砸死嗎？你憑什麼把我們困在如此危險的地方？」

「抱歉，先生，眞的要請你離開柵門。我是奉命行事——還有這把上膛的左輪手槍。」

「好大的膽子！我叔叔是第三共和國的總統。給我滾開！」

「退下！」

儘管方才告誡莉薇亞待在牆邊，夏洛特還是踮起腳尖望向窗外。

警衛把火炬插上雕花鑄鐵柵門旁的鐵環，高舉左輪手槍。但賓客向前推擠，由火冒三丈的總統姪子帶頭。警衛對空鳴槍，手還沒放下，五、六名賓客已經撲上前，搶下他手中的槍，用自己外套的袖子把他綁起來。

總統的姪子手持手槍，朝柵門上的掛鎖發射。夏洛特連忙矮身，就怕遭到反彈子彈波及。不過歡呼聲隨即傳來，匆忙的腳步聲敲響石橋。

就算是半醉半醒的花花公子，偶爾還是能派上用場。

「走吧。」英古蘭爵爺說：「在他們決定給橋上的柵門上鎖之前。」

眾人你推我擠，但也不到完全脫序的程度。過了橋，最沒有耐性的賓客衝向柵門。夏洛特一行人才走到半路就聽見新一波的叫嚷聲。

所以說最外層的柵門鎖起來了。

他們也加快腳步，不是朝著南側的柵門，而是趕往東側的柵欄。

馬伯頓先生不到一秒就翻過柵欄。夏洛特解開晚禮服裙子上的幾顆暗釦，不讓裙襬絆住雙腳。英古蘭爵爺和艾特伍中尉把她抬起來，讓她踩上柵欄頂端的橫桿。

英古蘭爵爺跟著爬上，助她一臂之力——或者該說是助她那累贅的臀墊一臂之力，幫它避開頂飾。她小心地轉身垂降，馬伯頓先生托住她的腰際，把她放回地面上。

下一個是太后。華生太太的襯裙被一根頂飾勾住，她毫不猶豫地扯破布料脫困。莉薇亞揮手叫大家別來接她，她跳下來，以完美的蹲踞姿勢著地，隨即一躍而起。

等到女士們越過障礙，艾特伍中尉才攀越柵欄。

英古蘭爵爺原本也該如法炮製，但他留在柵欄的另一側。「英古蘭夫人還在堡內，我該留下來，確認她平安無事。」他的語氣不帶半點情緒起伏。

「不！」華生太太和莉薇亞同時大喊。

除了英古蘭爵爺，眾人轉向夏洛特。

「小心點。還有動作要快。早上回來會合。」她低聲道。

他點點頭，消失在黑暗中。「妳怎麼能讓他回去？」莉薇亞恨恨低喃。

「那我該怎麼做？爬回去把他拖出來？走吧。」

他們的馬車停在一條沙土小徑附近，馬伯頓先生先前來探路時找到了這個地方。小徑切過一大片牧場後接上大路，經過西方的一座村莊後，就是通往巴黎的公路。

莉薇亞、馬伯頓先生、華生太太、太后搭上其中一輛馬車。

「這輛車離小徑比較近，你們先走，我們隨後跟上。」夏洛特說完，幫他們關上車廂門。

她鑽進另一輛馬車，艾特伍中尉跟著上車。「兩輛馬車間拉開一點距離比較好。」他說。

他完全沒提起英古蘭爵爺。

「要怎麼不用抬起手指就能隔空讓好幾個人繳械？」隔了一會兒，她問道。

艾特伍中尉的視線從窗外回到她身上。「要是我知道得更詳細，就能爲妳解答了。」

他沒問她打算等多久。

她呼出一大口氣。眞的該動身了。她相信英古蘭爵爺碰過更惡劣的情勢，他肯定有辦法自行脫困，回到他們身邊。

「我們是否——」

奔跑的腳步聲。許多腳步聲。他們被發現了嗎？為什麼在這個節骨眼上？

她鬆開斗篷，抓住艾特伍中尉的領帶，把他扯向自己身上。「快！假裝你是我的姘頭！」

他僵著不動，與其說是震驚，更像是他不太情願——至少感覺上是如此。不過他一放棄抵抗，動作就變得迅速而確實。他一手環到她背後，調整兩人的姿勢，讓她躺在座位上，而他半身壓著她。她扯開自己的領口，露出上半截馬甲。

車廂門猛然敞開，她扯著嗓子尖叫起身。看到兩名壯漢舉起亮晃晃的提燈往她臉上照時，再次尖叫。她一手徒勞地拉起衣領，另一手同樣徒勞地遮住胸口，緊盯著車外的不速之客，驚叫道：「你們是我丈夫的手下嗎？眞的、眞的不是你們想的那樣！他——他說他知道一些情報，對羅西富柯先生的事業有益。眞的。我只是爲了我的丈夫才會這麼做。你們一定要相信我！」

前方男子的視線越過她還戴著面具的臉，凝視她豐滿的乳房。

「別聽她亂說！」艾特伍中尉大叫：「是她引誘我的。拜託——別打我。我絕對不會勾搭已婚女子。她說她是寡婦！」

她差點被艾特伍中尉的恐慌與後悔惹到笑場。

另一名男子拉了他的同伴一把。「別管這些道德淪喪的貴族了。我們走。」

等他們甩上車廂門，夏洛特一邊拉起斗篷裹住身體，對艾特伍中尉尖叫：「你說誰亂講？」

他沒有回應，但她隱約聽見悶笑聲。

她等到心跳恢復平穩——等到追兵遠去。「你想他們是不是離得夠遠了？」

車門再次被人扯開。

這回她發自內心地驚叫，撲向車廂另一角的艾特伍中尉懷裡。「拜託，先生，你一定要從我丈夫手中拯救我。他會把我鎖在閣樓裡，和大家說我死了。」

「我以爲妳對《簡愛》毫無興致。」英古蘭爵爺說著，反手關上車門，坐到艾特伍中尉隔壁。他的呼吸沉重紊亂。

她盯著他看，胸中浮現奇異的感受，彷彿心臟恰好落回原處。「這個劇情轉折很糟，但確實很有渲染力。」她回到自己的位置上。「你找到英古蘭夫人了嗎？」

「沒有。」他敲敲車頂，馬車駛離原處，轉向小徑。「後來我恢復理智了。我不需要爲每一個人做每一件事。光是照顧她的兒女，我就已經送給英古蘭夫人天大的人情了。」

喔，人偶爾還是會有長進的。

夏洛特拉好斗篷，自顧自地笑了。「既然如此，我想這稱得上是豐收的一晚。」

第十九章

艾特伍中尉在幾條街外下車，他要徒步回蝴蝶居，從僕役門進屋。夏洛特和英古蘭爵爺抵達時，莉薇亞、華生太太、太后、馬伯頓先生都在前廳等著。華生太太衝到門口緊緊抱住英古蘭爵爺。就連平時內斂的莉薇亞也握住他的雙手，說看到他平安歸來有多高興。

他向她們道謝，喉管微微顫抖。夏洛特內心暗嘆。這個人為大家犧牲奉獻，卻總在獲得同等關懷時訝異不已。

她叫大家回房休息，等眾人散去，她卻跟著英古蘭爵爺和已換回佛赫衣服、鞋子的艾特伍中尉，來到同樣擺滿書本的小書房——書齋的出入口太多了——檢視他們的戰利品。

她一會兒就找到太后兒子的信件。以防萬一，就怕莫里亞提的部下還拍了信件的照片，她拿了幾盒底片鑽進艾特伍中尉為馬伯頓先生的間諜相機設置的臨時暗房。

「這些照片裡面，說不定——說不定——」夏洛特抬起頭，英古蘭爵爺突然不知該如何繼續。他喝了口自己沖來幫大家提神的咖啡。「我在說什麼呢？如果真的有什麼不雅內容，那應該要由妳來看，反正妳最不會受到這種東西影響。」

她優雅地點頭行禮。「先生，我相信你說得沒錯。」

他抱著剩餘的幾盒底片陪她進暗房，幫她打開安全燈。這些底片少說有十四磅重。她打開第一個盒子，看到二又四分之三吋乘三又四分之一吋的底片，與她預期的五點五吋乘六點五吋底片有點差距。一個盒子裡排了四十張底片。

總共有八個盒子，她要看的照片數量超過三百張。

英古蘭爵爺回頭送來她的咖啡，她對他露出眞誠的感激笑容，灌下半杯，開始動手。

大約有一半的底片裡都是性交場面。行爲本身並不算太驚世駭俗，因此重點在於參與行爲的人士身分了——裡頭有各式各樣的組合，人數最多高達五人。

換在不同情況下，夏洛特或許會多花點時間釐清這五個人打算如何享樂。不過目前這都和太后或是她兒子的信件無關，因此她只給每一幅影像三秒鐘時間。

其餘的底片乍看之下沒什麼話題性。就算拍到人，也是衣冠楚楚，道貌岸然。有些鏡頭中連人都沒有，只看到風景和建築物。

這些照片對夏洛特的吸引力更大，她想從中得出更多情報。她能輕易推測這群陌生男子的國籍，他們是否不該碰頭？這些四輪運貨馬車看來出奇沉重，旁邊是毫無特徵的工廠——車上載的是什麼？

她還是每隔三秒鐘就換一張底片。

直到她找到一張熟悉的面容；並不是照片中央的主角，而是旁邊幾乎淹沒在群眾間的某個人。

她直盯著那人看了整整十秒。

她回到書房，報告照片全數與太后無關，卻發現兩名男士一臉沉痛，彷彿眼前的文件化爲滿桌吐信的眼鏡蛇，隨時都會撲上來狠咬。

「怎麼了？」

艾特伍中尉朝文件比了個手勢。「這些是莫里亞提收集的國家機密。」

「哪些國家？」

「英國、德國、法國、俄羅斯、奧匈帝國、鄂圖曼帝國，這還只是最上層的一小部分。」

「你們不都是英國王室的密探嗎？」

艾特伍中尉聳聳肩。「我們的層級還不到能接觸這類內情的地步——老實說我一點都不想碰這種東西。」

「那就交給你們上司。」

「我的前任上司就是在販賣國家機密。」英古蘭爵爺說：「福爾摩斯，如果我記的沒錯，揭發他的人就是妳。」

「更別說就算交出文件，即便我們只翻了幾頁，旁人也會認定我們知曉這些情報。對我們來說都不是好事。」

「那就去巴黎銀行買個保險箱，把所有東西存進去，之後再來處理。」

「就算是之後，我也不想處理這東西。」艾特伍中尉揉揉後頸。「那些都是帝國之間的賭局遊戲。」

英古蘭爵爺嘆息。「我最近慢慢領悟了這一點。」

「事情不都是如此嗎？」夏洛特問：「不都是那些帝國在玩把戲？」

「或許吧。」英古蘭爵爺應道。「不過像我這樣對女王效忠的人，要花點時間才能看透。」

聽到他沮喪的語氣，她胸中一陣刺痛。她幾乎要期盼他能繼續抱持美好的幻想。

「這幢大宅裡有沒有保險箱讓我們暫放這些東西？」

英古蘭爵爺點頭。

「那就放下它們，去睡覺吧。今晚已經夠漫長了。」

等他們處理完這件事，艾特伍中尉向他們道晚安，悄悄溜走。英古蘭爵爺送她回房，來到門口，他從口袋裡掏出用手帕包起的小東西。

「我想妳應該什麼都沒吃吧？」

她回溯今晚的種種。出發前往沃德洛堡前，他們吃了簡單的晚餐。在那之後什麼都沒有。突然間她餓得要命。

他攤開手帕，裡頭是兩個小小的酥塔。「這個包巧克力，這個是肉醬餡，怕妳還在禁甜食。」

「確實是。」說完，她兩口吃掉肉醬酥塔。接著拿起巧克力的酥塔。「不過今晚例外。」

他默默凝視她。這個男人光是靜靜站著就充滿吸引力，從內部散發出強烈的存在感。在黑色喀什米爾羊毛晚禮服外套下，在乾淨的襯衫下，他的胸膛緩緩起伏。

她曾經好奇過一頭靠上他的胸口、感受他肺部的膨脹會是什麼樣的感覺。當時她只能想像他皮膚的觸感、肌肉的輪廓。現在她已經透過手指和嘴唇熟悉了他的觸感，卻還是沒把腦袋依偎在他胸口過。

她抬眼。兩人視線相交。

過去只要與他如此接近，她總是想要更多——那些對她來說是禁忌的一切。或許現在她真的累壞了，此刻……她光是站在他身旁，什麼都不做，就心滿意足。

他摺好手帕，收回口袋。「晚安，福爾摩斯。」

「晚安，艾許。」她低喃，目送他離開。

她進房關門，靠著門板，小口小口地吃掉巧克力酥塔，心裡想的不是更多更多更多的巧克力酥塔，而是他。

是他們。

□

在遲來的早餐桌上，夏洛特從報紙得知沃德洛堡發生氣爆。顯然警衛起先以爲是炸彈，不得不阻止賓客離開，想先逮到引爆炸彈的凶手。等到釐清是氣爆之後就沒事了——至少以氣爆來說算是平安落幕。

當晚有幾名賓客受了輕傷。不過艾柏瑞特先生正親自處理此事，所以不會有事。報導中沒提到堡內斷電後，大部分的天然氣管線也停止運作，也沒提到舞會的主持人德羅希爾夫人和她的兄長普蘭提爾先生。

絕妙的情節，比莉薇亞逼她看的某些小說還要優秀。

華生太太和依舊蒙著面紗的太后來到餐桌旁坐定。夏洛特把一個信封推了過去，太后隔著面紗仔細閱讀內容物。

「謝謝妳們。」她直視夏洛特。「昨晚自然是沒用上備案，但我還是很好奇妳做了什麼安排。」

「招待會當晚在沃德洛堡看到的那幅范戴克是贗品。」夏洛特咬了口水煮蛋。「瑪麗袍子上的縐褶呈現最速降線，在重力影響同時忽略摩擦力的狀況下，一顆珠子沿著曲線從A點滑落到B點的最快途徑。」

「什麼降線？」華生太太與太后異口同聲問道。

夏洛特抽出鉛筆，迅速畫出這條曲線給兩名女士看，搭配另兩條下滑的線條，一直一彎。

「我在贗作上看到的差不多是這樣，三點陰影代表三顆珠子以不同速度滾下來。」

華生太太和太后互看一眼，活像是聽到伊特拉斯坎文似地。

「范戴克死於一六四一年。」她進一步解釋。「最速降線的概念在他死後五十年才發展完成。因此那幅畫不可能是眞貨。英古蘭爵爺跟我相信畫作主人是被迫出售這幅畫。如此一來就能推知原主請人造假，把贗品交給沃德洛堡。」

「因此我們的盟友拜訪畫作主人，要求他在今天下午前交出原件——否則就要揭發他意圖在知名拍賣會上出售贗品的惡行。當然了，既然現在原件對我們毫無用途，那位盟友今天一大早就發了電報給原主，告知他可以把傳家寶留下來。」

「原來如此。」太后輕輕搖頭。

她起身，走到壁爐旁燒掉那些信件。回到餐桌旁時，她抽出另一個信封，放在華生太太面前。

華生太太往信封裡看了一眼，馬上推還給太后。「我說過不會向妳收取任何酬勞。」

太后搖搖手指。「不，妳說等我取得想要的東西，再來討論酬勞。現在我已經達成目的。」

「我做這些不是爲了錢。」華生太太一臉受辱的表情。

太后傾身靠向她。「我知道。我很感激妳的心意。但還記得妳多年前說過的話嗎？女人的努力應當要獲得回報，更不該輕視其他女性的付出。我沒有兩萬英鎊，不過還是有能力支付你們的任務經費，以及大家爲我付出的時間。」

「可是——」

「瓊娜，爲這位小姑娘做個好榜樣。假如妳不收我的錢，我相信她也不會收妳的錢。在此的每一個人，特別是她，都該獲得合理的報酬。」

華生太太曾經教導夏洛特不要賤賣自己的才能，這下眞的無話可說了。她收下信封。

太后轉向夏洛特，擱在桌上交握的雙手輕輕屈伸，似乎是有些緊張。「夏洛特小姐，請容我向妳致上歉意。我後來才察覺，倘若夏洛克·福爾摩斯四肢健全，當時我很可能會不顧他沒有進法國堡壘偷竊的經驗，求他相助。」

「即便妳透露夏洛克·福爾摩斯的成就與名聲都是由妳一手打造，經過幾番思考，我還是認定無法將這個任務託付給女性。」

「我深信我把自己的小國家掌管得很好。因此我應該是全世界最知道不該拒絕給女性機會的人，然而身在男性掌權的世界，就算身居高位，我總是改變不了想法。我漸漸以爲自己有此成就是因爲我很特別，和其他女性完全不同，而不是因爲我特殊的際遇帶來她們作夢也想不到的機會。」

她按住夏洛特的手。「很高興妳讓我改觀。其實妳不需要這麼做的。請接受我最誠摯的悔意。」

□

太后率先離開，她要去馬賽趕搭前往孟買的蒸汽船。萊頓·艾特伍將會留到最後，直到他散播完沃德洛堡在氣爆中失去大量底片的消息。

其餘眾人當晚橫越海峽，隔天早上就回到倫敦。英古蘭爵爺向四人道別，馬不停蹄地趕往兄長的莊園。

一封信在莊園等他收下。那是他期盼收到的信。看了內容，他閉上雙眼，鬆了一大口氣。

他向兄嫂打過招呼。陪兩家孩子玩耍。等大嫂帶孩子們去參加特別爲他們舉辦的茶會，他找亞摩斯小姐私下見面。

這回她沒有要他先別回應，一眼就看出他心意已決。

「爵爺大人。」她踏進他向兄長借用的書房，低聲問安。

她關上門。他起身離座，經過她身旁，將門板重新開了一道縫。既然在福爾摩斯眼中他是個正人君子，還是滿足她的期許好了。

兩人隔著厚重的桃花心木書桌對坐，她戰戰兢兢，而他泰然自若。

「亞摩斯小姐，我收到波特小姐的來信。波特小姐是我以前的家庭教師，是位令人景仰的傑出女性，她很好心地答應回來爲我效勞，負責照顧孩子。」

「我——好，我知道了。」亞摩斯小姐結結巴巴地回應。

「感謝妳的厚愛，但我離婚後沒有再婚的打算。至少不會這麼快。因此，我要祝妳在澳洲一切順利。希望妳在那裡實現所有的夢想。」他把一個信封滑過桌面。「請容我爲妳的嫁妝獻上一點心意，感謝妳長久以來對孩子們毫無保留的付出。」

她摸摸信封，像是被燙著似地猛然收手。「可是孩子——爵爺大人，他們將要交由陌生人照顧。」

「只是暫時的，波特小姐很快就不會是陌生人。我也會在場幫助他們認識彼此。」

「眞的——」

「眞的。即便我有意踏入婚姻，我也要爲自己著想，而不是只替孩子打算。亞摩斯小姐，我不認爲我們適合彼此，這件事已經沒什麼好說了。請妳回去妳的工作崗位。」

她緩緩起身，屈膝行禮，離開書房，手上緊緊握著信封。

或許他的答案帶著刺，不過信封的內容物應該能慢慢撫平受傷的自尊心。

現在，他的人生中少了一個問題。

□

馬伯頓先生陪著女士們回到華生太太家。爲了慶祝這場勝仗，他們出門到攝政街上的維瑞餐廳吃了頓豪華晚餐。之後，夏洛特和華生太太提早回房，把監護莉薇亞的任務交給莉薇亞本人。

以這個時節來說，今晚難得地晴朗，隔著二樓客廳的窗戶還看得到幾顆小星星閃爍冷光。她和馬伯頓先生各自捧著一小杯水果威士忌，但她不需要酒精就感覺得到暖意在體內滋長。

她深愛夏天。而他是她遇過最像夏天的男人。

「我明天早上就要回去了。」她柔聲說道，不想面對這趟旅程的結局。「我很想多留一會兒，但眞的該回家了，不然我的雙親會發現我離開得太久。」

「妳在家裡能過得好嗎？」

「應該吧。」

她覺得自己更……堅強了。過去兩週以來，她在沃德洛堡任務中沒有付出特別的貢獻，但她認眞配合，沒拖累任何人。而且她寫完了夏洛克．福爾摩斯的故事，或許這是她這輩子最偉大的個人成就。

既然已經向自己證明了能力，或許在家可以多忍耐一點——至少多忍耐一陣子。

「我很快就要動身。」他說：「還記得前幾天我說莫里亞提的組織裡有內應嗎？」

提到那個名字，她的胃部就一陣緊縮——她無法忽視夏洛特的宣示。但她足夠信任他，情願相信他不是莫里亞提的兒子——如果眞的是，他早就說了。

「對，我記得。夏洛特以爲是德羅希爾夫人。」

「現在莫里亞提復辟，把德羅希爾夫人視爲叛徒，我們的優勢即將隨風而逝。我應該要找到雙親跟姊姊，向他們報告這些情報，一起討論接下來要怎麼做。」

她想過會是如此，但她仍舊期盼……

眞的沒什麼好期盼了。

「妳有沒有……有沒有聽過安達盧西亞這個地方？」他的提問中帶著猶豫。

她凝視他半晌，微微一笑，一顆心輕飄飄的，像是氫氣氣球。「西班牙南部的安達盧西亞，對吧？阿爾罕布拉宮是不是就在那裡？嗯，我有聽過。怎麼突然提起？」

□

那晚，莉薇亞夢到阿爾罕布拉宮的獅子中庭，還有塞維利亞王宮的庭院，陽光燦爛的棕櫚樹叢。醒來時，她有些惆悵，但不怎麼悲傷。她下樓吃早餐，馬伯頓先生跟夏洛特已經坐在餐桌旁，前者專心看報紙，後者剛配著蛋吃完一片吐司，戀戀不捨地看著空盤子。

莉薇亞入座時，夏洛特剛好起身。「我吃完了。妳還是老樣子嗎？」

「好啊。」

「我去和廚房說。」

等她離開，莉薇亞的注意力轉向馬伯頓先生。「道別之前，要不要約好一些通訊的暗號？我雙親對奧本蕭一家中意極了，說不定你可以用奧本蕭少爺的名義直接寫信給我。但如果福爾摩斯家與奧本蕭家之間有了什麼變化，或許我們能想個替代方案？」

他抬起頭，緩緩放下報紙，神情異常憔悴。「奧莉薇亞小姐，我犯下了滔天大罪。」

她心一沉。「喔？」

「我違背了對妳的承諾，已經看完妳的夏洛克．福爾摩斯作品。」

她沒料到他會這麼說。「是嗎？」

那你——你喜歡嗎？

彷彿聽見了她的心聲，他說：「妳應該要給自己更高的評價。眞的是太了不起了。像這樣的故事，我再看一百篇也不會膩。」

她差點飄到雲端。她想像過他稱讚她的故事，但就算是最瘋狂的幻想中，也不存在如此正面的讚賞。然而她的喜悅宛如無法飛翔的折翼小鳥。

語氣。他的語氣完全不對。昨晚她是怎麼想的？他是她遇過最像夏天的男人？可是現在他的語氣讓她聯想到廢棄的墓園、遭到白雪掩蓋的遺跡。

「你眞的這麼想嗎？」她的聲音聽在自己耳中感覺好不眞實。

「我從未如此誠實過。」

沉默降臨。張牙舞爪的沉默。她知道的，對吧？她知道終究會有這一刻。

「這兩個禮拜眞是太美好了。」這句話像是從他喉中硬擠出來。

她雙手在桌下緊握。「是啊，非常美好。」

「但我想我們知道我們過得是借來的時間。我無法給妳安全或是穩定。除非靠著詐術欺瞞，我甚至無法帶妳離家。」

我不介意，她好想回應。**我不想從別人身上得到安全或穩定。跟你度過借來的時間、偷來的歲月，我甘之如飴。**

掠過她緊縮聲帶的，只有一句嘶啞的「我知道」。

「要是——我的意思是，占用妳的時光，我已經很自私了。我明知無法給妳任何有實際價值的事物，要是繼續這麼做，那眞的是罪無可赦。」

她的指甲刺入掌心。歡笑沒有價值嗎？被人正視、重視沒有價值嗎？在你身邊時，我親身感受到的舒適呢？

「你不需要解釋。」她說：「我懂。眞的。」

「是嗎？假如我的處境並非如此，沒有任何事物、任何人能拆散妳我。可是無論我再怎麼奢望，還是有些事超出我的控制範圍。」

她耳中嗡嗡作響。所以說他們到此爲止了嗎？如此突然，如此……毫無轉圜餘地，而昨晚他們還熱烈地聊過未來。沒錯，充滿被偷來的時刻、詐術欺瞞的未來，但同時也涵蓋了晴朗芬芳的安達盧西亞，值得付出一切努力爭取。

「你要好好照顧自己。」她的嗓音低得幾乎聽不到。

「我會的。」他的語氣中殘留著一絲昨晚的熱意。「我會在世界的每個角落尋找夏洛克·福爾摩斯接下來的冒險故事。」

他起身鞠躬。「原諒我無法寫信給妳。想到無法接近妳，我會無比痛苦。」

再次鞠躬後，他離開了用餐室。

□

載著莉薇亞和華生太太前往火車站的馬車，在十分鐘前離開，馬伯頓先生依舊站在用餐室的窗邊，眺望她們遠去的方向。

夏洛特又看了他一分鐘。「我猜出現了不太樂觀的轉折。」

他沒有看她。「我從今天早上的報紙收到訊息。莫里亞提抓住我的雙親了。」

德羅希爾夫人的失勢對馬伯頓一家不是好消息，但夏洛特沒料到情勢會如此急轉直下。「怎麼會？」

「我眞的不知道。假如德羅希爾夫人逃出沃德洛堡時無暇帶走她所有的祕密，假如她留下了與我們有關的證據……」

「你怎麼知道不是幌子？」

他還是盯著窗外，一手搭著窗框。「只有我們四個知道這一組密碼。只有我們四個。沒有其他人了。」

夏洛特離開用餐室，端了杯威士忌回來，發現他坐在地上，雙手掩面。

他在一夜之間失去了一切。

她把杯子放在桌上。「莫里亞提想要什麼？」

他顫抖著吐氣。「我。」

「因爲你是他的兒子？」

他打了個寒顫。「因爲我是他的兒子。」

「那為什麼你不和我姊說出眞相？我以為你對重要的人總是毫無隱瞞。」

他苦笑一聲，總算抬起頭，眼中一片荒涼。「夏洛特小姐，沒有人能誠實到這個地步，特別是在重要的人面前。我雙親隱瞞我的血緣，是我自己查出來，找他們對質。當然了，我希望自己從未做過這件事。我該聰明點，不去質疑他們為了我而撒下的善意謊言。」

他掙扎著起身。她想起他翻過沃德洛堡柵欄的優雅敏捷身姿。現在他活像是戴上手銬腳鐐一般。

他端起酒杯，一口喝盡。凝視著空杯，他幾乎是自言自語：「我不想讓莉薇亞小姐知道我去找莫里亞提。讓她相信我還在四處逃亡，在濱海阿爾卑斯省山頂的小村莊裡悠閒度日，眺望美麗的地中海。讓她相信……讓她相信她想相信的一切，只要不是眞相就好。」

莉薇亞和華生太太應該還沒抵達車站。現在莉薇亞是不是在車廂裡啜泣，而華生太太忙著安慰她？還是說她壓抑情緒，什麼都不說，連華生太太也問不出端倪？

「家姊非常聰明。」夏洛特的嗓子滲入了一絲沙啞。「你想她猜不到眞相嗎？」

馬伯頓先生以掌根抹抹雙眼。「那就讓她猜吧，至少她還能愚弄自己。讓她留著我送她的最後一份禮物。」

尾聲

隔天早上，英古蘭爵爺正準備帶孩子離開兄長的莊園時，福爾摩斯的信恰好送到他手上。她久違地用了她自創的速記系統，向他傳達馬伯頓先生離開的消息。

還有他是莫里亞提的兒子，被迫回到組織巢穴的消息。

情勢轉變得太快。前一刻安達盧西亞近在眼前，下一刻它又遠在天邊。

除了轉車，他原本沒打算在倫敦停留，但現在他要中斷旅程，前去拜訪福爾摩斯。這事拖不得。她曾問過馬伯頓先生提起安達盧西亞時，他心裡想著什麼。當時他便宜行事，沒有說真話。

但是這回一見到她，他就要向她告解。說那時他也不時想到安達盧西亞。說他滿心盼望能造訪那處。說只要有勇氣，他願意付出一切來爭取去安達盧西亞一遊。

他們在接下來的春季還能同遊西班牙嗎？或是更早？

他把露西妲與卡利索安頓在市區裡的宅邸，前往華生太太家。他很緊張，比向英古蘭夫人求婚、成婚那時還緊張。出租馬車即將抵達華生太太家，恐慌與期待使得他頭暈目眩。

這是正確的選擇嗎？他已經無法判斷。永遠做不到。

他只知道這是唯一的選擇，必須要自行承受一切的後果。

他在屋前下車，緊緊握住手杖。或許他該帶點什麼。花束。或是蛋糕，如果她成功消滅多餘的下巴層數。但他兩手空空，只帶著滿懷的熾熱欲望。

麥斯先生帶他到二樓客廳，向福爾摩斯通報他的到來。他的心臟狂跳，口乾舌燥。

「福爾摩斯小姐一會兒就來。」麥斯先生回客廳宣布。

門鈴響起。他是不是打擾到華生太太邀請朋友來作客了？他要如何向好奇的陌生人矇混自己的身分？麥斯先生向他致歉，前去應門。

他聽見女性的聲音，低沉而急促，接下來——

這是他最不樂見的結果，兩組腳步聲朝二樓逼近。

新來的訪客踏入二樓客廳，一看到她，他的沮喪頓時化爲訝異與驚喜。「崔德斯太太！」

愛麗絲．崔德斯是崔德斯探長的妻子。羅伯特．崔德斯探長是英古蘭爵爺的朋友，與福爾摩斯經手的幾個案件關係匪淺。然而他還眞不知道崔德斯太太和福爾摩斯如此熟稔，能直接來住處拜訪，而不是到她的辦公室討論正事。

崔德斯太太的驚愕不亞於他。「爵爺大人！希望沒有驚擾到您。羅伯特和我說如果有急事要找福爾摩斯小姐的話，來這裡會比到上貝克街十八號容易——當然是偷偷和我說的。我也敲過上貝克街十八號的門，可是那裡沒人，然後——」

這時福爾摩斯進了房，可愛、從容的福爾摩斯，身上那套連身裙幾乎是聖誕樹的寫照。崔德斯太太瞠目結舌地盯著她看。

「小姐，崔德斯太太來見妳。」麥斯先生說完便離開。

「崔德斯太太，幸會，總算見到妳了。」福爾摩斯說道，視線轉向他，停留了一會兒。「爵爺大人，與您見面總是令我滿心雀躍。各位請坐。」

但崔德斯太太沒有入座。她衝到福爾摩斯面前，握住她的雙手，說：「福爾摩斯小姐——拜託，福爾摩斯小姐，要請妳和令兄救救我們。羅伯特——崔德斯探長——他被控犯下謀殺案，遭到逮捕了！」

《福爾摩斯小姐4　沃德洛堡拍賣會》完

致謝

Kerry Donovan，感謝她聖徒般的耐性

Kristin Nelson，感謝多年如一日的超級經紀人。

Janine Ballard，感謝她讓我寫得更好。

Kate Reading，感謝她讓福爾摩斯小姐系列化爲有聲書。

我可憐的大腦，感謝它撐過這本書。

還有你，如果你正在讀這段文字，謝謝。感謝你付出的一切。

福爾摩斯小姐

本書提及之美食中英文對照表

依照出現順序排列

馬德拉蛋糕　Madeira cake
（一口尺寸）小蛋糕　mignardise
布丁　pudding
修女泡芙　religieuse
千層酥　mille-feuille
瑪德蓮　madelein
馬卡龍　macaron
燉牛肉三明治 potted beef sandwich
熱巧克力　hot chocolate
牛角麵包　croissant
巧克力可頌　pain au chocolat
焗烤蛋盅　oeufs au cocotte
香料酒　mulled wine
布理起司　Brie cheese
香料麵包　pain d'épice
蔬菜燉肉　pot-au-feu
鄉村麵包　rustic bread
法式麵包　baguette
鮮奶油　cream
牛油　butter
（波爾多風格）陳年紅酒　vintage claret
吐司　toast
維多利亞三明治　Victoria sandwich
小冰糕　miniature iced cakes
鹹派　quiche

鹹乳酪泡芙　gougères
潘趣酒　punch
干邑白蘭地　cognac
千層酥　mille-feuille
開胃小點　canapés
香檳　champagne
魚子醬配吐司　caviar on toast
牡蠣　oysters
慕斯奶凍　mousses
鵝肝醬　foie gras
閃電泡芙　éclairs
（方形）小蛋糕　petits four
紅蘿蔔沙拉　carrot salad
白酒蒸淡菜　mussels steamed in white wine
焗烤馬鈴薯泥　potato au gratin
燉牛肉捲　beef paupiette
馬芬　muffin
薑茶　ginger tea
香料熱紅酒　vin chaud
肉醬酥塔　pâté puff
巧克力酥塔　chocolate puff

Lady Sherlock

福爾摩斯小姐

下集預告

Murder on Cold Street

羅伯特・崔德斯探長不僅是英古蘭爵爺的朋友，更與福爾摩斯經手的幾個案件關係匪淺。他被發現與兩具屍體被鎖在同一間房裡，而這兩名死者都在他妻子繼承的公司裡工作……

崔德斯太太上門尋求夏洛克・福爾摩斯的幫助，他們必須解開糾結的謊言與祕密，證明崔德斯探長的清白。

即將出版。

福爾摩斯小姐4 / 雪麗．湯瑪斯(Sherry Thomas)著 ;
楊佳蓉 譯. -- 初版. -- 臺北市 : 蓋亞文化, 2022.02
冊 ; 公分（Light ; 21）
譯自 : *The Art of Theft*
ISBN 978-986-319-633-4（第4冊 : 平裝）

874.57　　　　　　　　110022786

Light 021

福爾摩斯小姐4　沃德洛堡拍賣會

作　　者　雪麗．湯瑪斯（Sherry Thomas）
譯　　者　楊佳蓉
裝幀設計　莊謹銘
編　　輯　章芳群
總 編 輯　沈育如
發 行 人　陳常智
出 版 社　蓋亞文化有限公司
　　　　　地址：台北市 103 承德路二段 75 巷 35 號 1 樓
　　　　　電話：02-2558-5438　　傳眞：02-2558-5439
　　　　　電子信箱：gaea@gaeabooks.com.tw
　　　　　投稿信箱：editor@gaeabooks.com.tw
　　　　　郵撥帳號 19769541　戶名：蓋亞文化有限公司
法律顧問　宇達經貿法律事務所
總 經 銷　聯合發行股分有限公司
　　　　　地址：新北市新店區寶橋路二三五巷六弄六號二樓
　　　　　電話：02-2917-8022　　傳眞：02-2915-6275
港澳地區　一代匯集
　　　　　地址：九龍旺角塘尾道 64 號龍駒企業大廈 10 樓 B&D 室
　　　　　電話：+852-2783-8102　　傳眞：+852-2396-0050
初版一刷　2022年02月
定　　價　新台幣 350 元
Published and Printed in Taiwan

ISBN／978-986-319-633-4